陳智德 主編

香港文學大系 一九五〇—一九六九

新詩卷一

商務印書館

《香港文學大系一九五〇——一九六九》編輯委員會已盡力徵求文章及相片刊載權。如有遺漏之處，敬請版權持有人與本編輯委員會聯絡。

香港文學大系一九五〇——一九六九・新詩卷一

主　　編：陳智德
特約編輯：陳　芳
責任編輯：張宇程
封面設計：涂　慧
出　　版：商務印書館（香港）有限公司
香港筲箕灣耀興道三號東滙廣場八樓
http://www.commercialpress.com.hk
發　　行：香港聯合書刊物流有限公司
香港新界大埔汀麗路三十六號中華商務印刷大廈三字樓
印　　刷：美雅印刷製本有限公司
九龍觀塘榮業街六號海濱工業大廈四樓A室
版　　次：二〇二〇年六月第一版第一次印刷

ISBN 978 962 07 4587 4
Printed in Hong Kong

《香港文學大系一九五〇—一九六九》人員名單

編輯委員會

總主編　陳國球

副總主編　陳智德

編輯委員　危令敦　陳國球　陳智德　黃子平　黃仲鳴　黃淑嫻　樊善標（按姓氏筆畫序）

顧問

王德威　李歐梵　周蕾　許子東　陳平原　陳萬雄（按姓氏筆畫序）

各卷主編

一　新詩卷一　陳智德

二　新詩卷二　葉輝　鄭政恆

三　散文卷一　樊善標

四　散文卷二　危令敦

五　小說卷一　馮偉才

六　小說卷二　黃淑嫻

七　話劇卷　盧偉力

八　粵劇卷　梁寶華

九　歌詞卷　黃志華　朱耀偉

十　舊體文學卷　吳月華　盧惠嫻

十一　通俗文學卷一　程中山

十二　通俗文學卷二　黃仲鳴

十三　兒童文學卷　陳惠英

十四　評論卷一　黃慶雲　周蜜蜜

十五　評論卷二　陳國球

十六　文學史料卷　羅貴祥　馬輝洪

目錄

力匡

夏侯無忌

盧森

趙滋蕃

盧因

黃祖植

岳心（徐東濱）

丁平

總序

陳國球

《香港文學大系》之編制體式，源自一九三五年到一九三六年出版的十冊《中國新文學大系》。兩者的關連，實在依違之間；前者第一輯的〈總序〉已有交代。[1] 其中最重要的一個相同立意，是向歷史負責、為文學的歷史作證。《中國新文學大系》由趙家璧（一九〇八—一九九七）主編，目的是為由一九一七年開始的「新文學運動」作歷史定位，因為他發現「新文學」到了三十年代中期，面對的社會環境已經不同，他深恐「新文學運動」光輝不再；[2] 因此他設計的《新文學大系》由整體結構到每一冊的體式，綜之就是一種歷史書寫；這也是《香港文學大系》以之為模範的主

1 陳國球〈香港？香港文學？——《香港文學大系一九一九—一九四九》總序〉，載陳國球、陳智德等著《香港文學大系一九一九—一九四九．導言集》（香港：商務印書館（香港）有限公司，二〇一六），頁一—三九。

2 趙家璧後來在回憶文章指出當時幾個環境因素：一、一九三四年國民黨軍隊作第五次「圍剿」，又查禁書刊，成立「圖書雜誌審查會」；二、同年有推行舊傳統道德的「新生活運動」；三、湖南廣東等省實行尊孔讀經；三、「大眾語運動」批判五四以後的白話文為變「之乎者也」為「的那呢嗎」的「變相八股」；四、林語堂的《人間世》半月刊，「惡白話文而喜文言之白，故提倡語錄體」；五、上海圖書出版界大量翻印古書，社會上瀰漫復古之風。見趙家璧〈話說《中國新文學大系》〉，《新文學史料》，一九八四年第一期（二月），頁一六三—一六四。

因。正如我們以「大系」的形體去抗拒香港文學之被遺棄，《中國新文學大系》的目標也明顯是對「遺忘」的戒懼，盼求「記憶」的保存。[3] 這意向的實踐又有多方向的指涉：保存「記憶」意味着對「過去」發生的情事之意義作出估量，而估量過程中也必然與「當下」的意識作協商，其作用就是開發「未來」的各種可能；這就是傳統智慧所講的「鑑往知來」。因此，以「大系」的體式向「歷史」負責，同時也是向「當下」、向「未來」負責。

3 趙家璧在《中國新文學大系》初編時說：「這十年間寶貴的材料，現在已散失得和百年前的古籍一樣；假如不趁早替它整理選輯，後世研究初期新文學運動史的人，也許會無從捉摸的。」見趙家璧〈編輯《中國新文學大系》緣起〉，原刊《中國新文學大系》宣傳用樣本（上海：良友圖書公司，一九三五），收入趙家璧《書比人長壽：編輯憶舊集外集》（北京：中華書局，二〇〇八），頁一〇六。他後來追憶《大系》的出版時，曾舉出兩個事例，一是劉半農編集《初期白話詩稿》時，女詩人陳衡哲的感慨：「那已是三代以上的事（了），我們都是三代以上的人了」；另一是阿英編《中國新文學運動史資料》時不過離「新文學運動」只短短二十年，但回想起來已有「渺茫」、「寥遠」之感，而且要搜集當時的文獻「真是大非易事」。見劉半農編《初期白話詩稿》（北平：星雲堂書店，一九三三；新北市：花木蘭文化出版社，二〇一六年影印），頁七—八；張若英（阿英）編《中國新文學運動史資料》（上海：光明書局，一九三四），頁一—二；趙家璧〈話說《中國新文學大系》〉，頁一六六—一六七。

一、《大系》的傳承與香港

從製作層面看，《中國新文學大系》可說成功達標，不少研究者都認同它在文學史建構的功績。[4] 然而，當我們換一個角度去審視這一抵抗「遺忘」的製作之「生命史」，卻也見到其間別有一番掙扎浮沉。[5] 於此我們不作詳細論述，只依據趙家璧的不同時期記憶，配合相關資料，以簡述《中國新文學大系》的「記憶」與「遺忘」的歷史，當中香港的影子也夾纏其中，頗堪玩味：

一、一九五七年三月，趙家璧在《人民日報》發表〈編輯憶舊〉連載文章，提到當年《新文學大系》「先後經過兩年時間〔案：即一九三五年到一九三六年〕，衝破了國民黨審查會的鬼門關才算全部出版。」[6]

4 參考溫儒敏〈論《中國新文學大系》的學科史價值〉，《文學評論》，二〇〇一年第三期（五月），頁五四—六一；羅崗〈解釋歷史的力量：現代文學的確立與《中國新文學大系一九一七—一九二七》的出版〉，《開放月刊》，二〇〇一年第五期（五月），頁六六—七六；黃子平〈「新文學大系」與文學史〉，《上海文化》，二〇一〇年第二期（三月），頁四—一二。

5 這是捷克結構主義者伏迪契卡（Felix Vodička）的文學史觀念之借用。伏迪契卡認為文學的過程並非終結於文學作品創製完工的時候；文學的「生命史」在於以後不同世代的閱讀；參考陳國球《文學史書寫形態與文化政治》（北京：北京大學出版社，二〇〇四），頁三三六—三四六。

6 趙家璧〈編輯憶舊．關於中國新文學大系〉，原刊《人民日報》，一九五七年三月十九日；重刊於《新文學史料》，一九七八年第三期（三月），頁一七三。

二、趙家璧在後來追記，《大系》出版後，原出版公司「良友」的編輯部，因應蔡元培和茅盾的鼓勵，曾考慮續編「新文學」的第二個、第三個十年。[7]不久抗戰爆發，此議遂停。

三、一九四五年春日本戰敗的跡象已明顯，他再想起續編的計劃，和全國文協負責人討論先編第三輯「抗戰八年文學大系」，因為抗戰時的材料，「都是土紙印的，很難長久保存；而兵荒馬亂，散失更多」，要先啟動。可惜戰後良友公司停業，計劃流產。[8]

四、趙家璧在一九五七年的連載文章說：「解放後，很多人建議把《中國新文學大系》重印。我認為原版重印，似無必要。」文中的解說是可以另行編輯他早年的構想——《五四以來文學名著百種》。[9]然而，他後來的文章說這是「違心之論」。[10]

7 蔡元培在《中國新文學大系·總序》結尾時說：「對於第一個十年先作一總審查，使吾人有以鑑既往而策將來，希望第二個十年與第三個十年時，有中國的拉飛爾與中國的莎士比亞等應運而生呵！」載胡適編《中國新文學大系：建設理論集》（上海：良友圖書公司，一九三五），頁九。茅盾為《中國新文學大系》的宣傳樣本寫〈編選感想〉也說：「現在良友公司印行《中國新文學大系》第一輯」；趙家璧認為他意指以後應有「第二輯」、「第三輯」。見趙家璧〈話説《中國新文學大系》〉，頁一七一。

8 參考趙家璧〈編輯憶舊·關於中國新文學大系〉，原刊《人民日報》，一九五七年三月廿一日，重刊於《新文學史料》，一九七八年第一期（一月），頁六一；趙家璧〈話説《中國新文學大系》〉，頁一八六——一八八。

9 趙家璧〈編輯憶舊·關於中國新文學大系〉，頁六一。

10 趙家璧〈話説《中國新文學大系》〉，頁一六二——一六三。

五、趙家璧在八十年代的追記文章又說：「一九六二年，香港一家出版社已擅自翻印過一版。」[11]這家出版社是「香港文學研究社」，出版時有李輝英撰寫的〈重印緣起〉，文中引用了蔡元培〈總序〉「十年總審查」以後，還有接着的「第二個十年第三個十年」；李輝英又說：「第一個十年總結過了，留下來豐富的十集《大系》」，然而，「這豐碑式的《大系》，現在海外竟然變成了孤本和古董」，於是出版社「決定本諸傳播文化的宗旨，……重印《大系》，……使豐碑免於湮滅」。[12]這裏有幾個關鍵詞：「擅自」、「海外」、「湮滅」。

六、趙家璧同時又指出「翻印《大系》的那家香港出版社，於一九六八年又搞了一套《中國新文學大系．續編一九二八——一九三八》」，其〈總序〉「居然把上述蔡元培為一九三五年良友版《大系．總序》裏所表示的重要期望，接了過去，自稱為是蔡序《大系》的繼承者，在海外漢學界造成了混亂。……國內學者更不會輕易承認這種自命的繼承。」[13]事實上，香港文學研究社出版《大系．續編》的計劃，早在翻印十集《大系》不久就開始，到一九六八年全套出版；其卷前的〈出版前言〉提到《續編》（一九二八——一九三八）和《三編》（一九三八——一九四八）的構想；完成的話，「中國『新文學運動』的歷史大致完整了」。這個出版計劃不無商業的考慮，〈出版前言〉謂各集編

11 趙家璧〈話說《中國新文學大系》〉，頁一六三。
12 〈重印緣起〉，載胡適編《中國新文學大系：建設理論集》（香港：香港文學研究社，一九六二），卷前，頁一——二。
13 趙家璧〈話說《中國新文學大系》〉，頁一八一——一八二。

者「都是國內外知名人物」，分處東京、新加坡、香港三地，編成後在香港排印。[14]然而，由後來的相關追述可知，其實編輯工作主要由北京的常君實承擔，再由香港的譚秀牧補漏；二人並無直接溝通協調，加上兩地各有不同的客觀限制，製作過程困難重重。[15]無論如何，在所謂「正」與「續」之間，不難見到「斷裂」與「繼承」的複雜性。

七、與香港文學研究社編纂《中國新文學大系．續編一九二八—一九三八》差不多同時，李棪與李輝英也在構思一個「一九二七—一九三七年」的續編，並已列為「香港中文大學研究計劃」之一；其中小説、散文、戲劇部分已有四冊接近編成。主編者認為「新文學第二個十年」的編選，「實為必要的也是刻不容緩的工作」。值得注意的是，他們「搜求資料的主要對象」是英國、日本、美國各大圖書館，而不是中國內地。他們也知悉香港文學研究社的出版計劃，視之為「同道者」的「姊妹編」。[16]可惜，這個計劃所留下的只是一份編選計劃書。

---

14 〈出版前言〉載《中國新文學大系．續編》（香港：香港文學研究社，一九六八），卷前，無頁碼。

15 參考譚秀牧：〈我與《中國新文學大系．續編》〉，《譚秀牧散文小説選集》（香港：天地圖書公司，一九九〇），頁二六二—二七五。譚秀牧在二〇一一年十二月到二〇一二年五月的個人網誌中，再交代《續編》的出版過程，以及回應常君實對《續編》編務的責難。見 http://tamsaumokgblog.blogspot.hk/2012/02/blog-post.html（檢索日期：二〇一九年六月二十一日）。

16 參考李棪、李輝英〈《中國新文學大系．續編》的編選計劃〉，《純文學》（香港），第十三期（一九六八年四月），頁一〇四—一一六；徐復觀〈略評《中國新文學大系續編》編選計劃〉，《華僑日報》，一九六八年三月三十一日。

八、一九七八年，《新文學史料》創刊，編輯約請趙家璧撰稿；趙家璧婉拒不成，只好提交一九五七年刊發於《人民日報》的文章，文章開首就宣明沒有必要重印《中國新文學大系》。[17]同年末，他知悉上海文藝出版社打算重印《大系》，卻表示「完全擁護」，並撰寫〈重印《中國新文學大系》有感〉。[18]至一九八二年《大系》十卷影印本出齊。

九、一九八三年十月，他寫成長篇追憶文章〈話說《中國新文學大系》〉，次年刊載於《新文學史料》一九八四年第一期。這是後來大部分《中國新文學大系》的研究論述之依據。

十、一九八四至一九八九年，上海文藝出版社由社長兼總編輯丁景唐主編，趙家璧作顧問，陸續出版《中國新文學大系一九二七—一九三七》共二十冊；一九九〇年再有孫顒、江曾培等主編《中國新文學大系一九三七—一九四九》二十冊；一九九七年馮牧、王蒙等主編《中國新文學大系一九四九—一九七六》二十冊；二〇〇九年王蒙、王元化總主編《中國新文學大系一九七六—二〇〇〇》三十冊。

17 趙家璧在《人民日報》發表的連載文章，原題作〈編輯憶舊〉，其中有關《中國新文學大系》的部分，刊於《人民日報》，一九五七年三月十九日及廿一日；後來重刊於《新文學史料》，一九七八年第一期（一月），頁六一—六二；及第三期（三月），頁一七二—一七三。

18 文章正式發表有所延後，見趙家璧〈重印《中國新文學大系》有感〉，《文匯報》，一九八一年三月廿三日。參考趙家璧〈話說《中國新文學大系》〉，頁一六三；趙修慧編〈趙家璧著譯年表〉，載趙家璧《書比人長壽：編輯憶舊集外集》，頁二六五。

以上的簡單撮述，目的不在於表現巧黠的「後見之明」，以月旦是非；而是借檢視「歷史承載體」的歷史，重新思考「歷史」的所謂傳承，以至「歷史」的存在與否，大抵是「記憶」與「反記憶」、「遺忘」與「反遺忘」的心與力的爭持。我們都明白，一九四九年之後，無論中國內地還是港英統治下的香港，政治與社會都有一個非常大規模的變易與轉移。以趙家璧的一人之身，歷經世變卻又似斷難斷，在大斷裂之後試圖由「記憶」出發以作歷史（文學史）連接，並且非常着意連接的合法性，而疏略其形神之異。他的舉措很能揭示「記憶」的黏合能力，同時也見到其偏狹的一面。[19]如果論者想把這五輯《中國新文學大系》看成一個連續體，必須面對其間存在一個極大裂縫的問題：第一輯完成於一九三六年，第二輯開始出版於半個世紀之後的一九八四年；更不要說中間經歷天翻地覆的戰爭與政治社會的大變異，第一輯與後來四輯的編輯思想、製作方式與實際環境的千差萬別。考慮到種種因素，香港在上述過程中的參與角色，又透露了哪種意義？《香港文學大系》要作「續編」，又會遇上甚麼問題？都有待我們省思。

19 有關《中國新文學大系》第一輯與後來各輯的差異與區隔，可參考陳國球〈香港？香港文學？——《香港文學大系一九一九——一九四九》總序〉，頁十——十三。

二、「記憶之連續體」在香港

一九四九年以後，香港與中國之間有各種迴斡，其中文學與文化是兩邊關係的深層次展現。在五、六十年代期間，有一些文學現象可供思考。五十年代初從內地南下的馬朗（一九三三？—），在香港創辦《文藝新潮》，推動現代主義創作，引進西方文藝思潮，影響了香港一個世代的文學發展。《文藝新潮》的馬朗，在大崩裂的時刻意識到「遺忘」帶來歷史的流失。他在雜誌創刊不久的第二期就預告要編一個〈三十年來中國最佳短篇小說選〉的特輯。他的想法是：

> 中國新文學運動至今已卅餘年，其間不少演變，然而不論是貧乏還是豐饒，出版不下數萬種的小說倒底〔案：原文如此〕給三十年來的讀者群廣汎的影響，然而這些作品今日都在歷史的洪流裏湮沒了。目前海外人仕〔士〕即使想找一篇值得回味的小說，亦無可能。……〔我們〕借這個特輯來作一次回顧，讓大家看看中國有過甚麼出色的短篇小說，在文化淪亡無書可讀的今日，對於華僑青年，其意義又豈只是保存國粹而已。[20]

一九五六年五月《文藝新潮》第三期特輯正式刊出，收入沈從文〈蕭蕭〉、端木蕻良〈遙遠的風

20 《文藝新潮》，第一卷第二期（一九五六年四月），封底〈預告〉。

砂〉、師陀〈期待〉、鄭定文〈大姊〉、張天翼〈二十一個〉五篇。馬朗在〈選輯的話〉交代編選過程中遇到的困難：

中國新文學書籍湮沒的程度實在超乎意料，令人吃驚。譬如，曾經哄動一時的新感覺派奇才穆時英的〈Craven A〉、〈一個本埠新聞欄廢稿的故事〉、〈白金的女體塑像〉、〈公墓〉等等之中，似乎可以選擇一篇的，因為他首先迎接了時代尖端的潮流；還有直追梅里美擅寫心理的施蟄存，他的《將軍的頭》和《梅雨之夕》兩本書；以致〔至〕偽滿時代的「中國紀德」爵青，他的《歐陽家的人們》；再有蕭紅的〈手〉和〈牛車上〉，羅烽描寫瀋陽事變的〈第七個坑〉、萬迪鶴的〈劈刺〉、荒煤的《長江上》、戰後的路翎和豐村……。前者已永遠在中國書肆中消失了，後者卻在香港找不到。[21]

四十年代在上海主編《文潮》的馬朗，來到香港以後對現代小說的記憶，自然與他昔日的閱讀經驗有關。馬朗在《文潮》有個〈每月小說評介〉的欄目，當中就曾評論《文藝新潮》特輯的〈期待〉

21 〈選輯的話〉，《文藝新潮》，第三期（一九五六年五月），頁六九。

及〈大姊〉兩篇；也旁及荒煤的《長江上》和爵青《歐陽家的人們》。[22] 由此可見「香港」連結「中國」的軌跡之一，是「文學記憶」在空間（中國內地—香港），以及時間（四十年代—五十年代）上的傳承接駁。這個具體的例子說明，我們看到的不是「中華文化廣被四夷」；[23] 而是一種「記憶」的遷徙、搬動。因為這些文學風潮與作品，在原生地已經難得流通了。[24]

此外，六十年代又有一次更大型的「文學記憶」的連結工程。一九六四年七月廿四日《中國學生周報》創刊十二周年紀念，推出《五四．抗戰中國文藝新檢閱》專輯，前有編者的〈寫在專輯前面〉，羅列了一批當時香港讀者會感陌生的作家名字，如卞之琳、端木蕻良、駱賓基、穆時英、施蟄存、錢鍾書、無名氏、王辛笛、馮乃超、孫毓棠、艾青、馮至、王獨清等，指出「他們的聲名給『正統作家』們蓋過了，他們的作品被戰亂的烽火燒燬了。但是，他們對當代中國文藝的影響是永遠潛在的，他們的功績是不可磨滅的」；這個專輯的目標是：

22 蘆焚（師陀）〈期待〉的評論見馬博良（馬朗）〈每月小說評介〉，《文潮》，創刊號（一九四四年一月），頁七五。鄭定文〈大姊〉的評論見馬博良〈每月小說評介〉，《文潮》，第一卷第五期（一九四四年八月），頁九八—九九；當中提到爵青《歐陽家的人們》。再者，評論曉芒〈荒原〉時，曾以荒煤《長江上》作比較，見馬博良〈每月小說評介〉，《文潮》，第一卷第六期（一九四四年十月），頁九七—九八。

23 我們也留意到馬朗提到香港的年輕世代時，稱他們做「華僑青年」。

24 例如三十年代的「新感覺派」，在大斷裂之後，要到八十年代北京大學嚴家炎重新提出，並編成《新感覺派小說選》（北京：人民文學出版社，一九八五），內地的讀者才有機會與之重逢。相對之下，這份「記憶」卻搬移到香港，由五十年代開始一直在文藝界傳承。

分別從小說、散文、詩歌、戲劇、翻譯、批評方面，介紹文壇前衛作家們的成就。……希望能夠提醒今日的讀者們：不要忘記從五四到抗戰到現在這一份血緣！[25]

這個專輯與「現代文學美術協會」的幾位骨幹人物如崑南（一九三五—）、李英豪（一九四一—）、盧因（一九三五—）等關涉最多。例如盧因就以「陳寧實」和「朱喜樓」的筆名，分別討論端木蕻良的小說，和周作人以來的雜文和散文；崑南則談無名氏，同時翻譯辛笛的詩作為英文。至於詩論大將李英豪則以「余橫山」的筆名討論劉西渭和五四以來的文藝批評，更重要的一篇論述是以本名發表的〈從五四到現在〉：

時至今日，一些真有才華和創建性的作者，反而湮沒無聞；作品隨着戰火而被埋葬；……我們只以為，「五四」及抗戰時，中國只有寫實小說，或自然主義品，卻漠視了如以新感覺手法表現的穆時英，捕捉內在朦朧感覺的穆木天，打破沿襲語言辭格的駱賓基，追尋純美的何其芳，寫〈水仙辭〉的梁宗岱，和運用小說「對位法」與「同時性」的爵青。茅盾、巴金、丁玲等都受政治宣傳利用，論才華和穩實，都比不上駱賓基、端木

25 編者〈寫在專輯前面〉，《中國學生周報》，第六二七期（一九六四年七月廿四日）。文中所列舉作家（除了穆木天、艾青、馮至）大部分是當時內地的現代文學史罕有論及的。

蘋良和李劼人；論狂放，更望塵不及無名氏。[26]

如果馬朗是搬動內陸的「文學記憶」到這個島與半島的文化人，李英豪卻是土生土長的本地「番書仔」，他的文化觸覺明顯與馬朗所傳遞的訊息有密切的關聯。但這並不表示李英豪一輩只是被動地接收單向的訊息。從文中可知他一樣看到由郭沫若到王瑤等傳揚的另一種文學史記述。換言之，李英豪等一輩人接收到內容有差異的訊息。顯然他們選擇相信文學的「過去」原本很豐富，但經歷滄桑歲月，「記憶」斷裂；精彩的作家和作品被「遺忘」。

由於對「遺忘」的戒懼，馬朗試圖將被隱蔽的「記憶」恢復。當他的私有「記憶」在易地以後成為一種論述，他高呼「人類靈魂的工程師，到我們的旗下來！」[27]當然是為了招集同道，發揮傳播的力量。至於論述的承受方，如崑南、盧因、李英豪一輩在本地成長的年輕人，緣此擴充了香港教育體制以外視野；[28]另一方面，在地的位置——作為面向世界的殖民地城市——也促使他們以更多元、多層次的思考，面對這些非他們固有的「文學記憶」；他們採取主動積極的態度，試

26 李英豪〈從五四到現在〉，《中國學生周報》，一九六四年七月廿四日。

27 新潮社〈發刊詞：人類靈魂的工程師，到我們的旗下來！〉，《文藝新潮》，第一卷第一期（一九五六年二月），頁二。

28 香港的文學教育並沒有提供這部分的知識，參考陳國球〈文學教育與經典的傳遞：中國現代文學在香港初中課程的承納初析〉，《現代中文文學學報》，第四期（二〇〇五年六月），頁九五——一一七。

圖建構可以上下連貫的文學史意識時，也在衡量當下自身的位置。所以文中說：

> 我們並不願意墨守他們的世界，亦不願盲從他們的步伐。中國現代文學應落眼於開創的一面——不斷的開創。我們不一定要有隻手闢天的本領，但我們必得肩負數千年來沈重的中國文化，高瞻遠矚的看看世界，默默的在個人追尋中求建立，自覺覺他。

文章的結尾，李英豪又說：

> 「現代」是「現代」，是不容逃避與否認的，而那必得是個人的、中國的「現代」。[29]

他們心中的「我們」，顯然是由當下的年輕一代的眾多「個人」組成；這一群「我們」為甚麼要「肩負」一個沉重的責任？如果用趙家璧的話來對照，他們「居然」、「擅自」、「自稱」是此一文學與文化記憶的「繼承者」，可謂不自量力地「情迷中國」（Obsession with China）。由馬朗到李英豪，「情迷中國」的基礎並不相同，但在五、六十年代香港共同構建了奇異卻璀爛的華語文化論述。

29 李英豪〈從五四到現在〉，《中國學生周報》，一九六四年七月廿四日。

[30]正如香港出版的《民主評論》，在一九五八年元旦刊載了牟宗三、徐復觀、張君勱、唐君毅等四位流離於中國之外的儒學中人合撰的〈中國文化與世界——我們對中國學術研究及中國文化與世界文化前途之共同認識〉；[31]這些「新儒家們」的「文化記憶」在中國大地養成，他們的親身體驗，是支撐他們信念的依據。然而香港一個年輕人聚合的文藝團體，也在翌年（一九五九年）元旦發表他們的「文化宣言」。這個團體的主要成員是崑南（二十四歲）、王無邪（一九三六—，二十三歲）和葉維廉（一九三七—，二十二歲），組織名稱是「現代文學美術協會」；他們高呼：

> 為了我們處於一個多難的時代，為了我們中華民族目前整體的流離，更為了我國半世紀以來文化思想的肢解，於是，在這決定的時刻中，我們都面臨着一個重大的問題；這個重大而不可抗拒的問題，迫使我們需要聯結每一個可能的力量，從面裏（裏面）發揮每一個人的勇敢，每一個人的信念，每一個人的抱負，共同堅忍地正視這個時代，共同表現中華民族應有的磅礴氣魄，共同創造我國文化思想的新生。……讓所有人，有共

30 參考陳國球〈情迷中國：香港五、六十年代現代主義文學的運動面向〉，《香港的抒情史》（香港：香港中文大學出版社，二〇一六），頁二六一—三二〇。

31 牟宗三、徐復觀、張君勱、唐君毅〈中國文化與世界——我們對中國學術研究及中國文化與世界文化前途之共同認識〉，《民主評論》，第九卷第一期（一九五八年一月），頁十二—二〇。

同善良的願望的年青人緊密地站在一起，站在一起肩負一個偉大而莊嚴的使命。[32]

由語言措辭以至思想方向看來，他們的想像其實源於南來知識分子的「文化記憶」，是這種「記憶」的承納與發揮。他們建構（虛擬）了一個超過本土的文化連續體，由是他們既能立意開新，又有歷史（上一輩的記憶）的厚重。千斤重擔兩肩挑。香港文學史的這一段，可說是最能大開大闔，最有歷史承擔的一段。[33]更重要的是：他們的確開拓了華語文學的新路，展示了內地環境所未及容納的文學之可能。當然，他們大概不能逆料其勇於承擔有可能遭逢「合法性」的質疑，而這正正是「歷史」之弔詭，與悲涼。

32 〈現代文學美術協會宣言〉，載崑南《打開文論的視窗》（香港：文星圖書公司，二〇〇三），頁一六三—一六四。

33 這是評斷香港文學文化為「淺薄」的外來學者所未及注意的一面。例如陳麗芬曾引用呂大樂指「香港意識」為「淺薄」的說法，普遍化為香港人就是「淺薄」；見陳麗芬〈普及文化與歷史記憶——李碧華的聯想〉，載陳國球編《文學香港與李碧華》（台北：麥田出版，二〇〇〇），頁一二三—一三〇。其實呂大樂之說是專指香港戰後嬰兒組成的「第二代人」自我發明的「香港意識」，是七十年期間快速發展起來的（自欺欺人的）神話，是無力的、排他的、淺薄的；其指涉有具體的範圍，與陳麗芬的想像有根本的差異。參考呂大樂《唔該埋單！——一個社會學家的香港筆記》（香港：閒人行有限公司，一九九七），頁一—三；二〇—三一。

三、歷史的崩裂與文學主體的更替

《香港文學大系》第一輯以一九四九年為編選內容的時期下限，現在第二輯在時間線上作承接，以一九五〇年到一九六九年為選輯範圍。然而，時間上雖然相互啣接，其間的「歷史」進程卻很難説是無縫的連續體。從現存資料看到，一九四五年二戰結束，港英政府從戰敗的日本收回香港，當時的人口約六十餘萬；一九四六年增至一百六十餘萬人；一九四九年一百八十六萬，一九五一年二百三十萬。[34] 由一九四九年到一九五一年兩三年間的人口增長約四十四萬，再計算雙向移動替代的實際情況和趨勢，這個歷史轉折時期香港人口變化極大，政治社會、經濟民生等面貌大有不同；尤其在文化理念或文學風尚，更是裂痕處處，前後不相連屬。

按照最通行的解説，自抗日戰爭結束，國共內戰展開，香港成為左翼文人的避風港，不少人更在此地主理重要報刊的編務，由是這個文化空間也轉變成左翼文化的宣傳基地。到一九四九年國民黨敗退台灣，大批內戰時期留港的文化人北上迎接新中國；而對社會主義政權心存抗拒的各式人等，又紛紛移居香港，或以之為中轉站，再謀定居之地。其中不少文化人在居停期間，書寫

34 參考湯建勛《一九五〇年香港指南》（香港：民華出版社，一九五〇；香港：心一堂，二〇一八年重印），頁八—九；華僑日報編《香港年鑑・第四回》（香港：華僑日報公司，一九五一），頁二；華僑日報編《香港年鑑・第五回》（香港：華僑日報公司，一九五二），頁二。

去國的鄉愁。一九五〇年韓戰爆發，緊接全球冷戰，美國大量資金流入香港，支持反共的宣傳；文藝界受益於「美援」，在應命的文字以外，也謀得一定的文學發揮空間。[35]若暫且依從極度簡約化的「左右對壘」觀念，我們可以說：在一九四九年以前，香港文學由左派思潮主導；一九五〇年以後，右派的影響大增。[36]準此而言，以連續發展為觀察對象的「文學史」，根本無從談起。

再細意的考察，可以《香港文學大系一九一九—一九四九》所載，時代較能相接的重要作家

---

35 相關論述最有代表性的是鄭樹森幾篇「港事港情」文章：〈遺忘的歷史·歷史的遺忘——五、六〇年代的香港文學〉（一九九六）、〈一九九七前香港在海峽兩岸間的文化中介〉（一九九七）、〈五、六〇年代的香港新詩〉（一九九八）、〈談四十年來香港文學的生存狀況——殖民主義、冷戰年代與邊緣空間〉（一九九四），均收入《縱目傳聲：鄭樹森自選集》（香港：天地圖書公司，二〇〇四），頁二一六—二二六；頁二二七—二五四；頁二五五—二六八；頁二六九—二七八。下文再會論及其中最重要的〈遺忘的歷史·歷史的遺忘〉一文。又參考王梅香《隱蔽權力：美援文藝體制下台港文學（一九五〇—一九六二）》（新竹：清華大學博士論文，二〇一五）；Chi-Kwan Mark, *Hong Kong and the Cold War: Anglo-American Relations, 1949-1957* (Oxford: Oxford UP, 2004); Priscilla Roberts and John M. Carroll, ed., *Hong Kong in the Cold War* (Hong Kong: Hong Kong University Press, 2016)。

36 部分親歷這個轉折期的文化人例如慕容羽軍、羅琅等，也各自有其憶述，他們的說法又與此宏觀圖像並不能完全吻合；大概當中添加了許多更複雜的人事轇轕的追憶，以及個別的遭際感懷。但究竟這些微觀經驗，是否比遠距離的觀察更可信？實在不易判定。參考慕容羽軍《為文學作證：親歷的香港文學史》（香港：普文社，二〇〇五）；羅琅《香港文化記憶》（香港：天地圖書公司，二〇一七）。

為論。《香港文學大系》第一輯所見表現精彩的詩人易椿年（一九一五—一九三七）、編輯兼作者梁之盤（一九一五—一九四一）、文藝理論家李南桌（一九一三—一九三八），均英年早逝；而曾在此地推動「詩與木刻」的戴隱郎又回到馬來亞參加戰鬥，無法在文藝活動上延續影響。至於在文壇非常活躍的「香港文藝協會」成員如李育中、劉火子、杜格靈，又如寫過「香港照像冊」系列的前衛詩人鷗外鷗，《中國詩壇》骨幹陳殘雲、黃寧嬰、黃雨，小說和散文作家黃谷柳、吳華胥、杜埃等，都相繼在一九五〇年後北上，在香港再沒有蕩漾餘波；更不要說奉命來港「工作」的文化人如茅盾、郭沫若、聶紺弩、樓適夷、邵荃麟、楊剛等，他們返國以後，再也不回頭。這些三、四十年代在香港有頻繁文學活動的作家選擇離開，各有其原因，不應究責；後來不少人更身陷困厄。值得注意的是：他們的作品從此幾乎在香港絕跡，不再流傳；換句話說，當初備受讚譽的作品，其「生命」卻未能在此地延續。

回到《大系》續編的問題。《香港文學大系一九一九—一九四九》及《香港文學大系一九五〇—一九六九》兩輯，年代相接；選入的作家理應有所重疊。但比對之下，結果令人驚訝。例如第一輯《新詩卷》收錄詩人五十六家，第二輯共兩卷收詩人七十一家。第一輯詩人在第二輯再次出現的僅有柳木下、何達、侶倫三人。侶倫擅寫的文類還有小說和散文，何達的詩歌創作生涯比較長；至於柳木下，到六十年代詩思開始枯竭。三人以外當然還有一些留港作家，如舒巷城、葉靈鳳、陳君葆等，仍然有在報刊撰文，以不同的文體見載《香港文學大系》第二輯；但相對於五十年代新近南移到香港的文人，以及在本土成長的新一代來說，這些香港前代作家的整體創作量和影響力遠遠不及。再者，新一代冒起的年輕文人如崑南、王無邪、西西、李英豪等，與三、四十年代香港作家的關係也不密切。[37]

這種前後不相連屬的崩裂情況，提醒文學史研究者重新審視歷史的「延續」問題；這又關乎「歷史」與「記憶」主體誰屬的問題。

四、「記憶」與「遺忘」的韻律

《香港文學大系一九五〇——一九六九》的選錄範圍是五、六十年代，正進行中的編纂過程有許多不容易解決的問題；不過，在這個時間範圍採集資料，我們得助於前人的工作甚多。在上世紀八十年代已見到從文學史眼光整理的五、六十年代資料出版，例如鄭慧明、鄧志成、馮偉才合編的《香港短篇小說選——五十年代至六十年代》。[38] 到九十年代香港另一個歷史轉折期前後，

37 在這個轉折時期，有更強韌力可以跨越時代，持續發展的是香港的通俗文學寫作人，如傑克、望雲、周白蘋、我是山人、高雄（三蘇）等；然而他們要應對的環境和寫作策略與前述者不同；在此暫不細論。

38 鄭慧明、鄧志成、馮偉才合編《香港短篇小說選——五十年代至六十年代》（香港：集力出版社，一九八五）。書中〈前言〉特別提到當時搜集資料工作之艱巨繁複。

也有劉以鬯和也斯的五、六十年代短篇小説選；[39]以及黃繼持、盧瑋鑾、鄭樹森三人更大規模的合作計劃。黃、盧、鄭三位從一九九四年開始合力整理香港文學的資料，最先面世的成果如《香港文學大事年表》、《香港小説選》、《香港散文選》、《香港新詩選》等，其年限都設定在一九四八年到一九六九年。[40]三位學者還有其他時段的資料陸續整理出版，決定先推出五、六十年代的部分，應該有深義在其中。[41]鄭樹森在一九九六年發表〈遺忘的歷史·歷史的遺忘——五、六十年

39 劉以鬯《香港短篇小説選：五十年代》（香港：天地圖書公司，一九九七）；也斯《香港短篇小説選：六十年代》（香港：天地圖書公司，一九九八）。

40 黃繼持、盧瑋鑾、鄭樹森合編《香港文學大事年表：一九四八—一九六九》（香港：香港中文大學人文學科研究所，一九九七）；《香港小説選：一九四八—一九六九》（香港：香港中文大學人文學科研究所，一九九七）；《香港散文選：一九四八—一九六九》（香港：香港中文大學人文學科研究所，一九九七）；《香港新詩選：一九四八—一九六九》（香港：香港中文大學人文學科研究所，一九九八）。

41 三人合編的其他香港文學資料還有：《早期香港新文學作品選：一九二七—一九四一》（香港：天地圖書公司，一九九八），《早期香港新文學資料選：一九二七—一九四一》（香港：天地圖書公司，一九九八），《國共內戰時期香港本地與南來文人作品選：一九四五—一九四九》（香港：天地圖書公司，一九九九），《國共內戰時期香港本地與南來文人資料選：一九四五—一九四九》（香港：天地圖書公司，一九九九），《香港新文學年表（一九五〇—一九六九年）》（香港：天地圖書公司，二〇〇〇）。

代的香港文學〉，可說是為其理念及這個階段的工作，作出綜合說明。[42] 從題目可以見到「遺忘」也是三位前輩非常關心的問題。鄭樹森在文章結尾說：

五、六十年代的香港文學，雖是當時最不受干預的華文文學，但也是物質基礎最薄弱、生存條件最貧困的。而當時政府圖書館的不聞不問，完全可以理解，但對今日的文學研究者，史料的湮沒，不免造成歷史面貌的日益模糊。任何選集、資料冊和文學大事年表的整理工作，都不得不面對歷史被遺忘後的窘厄，但也不得不去努力重構。而在這過程中，過濾篩選，刪芟蕪雜，又在所難免。換言之，重新構築出來的圖表面貌，不論是有意或無意，不免是另一種歷史的遺忘。[43]

42 〈遺忘的歷史．歷史的遺忘——五、六十年代的香港文學〉一文先在《幼獅文藝》及《素葉文學》發表，也收入《香港文學大事年表》作為書〈序〉；後來三人合著的《追跡香港文學》，也以這一篇文章放在卷首，可見這篇文章的重要性。分見《幼獅文藝》，第八十三卷第七期（一九九六年七月），頁五八——六三；《素葉文學》，第六一期（一九九六年九月），頁三〇——三三；《香港文學大事年表：一九四八——一九六九》（香港：香港中文大學人文學科研究所香港文化研究計劃，一九九六），頁一——八；《追跡香港文學》（香港：牛津大學出版社，一九九八），頁一——九。

43 〈遺忘的歷史．歷史的遺忘——五、六十年代的香港文學〉，《素葉文學》，第六一期（一九九六年九月），頁三三。

鄭樹森提到兩種「遺忘」：一是「集體記憶」的遺落，政府無意保存，民間社會也沒有「記憶」的需求；另一是史家技藝的限制，無法呈現「完全」的「記憶」。後者其實是前者的逆反：因為不滿「記憶」的遺失，所以要填補這缺失；卻因為要勉力拯救所失，求全之心生出警覺之心，甚或憂心。我們循此方向再作深思，或者可以從「記憶」的本質出發。「記憶」本是存於私我的內心，私我要尋求「生命歷程」的意義時，「記憶」是重要的憑藉。「記憶」從來不會顯現完整的「過去」，因為「過去」的每一刻都是無限大、無窮盡的；「記憶」本就是零散經驗的提取，如果要將所經驗的「過去」轉化成有意義的記憶（making sense of the past），則編碼（encoding）過程不可缺少；於是「現在」與「過去」、「私我」和「公眾」就構成對話關係，過程中既內省，再玩味，更參酌比照，當中自然有選擇，有放下；「遺忘」與「記憶」就構成辯證的關係。[44] 鄭樹森念茲在茲，

---

44 有關「集體記憶」、「歷史」與「遺忘」，可參考 Maurice Halbwachs, *On Collective Memory*, ed. and trans. by Lewis A. Coser (Chicago: The University of Chicago Press, 1992); Peter Burke, "History as Social Memory," in *Memory*, ed. by T. Butler (Oxford: Blackwell, 1989), pp. 97-113; Patrick H. Hutton, *History as an Art of Memory* (Hanover, New Hampshire: University Press of New England, 1993); Jeffrey Andrew Barash, *Collective Memory and the Historical Past* (Chicago and London: University of Chicago Press, 2016); Guy Beiner, *Forgetful Remembrance: Social Forgetting and Vernacular Historiography of a Rebellion in Ulster* (Oxford: Oxford University Press, 2018)。在參閱這些論述時，我們也要注意歷史學的關懷與文學史學不完全相同，因為「文學」的本質就與美感經驗相關。

是「集體記憶」的公共意義，「歷史」不應被（政治力量或經濟力量）刻意「遺忘」；謹之慎之，是為重構「歷史」過程的成敗負上責任。這種態度是值得我們尊敬的。

然而，當我們要整合思考《香港文學大系》第一、二輯的關係時，要面對的「記憶」與「遺忘」卻埋藏在更複雜的歷史斷層之間。尤其「文化記憶」在兩輯之間的失傳，是否宣明「文學」無力抗衡「現實」?只要政治社會有大變動，文學所能承載的「記憶」是否就必然失效，就此湮滅無聞?

可是，當我們還未在「歷史現實」面前屈膝之前，就發現香港的五、六十年代文人，其實在奮力抗拒「遺忘」，正如前面提到馬朗為三十年代的文學亡靈招魂；李英豪等更大規模的重整文學記憶。這樣的超越時空界限的香港文學事件不一而足，例如：曹聚仁寫《文壇五十年》正續編（一九五四、一九五五）；[45]趙聰寫《大陸文壇風景畫》（一九五八）、《五四文壇點滴》（一九六四）；[46]李輝英寫《中國新文學二十年》（一九五七）；構思《中國新文學大系．續編》

45 曹聚仁《文壇五十年》（香港：新文化出版社，一九五四）；《文壇五十年續集》（香港：世界出版社，一九五五）。
46 趙聰《大陸文壇風景畫》（香港：友聯出版社，一九五八年）、《五四文壇點滴》（香港：友聯出版社，一九六四）。

（一九六八）；[47] 力匡以新月派風格寫《燕語》的離散心聲（一九五二）；[48] 侶倫調整他的浪漫風格，以《窮巷》繼續「五四」以來的現實主義（一九五二）；[49] 宋淇借梁文星重現四十年代的詩學觀念（一九五五）；[50] 葉維廉用心融會李金髮、戴望舒、卞之琳等的風格（一九五九）；[51] 崑南盡意追慕無名氏的小說（一九六四）。[52] 應該注意的是，他們刻意重尋的「記憶」，其典範並非源自本土；但這也不是簡單的「情迷」心結，而是將更悠長深遠的「記憶」與當下的生活體驗以至生命感懷作出斡旋與協商；其中文字在文化脈搏中生發的美感經驗，或許更是關鍵樞紐，由是生發出在地的、新鮮的「文學記憶」。至於發生在《大系》兩輯時限之間的斷裂，前後輩作家之不相聞問，的確是我們所關懷且惋惜的現象。不過，我們或許要再放寬視野，只要有能力在崎嶇不平、滿佈坑洞的「歷史」長廊走遠，就會發覺已遺落的「文學記憶」，會乘隙流注，在意想不到的時刻直奔眼前。例如八十年代中段，久失踪影的鷗外鷗翩然重臨，向隔代的本地同道傳遞添加了滄桑

47 林莽（李輝英）《中國新文學二十年》（香港：世界出版社，一九五七）；李棪、李輝英《中國新文學大系．續編》的編選計劃》。
48 力匡《燕語》（香港：人人出版社，一九五二）。
49 侶倫《窮巷》（香港：文苑書店，一九五二）。
50 林以亮〈詩的創作與道路〉，《祖國周刊》，第十二卷第五期（一九五五年五月），頁二五—三〇。
51 葉維廉〈論現階段中國現代詩〉，《新思潮》，第二期（一九五九年十二月），頁五—八。
52 崑南〈淺談無名氏初稿三卷〉，《中國學生周報》，第六二七期，《五四．抗戰中國文藝新檢閱》專輯，一九六四年七月二十四日。

苦澀的「記憶」；以舊作新篇為年輕世代的文學冶煉助燃。[53]「歷史（文學史）」不僅形塑「過去」，它還會搖撼「未來」。

風物長宜放眼量。文學「記憶」與「遺忘」的往來遞謝，或者好比一種即興式的「時間韻律」（rhythmic temporality），時而共鳴交感，時而沉靜寂寞。[54]我們未必能按軌跡預計「記憶」何時重訪我們的意識世界，因為現世中有種種有形與無形的屏障或壓抑。然而文學——依仗文字與文化生發的美感經驗——就有種「反遺忘」的力量，在意識的海洋上下浮潛而汩汩不息，或者衣缽相傳，也可能隔世相逢。年來我們努力梳理五、六十年代香港文學的作品和相關資料，每每驚嘆初遇其實就是舊識；因為，彼此都存活在這塊土地上。

五、同構「記憶」的大眾文化

以上的論述主要從「遺忘」戒懼出發，也牽涉到主體的問題，究竟誰在「記憶」？誰要「遺忘」？簡約式的回應是：南下文人滿懷「山河有異」的感覺，以「文學風景」作為寄寓。至於本地

53 參考陳國球〈左翼詩學與感官世界：重讀「失踪詩人」鷗外鷗的三、四十年代詩作〉，《政大中文學報》，第廿六期（二〇一六年十二月），頁一四一—一八一。

54 這是英國學者 Ermarth 討論歷史時間的觀念之借用；見 Elizabeth Deeds Ermarth, *Sequel to History: Postmodernism and the Crisis of Representational Time* (London: Routledge, 2012)。

的年輕「番書仔」，卻以文化源頭的「想像」承接文壇長輩的「記憶」，來抗衡殖民統治下的種種壓抑，以及在「現代性」的苦悶狀態下尋找精神出路。「反遺忘」的對象，就是大環境的政治與社會氣候。這些「抗衡政治」的論述，比較能說明精英文化層面的心靈活動。然而，各種力量的交鋒在更寬廣的民間社會可能有不同的表現，其中顛覆的意義更不能忽略。《香港文學大系》以文字文本的「藝術表現、社會感應，與歷史意義」作為觀察對象，但編輯範圍並不會囿限在新詩、小說、散文、戲劇、文學評論等自「新文學運動」以來的「正統」文學類型。第一輯十二卷在上述文體以外，還包括通俗文學、舊體文學、兒童文學等；編輯團隊認為在香港的文化環境中，這些文學類型能夠提供「額外的」審視角度。相關的編輯理念已在《香港文學大系一九一九—一九四九》的〈總序〉作出解說。在這個基礎上，《香港文學大系一九五〇—一九六九》保持第一輯的各種文體類型，再添加粵語、國語歌詞，以及粵劇兩個部分。歌詞和粵劇的相關藝術形式是音樂和舞台的表演，但其中的文字文本仍然佔了一個相當重要的位置。當然更全面以文字表達的大眾文化體類可以舉出盛極一時的武俠小說與愛情流行小說，以及別具形態的「三毫子小說」。本輯《香港文學大系》兩卷《通俗文學》會適切地反映這個現象。在《香港文學大系一九五〇—一九六九》的架構中，新增的《粵劇卷》和《歌詞卷》有助我們從更全面了解不同類型的文字文本如何融會成大家認識的香港文化。

粵劇本是廣東珠江三角洲一帶開展出來的地方戲曲，其原始功能是作為民間酬神的一種儀式，娛神的作用不少於娛人。隨着二、三十年代省（省城，即廣州）港（香港）澳（澳門）的城市化發展，粵劇演出的空間與時間也相與呼應，重心漸漸從臨時戲棚轉到戲院舞台，並由季候性的農閒祭祀活動變成市民日常生活的文娛康樂；演出所本也由固定劇目、排場之程式化與即興混合，進展到文人參與編訂提綱以至劇本。由是，文字的作用愈加重要，文學性質經歷一個由隱至顯的歷程。於今回顧，可知粵劇的文學階段之成熟期正正發生在大崩裂時代的香港；而粵劇的整體藝術表現，也在五、六十年代進入最輝煌的時期。是時，粵劇是這個城市的重要文娛活動，與社會大眾同一呼吸；相對同時其他嶺南地區，香港更有可以迴轉的精神空間，在市廛喧鬧間讓文字的感應和創發力量得以發揮。市民社會本來就複雜多元，在現實困厄中謀存活，難免有保守功利的一面；然而大眾意識中也不乏向上提升、或者挑戰威權的想望。這時期香港粵劇界出現最有駕馭能力的編劇家，在娛樂消閒與藝術錘煉之間游走；部分更蘊藏種種越界之思，乘間衝擊諸如生死、倫常、國族、階級等界限，暗中顛覆舊有的價值體系。[55] 當中文字與現實的博弈，透過不同媒介如電台廣播、唱片，或電影改編等廣泛傳播，植入不同階層的民眾意識之中，成為香港的重要「文化記憶」，在往後世代滋潤了許多文學以至藝術創作。[56]

55 例如《牡丹亭驚夢》（唐滌生，一九五六）及《再世紅梅記》（唐滌生，一九五九）的跨越道德與生死界、《碧海狂僧》（陳冠卿，一九五一）以「老妻少夫」的情節質詢愛情之「常態」、《鳳閣恩仇未了情》（徐子郎，一九六二）以「胡漢戀」撼動國族的界限、《紫釵記》（唐滌生，一九五七）中郡主與歌妓的階級身份置換等等。

56 參考陳國球〈粵劇《帝女花》與香港文化政治想像〉，未刊稿。

由粵劇的劇曲衍生出「粵語小曲」，再而出現受「國語時代曲」感染的「粵語時代曲」，發展到更「現代化」的「粵語流行曲」（Cantopop），是香港文化的其中一條重要發展脈絡。五、六十年代流行文化中的粵語歌未算鼎盛；要到七十年代開始，「粵語流行曲」才成為香港最重要的「軟實力」之一，影響不止遍及華語世界，在整個東亞地區都有其耀眼的位置。《香港文學大系》第二輯開闢「歌詞」一體，其中一個考慮點是為以後各輯的《歌詞卷》先作鋪墊。此外，作為這個時期的文字力量之一，粵語歌詞還有不少可以細味的地方；尤其與當時的「國語時代曲」對照並觀，更能見出在地的語言風俗與各方交涉周旋的意義。「國語時代曲」的原生地應該在上海。一九四九年以後，「樂人南奔」，一大批上海歌手、作曲家、填詞人移居香港；重要的唱片製作人、大型唱片公司也由上海南下，帶來上海先進的歌曲製作技術，資金又充裕，一時間「滬上餘音」瀰漫香江。[57]

香港的語言環境原本以粵語為主，書面語基本上與其他華語地區相通；但歌曲唱詞發聲，以聽覺主導，「國語時代曲」（與「國語電影」）在五、六十年代香港居然可以引領風騷，比粵語歌曲（及「粵語電影」）有更高的社會位置；這是值得玩味的現象。在一定程度上，可以見到香港文化

57 參考黃奇智《時代曲的流光歲月：一九三〇—一九七〇》（香港：三聯書店（香港）有限公司，二〇〇〇）；沈冬〈《好地方》的滬上餘音——姚敏與戰後香港歌舞片音樂〉上、下，《音樂藝術（上海音樂學院學報）》，二〇一八年第一期（三月），頁一二七—一四二；二〇一八年第三期（九月），頁七八—九一。

有一種在殖民統治影響下的寬鬆彈性：有時是逆來順受，有時是兼容並包。若有所抗衡，會選擇比較迂迴或含蓄的方式。粵語歌曲同時經歷「國語時代曲」與「歐西流行曲」的衝擊，再由在地意識浸潤洗練，七十年代以後就能奮起搶佔鰲頭。另一方面，國語歌曲在當時香港的寬廣空間也得以茁壯成長，進入這一種歌唱體裁的黃金時期；這時「國語時代曲」的創作人不止於追詠〈南屏晚鐘〉（陳蝶衣，一九五八），也會欣賞地道的〈叉燒包〉（李雋青，一九五七），漸漸體會身處的〈好地方〉（易文，一九六二）。可見「國語時代曲」也能接地氣，成為五、六十年代本地文化的一環。

粵語、國語的歌詞合觀，可見其中還是以情歌最為大宗。談情説愛在現代社會幾乎是人生的必經歷程，普羅大眾最容易感應；這方面的書寫，在語言鍛煉（或者堆疊）上，可以上承《香奩》、《花間》，往返於風雲月露、鴛鴦蝴蝶，不難造就一種「文雅」的面相。反而其他內容的創作表達與市民接收，更值得注意。流行文化本質上要隨波逐流，寫大眾喜見樂聞，或者憂戚同感的情事。這時期的國粵語歌展示了社會的眾多面相，例如：對富貴或者美好生活的嚮往；[58] 又有為低下階層的勞動生活打氣；[59] 反映大眾的社會觀感、居住環境的差劣；[60] 以至世代轉變帶來的家

58 如〈月下定情〉（張金，一九五一）；〈馬票夢〉（韓棟，一九五五）；〈我要飛上青天〉（易文，一九五九）；〈財神到〉（梅天柱，一九六七）。

59 如〈擦鞋歌〉（司徒明，一九五六）；〈工廠妹萬歲〉（羅寶生，一九六九）。

60 如〈飛哥跌落坑渠〉（胡文森，一九五八）；〈扮靚仔〉，（胡文森，一九六一）；〈一家八口一張牀〉（陳蝶衣，一九五六）；〈蜜蜂箱〉（李雋青，一九五七）。

庭代溝、青春之鼓舞與躁動；[61] 甚至女性主體意識的釋放。[62]

《香港文學大系》這一輯統合香港國粵語歌曲的歌詞為一卷，更有助我們對照兩個語言表述傳統的異同，觀察二者在同一文化場域中如何周旋與互動，如何同構這個時段的「文化記憶」。再者，從整個《香港文學大系一九五〇——一九六九》的體系來看，我們也可以留心新增的《粵劇卷》和《歌詞卷》如何補足我們對香港文學文化的理解。

六、有關《香港文學大系一九五〇——一九六九》

《香港文學大系一九五〇——一九六九》共計有十六卷；《新詩》兩卷，卷一由陳智德主編，卷二葉輝、鄭政恆合編；《散文》兩卷，卷一樊善標主編，卷二危令敦主編；《小說》兩卷，卷一馮偉才主編，卷二黃淑嫻主編；《話劇卷》盧偉力主編；《粵劇卷》梁寶華主編；《歌詞卷》分兩部分，粵語歌詞黃志華、朱耀偉合編，國語歌詞吳月華、盧惠嫻合編；《舊體文學卷》程中山主編；《通俗文學》兩卷，卷一黃仲鳴主編，卷二陳惠英主編；《兒童文學卷》黃慶雲、周蜜蜜

61 如〈老古董〉（易文，一九五七）；〈青春樂〉（吳一嘯，一九五九）；〈莫負青春〉（蘇翁／羅寶生，一九六六）；〈我是個爵士鼓手〉（簫篁，一九六七）。

62 如〈哥仔靚〉（梁漁舫，一九五九），〈卡門〉（李雋青，一九六〇）。

合編；《評論》兩卷，卷一陳國球主編，卷二羅貴祥主編；《文學史料卷》馬輝洪主編。

編輯委員會成員有：黃子平、黃仲鳴、黃淑嫻、樊善標、危令敦、陳智德、陳國球。我們還邀請了李歐梵、王德威、陳平原、陳萬雄、許子東、周蕾擔任本輯《香港文學大系》的顧問。

《香港文學大系一九五〇——一九六九》編纂計劃很榮幸得到公私各方的襄助。其中李律仁先生再度捐贈啟動資金，香港藝術發展局先後撥出款項作為計劃的主要運作經費。在計劃醞釀期間，也得到香港藝術發展局文學藝術組全力支持，並提供寶貴的意見。出版方面，續得香港商務印書館高水平的專業支援，解決了不少編輯過程中的難題。中研院王汎森院士盛情鼓勵，為《大系》題籤。香港教育大學中國文學文化研究中心作為《大系》編輯的基地，各位同事和研究生們以最高熱忱協同編務。至於境內外文化界同道的熱心關懷，督促提點，在此不及一一。以上種種，我們都銘記在心，並以之為更大的推動力，盡所能以完成《大系》的工作。

在此還應該記下我對《大系》編輯團隊的無限感激。眾所周知，當下的學術環境並不鼓勵《香港文學大系》一類的工作，團隊同仁犧牲大量時間與精神參與編務，只說明我們認識的這個城市、這個地方，值得大家交付心與力。至於其中的意義，就看往後世間怎麼記載。

凡例

一、《香港文學大系一九五〇——一九六九》共十六卷，收錄一九五〇年（一月一日起）至一九六九年（十二月三十一日止）之香港文學作品，編纂方式沿用《中國新文學大系》的體裁分類，同時考慮香港文學不同類型文學之特色，定為新詩卷一、新詩卷二、散文卷一、散文卷二、小說卷一、小說卷二、話劇卷、粵劇卷、歌詞卷、舊體文學卷、通俗文學卷一、通俗文學卷二、兒童文學卷、評論卷一、評論卷二和文學史料卷。

二、作品排列是以作者或主題為單位，以作者為單位者，以入選作品發表日期先後為序，同一作者入選多於一篇者，以發表日期最早者為據。

三、入選作者均附作者簡介，每篇作品於篇末註明出處。如作品發表時所署筆名與作者通用之名不同，亦於篇末註出。

四、本書所收作品根據原始文獻資料，保留原文用字，避免不必要改動，如果原始文獻中有×或□，亦予保留。

五、個別明顯誤校、字粒倒錯，或因書寫習慣而出現之簡體字，均由編者逕改；個別異體字如無法顯示則以通用字替代，不另作註。

六、原件字跡模糊，須由編者推測者，在文字或標點外加上方括號作表示，如「不以為〔然〕」；

原件字跡太模糊，實無法辨認者，以圓括號代之，如「前赴（ ）國」，每一組圓括號代表一個字。

七、本書經反覆校對，力求準確，部分文句用字異於今時者，是當時習慣寫法，或原件如此。

八、因篇幅所限或避免各卷內容重複，個別篇章以「存目」方式處理，只列題目而不收內文，各存目篇章之出處將清楚列明。

九、《香港文學大系一九五〇—一九六九》之編選原則詳見〈總序〉，各卷之編訂均經由編輯委員會審議，唯各卷主編對文獻之取捨仍具一定自主，詳見各卷〈導言〉。

十、本〈凡例〉通用於各卷，唯個別編者因應個別文體特定用字或格式所需，在〈導言〉內另作補充說明，或在〈導言〉後另以〈本卷編例〉加以補充說明。

導言

陳智德

一九五〇年代是變動、轉折、離散的時代，一方奮進，另一方失落，在明顯可見的二元對立以外，實在糾纏更多莫名的苦思、掙扎、失語、幻滅、覺醒。真正的詩歌面向時代，同樣面向被時代唾棄的枯淡人生；政治對峙和冷戰時局，教人無所逃遁於天地，詩歌可否另建純境？詩歌以精煉、超越的語言截取片刻即逝瞬間，轉化時代精神，尋求超越的理念；那「分行散文」似的現代句子備受冷嘲、無視，長期被藏匿於幽深岩洞，脆弱欲裂的舊刊紙頁，在凝視裏成灰，但只要對文藝、對人文精神有感，便總忘不了一個一個象徵探索時代的名字：何達、徐訏、力匡、夏侯無忌、李素、燕歸來、林以亮、舒巷城、丁平、馬朗、楊際光、崑南、蔡炎培、馬覺等等，他們當中，不少人也同時寫小說、散文以至評論，在講述跌宕起伏故事的小說、書寫紀事抒情的散文以外，仍留下明知沒有多少讀者的、換不到幾許稿費的新詩，他們好像以澹泊之身、漠視虛榮和慣於寂寥的心志，凝視奮進或失落的人羣，不願驚擾世界地，暗自苦思、掙扎，留下不易消化的文學聲音，一字一句，一行一語，俱是未被解讀的時代精神，一種藏匿的詩境。

本書以「文學大系」的體例、文學史的視角編選整理一九五〇年代香港新詩，也嘗試勾勒歷史輪廓，指出重要特色，包括籠罩整個一九五〇年代不可避免的冷戰時局因素，也包括五四文學遺緒、新詩形式的繼承開拓，以至詩歌理念自身的建構。以下，本導言將分列「轉折中的流動」、

「藏匿的詩境」、「一九五〇年代的時代精神」、「『詩選』與歷史意識」四節為讀者作引介。

一、轉折中的流動

一九五〇年代的香港詩人，書寫出一個奮進年代，也書寫出一個緬懷失落、苦思掙扎的年代。相對於戰後左翼作家暫居香港數年後北返，五〇年代的南來文人留港時間更長；戰後左翼作家以詩歌呼應其時中國內地左翼文論及文藝作為鬥爭工具的需要，以至部分作品呼籲香港人民離港北上參與鬥爭或建設，五〇年代的南來文人則抱持更多個人角度的感懷，對中國內地思潮表達不同立場、不同態度的呼應，也表達出更多香港視角，又另有在政治意識形態的表述、配合以外，流露個人以至集體的失落、不安，呼應戰後長期的離散、播遷，從他們留下的多種作品可見其所身處的，無論對集體和個人而言都是緬懷失落、苦思掙扎的年代。

一九五〇年代香港新詩諸種作品所反映的意識、情感，在呼應時局以外，也作為一種集體「流動」的表徵：因應身體上的離散、播遷而表達鄉愁、文化差異和經驗斷裂，也因應觀念上的承接、轉化而堅守源自二、三〇年代的語言形式，再尋索變化、創新的可能，配合翻譯、交流、教育，催化另一階段的文學流動。從一九五〇年至一九五九年，已有接近兩個世代的詩人，包括五〇年代初期來港而在內地已具文名或已投身社會的徐訏、何達、林以亮、徐速、力匡、夏侯無忌、盧森、趙滋蕃、李素、燕歸來、岳心、馬朗、楊際光，與五〇年代中後期在本地求學、成長的青年詩人盧因、崑南、蔡炎培、余玉書、葉維廉、馬覺、羊城、柏雄、夕陽等等，共同處身紛紜變幻的都市中，書寫出自覺或不自覺的具香港視角的時代精神。

一九五〇年十一月，何達承接他寫於一九四九年的〈我的感情激動了〉一詩的昂揚語調，[1]再寫出長詩〈從早晨到早晨〉，同樣歌頌事物的新生，詩的起首即以連串起始意象，作他筆下諸種新生事物的「起興」：

早晨五點鐘：
廚房的燈亮了；
車廠的燈也亮了。
第一部公共汽車開出來了。
第一部電車也開出來了。[2]

雖然每天早晨都有公共汽車開出、都有電車開出，何達以此時間推移，強調出一種內心的奮進，

1 何達〈我的感情激動了〉原刊一九四九年三月十日香港《文匯報・文藝週刊》，已收錄於陳智德編《香港文學大系一九一九—一九四九・新詩卷》（香港：商務印書館（香港）有限公司，二〇一四）。

2 何達〈從早晨到早晨〉，《大公報・文藝》，一九五〇年十一月十二日。

一種新的感受，重點是以此主觀的奮進，作為一種詩的「起興」，引出下面鋪敘出的連串包括天安門、人民領袖等意象，以歌頌他心目中的新事物，重點也是一種內心的奮進：因時代更迭，人民的苦難除淨而得以自由，當中的過程是從戰爭的回溯、新民主主義、學習小組的實踐，從當時中國大陸各地的諸種新生景象，至後半段把視線移向「祖國的邊境」，之後是連串新聞工作者、印刷機的書寫，以報紙報道韓戰（另一說法稱為「朝鮮戰爭」，又因期間中國派遣志願軍參戰，被稱為「抗美援朝戰爭」）以及讀者的反應，作為詩題「從早晨到早晨」的結束，即從一個日常的早晨、電車如常開出的早晨，引向一個從「抗美援朝」角度報道韓戰的報紙出版的早晨，何達由此實現出一種香港文學「流動」的其中一種面向。

這角度的面向並非孤立、單一的，還可見諸鄭辛雄（海辛）的〈送工友回國支前〉，「支前」這術語是指韓戰開始時，中國政府發動各地大批農民、工人、醫護人員志願到韓戰前線後方支援，他們的名字後來有部分被記載入二〇〇三年出版的《抗美援朝烈士名錄》。在鄭辛雄的〈送工友回國支前〉一詩，記述了香港工人在歡送工友「回國支前」晚會上的昂揚，詩中描寫會場各種昂揚情景，第二節首句使用香港粵語口語「好嘢」一詞，生動地突顯在場歡送工人同伴者的豪爽，雨景則反襯出工人的煥發，以強調其間毫無傷感不捨之情，末節以工友作為「回到祖國參加革命鬥爭」的榜樣，再以「支前」工友將來的勝利歸來作結，更以該勝利旗幟「插遍了海南、台灣的時候」作為一種政治想像，憧憬着一種新的時間，而這種把希望寄託未來的時間觀，弔詭地同樣見於另一種香港文學「流動」的面向。

四、五〇年代之交，是轉折、變動的時代，也是意識形態分歧的時代，有歌頌新生，也有哀痛斷裂；有北上和留守的人民迎接解放，也有大量人民告別家園和親人，流徙往台灣或香港。因着離散、播遷及其連帶的文化差異經驗，五〇年代初期詩人對時間的感受可說是特別敏感而分歧，除了何達〈從早晨到早晨〉、鄭辛雄〈送工友回國支前〉等詩所讚頌的時間，另有徐訏〈記憶裏的過去〉、〈時間的去處〉、力匡〈燕語〉等詩講述出另一種時間：哀懷過去的經驗斷裂、不信任現在，卻同樣把虛渺的希望寄託於未來。

五〇年代從內地到香港的作家，部分抱持對新時代的熱情，例如上文提到何達寫於一九四九年的〈我的感情激動了〉和寫於一九五〇年的〈從早晨到早晨〉兩首詩，又例如何達寫於七〇年代的文章〈學詩四十五年〉所說：「五十年代，是令人振奮的年代。在那個年代裏，一個人真是覺得混身是勁。從早晨到早晨，都洋溢着新生的熱情」[3]，何達在該文以「從早晨到早晨」一語呼應他寫於一九五〇年的〈從早晨到早晨〉一詩，可見何達重視一九五〇年的〈從早晨到早晨〉一詩，也見出何達歷經時代氣氛更迭，但到他回顧半生文學志業時，對源自四、五〇年代之交的革命熱情依然肯定，近乎無怨無悔。

何達〈從早晨到早晨〉一詩所呈現的熱情當然具一定代表性，但同時亦有另一種意識傾向的寫作，強調經驗和文化的斷裂，當中的情感意念傾向，同樣應予尊重和正視，例如徐訏寫於

3 何達〈學詩四十五年〉，尹肇池編《何達詩選》（香港：文學與美術出版社，一九七六），頁一五八。

一九五三年的〈原野的理想〉一詩，以黯淡、消沉的語言，視香港為磨滅理想的所在：

但如今我流落在污穢的鬧市，
陽光裏飛揚着灰塵，
垃圾混合着純潔的泥土，
花不再鮮艷，草不再青。[4]

陽光中有灰塵，花草有枯榮，本是正常現象，但對於在觀念上感到疏離的作者來說，香港的種種景觀都成了不純潔的、污穢的投影，使他無法認同。對徐訏那一輩來自上海的中年作家來說，其難以認同香港的心情是可以理解，而且是很普遍的，他們的作品一部分表達了對於異域的疏離，另一部分表達了對故國山河的懷戀，但當中的懷鄉書寫也經常結合了對於異域的疏離，成為一種複雜的情結，例如力匡〈燕語〉一詩以燕子南來自況，寫自己來自「畫棟鏤金」的過去，因「北國此刻已有冷酷的嚴霜」而離鄉，在異方的樑上暫時棲身：

是的我也聽過這樣的故事，

4 徐訏〈原野的理想〉，《時間的去處》（香港：亞洲出版社，一九五八），頁一一八。

說有過一隻感情豐富的燕子，
為了留戀於快樂王子的雕像，
一天又一天留在寒冷的地方，
情願在冬天裏死亡，
但我決不願如此愚昧葬送了自己，
我對渺小的自己仍付與太高的希望。[5]

〈燕語〉引用愛爾蘭作家王爾德所著的童話故事《快樂王子》，把原來故事中燕子作為犧牲小我而奉獻愛心和生命的象徵，說成是留戀安逸的「愚昧」行為。力匡〈燕語〉近乎改寫童話故事《快樂王子》的用意不是「反童話」，卻是為了強調作者所寄居之地——香港不值得久留並強化對於寄居地的不滿。

徐訏、力匡、夏侯無忌、燕歸來、岳心、徐速都在五〇年代前期寫了許多懷鄉詩歌，但其意向不完全在於肯定過去，卻也包括對目前和寄居地的否定，例如岳心〈雪花〉指出：「南國的冬天溫和可親，／但我仍想念雪花」，他們不否定播遷的決定，但難以忘懷過去，而這其實是正常而普遍的情感，再細讀詩歌內容，懷鄉的文字往往連帶着對現實的不滿，當作者書寫過去，不免美

5 力匡〈燕語〉，《星島晚報》，一九五一年十二月十四日。

化了過去經驗，例如徐訏〈記憶裏的過去〉所指：

埋在我記憶裏的過去，
常受我想像的灌溉，
它有新鮮的色澤與內容
以及那永往的存在。

那裏老幼的人物，
有不變的年齡；
情侶有永生的愛，
山水有不移的風景。[6]

這兩節詩中「記憶裏的過去」，受到「想像的灌溉」，現實上，無論時間中的過去或地域上的故鄉已無復舊貌，但透過作者想像中的修復，過去在觀念上依然完整美好，觀念上、想像中的過去，人事不變，風景依舊，這正是懷鄉者日夕想像、幻想要去保存的過去。但徐訏自覺到觀念與現實

6 徐訏〈記憶裏的過去〉，《星島週報》第四期，一九五一年十二月六日。

的距離，〈記憶裏的過去〉詩中緊接的是對於目前客觀現實的覺察，又同時在主觀上加以否定：

然而這只是過去！
倘它可化作我的將來，
那我就有燦爛的希望
可在無依的現在期待。

期待綠的重綠，紅的重紅，
期待黑暗的重新光明，
期待已失的美，復回的愛，
期待我再生的青春。[7]

徐訏明白到自我只能活在充滿否定的現在，故以「期待」指向未來，然而這未來不是現在的延伸，而是「綠的重綠，紅的重紅」、「黑暗的重新光明」，未來是已失的美、愛和青春都一一「再生」，未來希望寄託在過去的重現，未來的意義只是過去的重現。這兩節詩對「未來」的處理，回應了

7 徐訏〈記憶裏的過去〉，《星島週報》第四期，一九五一年十二月六日。

詩第一、二節對過去的美化，二者同時營造了既線性又循環的時間觀：迎向未來也就是回到過去。徐訏〈記憶裏的過去〉與前文提及的鄭辛雄的〈送工友回國支前〉一詩，即使意識傾向迥異，但其憧憬於新的時間觀卻是類近的。

無論如何，一九五〇年代許多詩人帶着複雜的心情來到異地，在轉折的流動中跌宕，留下瞻前顧後的愁思，對過去和目前的態度都不是單一的，岳心的〈雪花〉：「南國的冬天溫和可親，/但我仍想念雪花」，當中的意指不只是緬懷過去，詩中的「雪花」蘊含傷痕中的美，一方面是美化過去，卻也使流動中的今昔之別顯得更複雜，未能以二元對立思維簡單解說。又如力匡〈懷鄉〉的另一句：「我告訴她雖然屈原始終懷念郢都/卻寧願忍受陵陽九年的流放」，指出緬懷的虛妄、復歸的無望，道出認清形勢的堅決，也許亦帶一點不由自主，如同岳心的〈小水點〉：

睜開眼睛一看，
兩岸在匆匆後移。
無數的小水點
密密地和我擠在一起。
迎面來了一塊黑石頭，
我急忙閃避，可是身不由己！
只好咬緊了牙，

閉着眼承受這一下碰擊。[8]

時代後退，即使緬懷過去、渴欲回鄉，亦只能咬緊牙關，繼續在轉折中流動，一整代人就這樣在流動中不由自主，留下或顯或隱的詩境。

二、藏匿的詩境

上文略述過一九五〇年代香港詩歌在轉折時代中的不同面向，談論過個別詩歌作品的探索，要認真理解一個時代的文學，關鍵在於史料，也在於後人整理、研究時闡述出的史識，讀者把二者結合，才可以作獨立的分析，如果孤立地只看文本，很容易誤解詩歌無干於時代，或站在另一極端方向地認為詩歌只是時代的附庸。

我想舉出兩篇文章，對我們理解一九五〇年代的香港新詩，具關鍵性或先導性的作用，其一是劉以鬯〈五十年代初期的香港文學〉，其二是鄭樹森〈五、六〇年代的香港新詩〉。左右翼意識形態對峙、冷戰思維的影響，可說是了解一九五〇年代的時代精神的基本要點，此處無庸贅言，劉以鬯〈五十年代初期的香港文學〉一文在理解一九五〇年代香港新詩的重要性，在於該文在政治

8 岳心〈小水點〉，《大學生活》第一卷第五期，一九五五年九月五日。

因素以外，指出五〇年代作家的精神狀況：

當大批文化人離開香港返回內地的時候，另一批文化人為了追求舊的生活方式進入香港。這批新來的文化人多數不能將克服險阻的力量集中起來，空虛，失落，精神苦悶到極點。……失望多過希望的文化人，對文學的功能與定義產生與前不同的看法和解釋，是極其自然的事。煮字既可療飢，為了免於淪為「港癟」，沒有理由不放棄對文學的執著。[9]

劉以鬯在文中再詳述五〇年代作家在商業和政治夾縫中，不得不寫違背本身文學理念的通俗或政治傾向文字，標示五〇年代香港文學「掙扎的特性」。作家為求滿足刊物的商業要求，製作具娛樂性的文字，或為滿足刊物的政治目標，強調或左或右的態度，某程度上都是一種扭曲，使作家失去文藝自我，亦使文學淪為政治的附庸。時代低迷，壓抑個性，有時候，詩就成了一種逃遁的出口，例如楊際光在詩集《雨天集》的前記說：

我偈處於外來和內在因素的夾擊中，無法獲得解救。在極度的心理矛盾下，我企圖

9 劉以鬯〈五十年代初期的香港文學〉，《劉以鬯卷》（香港：三聯書店，一九九一），頁三六一。

建砌一座小小的堡壘，只容我精神藏匿。我要闢出一個純境，捕取一些不知名的美麗得令我震顫，熾熱得灼心的東西，可將現實的世界緊閉門外，完全隔絕。[10]

楊際光於五〇年代初來港，在《香港時報》任職翻譯工作，以「貝娜苔」、「麥陽」為筆名，在《香港時報》、《文藝新潮》、《文藝新地》、《海瀾》等刊物上發表過大量詩作，相較於徐訏、力匡和何達，楊際光的詩較少回憶過去生活或直接批判現實，而是另行建造一個在觀念上存在的「純境」，《雨天集》所收錄的〈綠色的跡印〉、〈水邊〉、〈海濱〉等詩都是他心中那「純境」的反映，從中得到「精神藏匿」，但那「純境」不表示一種隔絕的美，而是含有內在壓抑、矛盾與掙扎，〈水邊〉「水面映出怪形的臉」可視為詩人內在世界的倒影，「向空茫伸出絕望的手／無可掌握自我的真實」指向內在世界的難以掌握，〈水邊〉在表面的寧靜中，潛藏着巨大的壓抑。〈鏡子〉則有如「純境」的鏡象，讓內在世界作自我觀照式的思考：

園林裏處處有你跡印，

---

10 楊際光〈前記〉，《雨天集》（香港：華英出版社，無出版日期〔一九六八〕），頁一。楊際光《雨天集》與李維陵的《荊棘集》同時由華英出版社出版，《荊棘集》列出版日期為一九六八年，《雨天集》亦當為此年出版。

你又是甚麼？我抱有
最遠最完滿的希望，
望着一堆堆青灰的形體，
頑固的、呆笨的、古老的
不會在風雨裏酥化。
你可是一塊醒覺的石頭，
守在最後的平原隘口？[11]

詩中建構自我內在世界的努力，化成園林裏的跡印，過去的自我成為「青灰的形體」、「醒覺的石頭」，詩人放棄刻意營造，而讓「初築的碉堡」逐漸成形，結合記憶與價值於內在的延續，重新肯定「純境」的建造，當中的關鍵不是個人創造出超脱現實的純境，因為一個僅僅純粹美麗的內在世界可能只是幻象，作者顯然不滿足於此；而是讓純境本身作內在的觀照和反省，了解當中的局限，回頭幫助「我」認清今日現實的處境。或可以說，楊際光要用詩將現實隔絕，但不表示他的詩與現實無關，即使楊際光未直接「反映」現實，他的詩也可看為對五〇年代香港現實環境的回應，再看〈擱腐朽者〉、〈暴風午晝〉，對外在世界的狂亂，尤其紛擾世態對純粹事物的破壞，表達

11 貝娜苔（楊際光）〈鏡子〉，《海瀾》創刊號，一九五五年十一月一日。

了一種沉潛的憤怒。

「純境」不表示隔絕或逃避，反而是認清世態的紛擾、政治的混濁，試圖回到現代文學語言的最深層，近乎以「潛流」的方式越過浮淺的表象，再看力匡〈這世界是一個大謊〉、夏侯無忌〈夜曲〉、燕歸來〈樹在向你招手〉、〈鳥語〉、林以亮〈噴泉〉、李素〈落葉〉、〈露珠〉、林仁超〈噴水池〉等詩，都試圖超越政治和現實世界的表象，重建詩歌的純境，卻又因這些詩歌發表在現實政治上並無出路的香港，以至報刊中不顯眼的角落，它們總以近乎「透明」的姿態存在，某程度上仍作為少數掌握詩藝和欣賞方法者的藏匿處，卻又以內省、超脫的方式突破現實困局，逆反時代的專橫，實現了一種超世的文學。

以上從劉以鬯〈五十年代初期的香港文學〉一文，配合閱讀楊際光〈水邊〉、〈鏡子〉和力匡〈這世界是一個大謊〉、夏侯無忌〈夜曲〉、燕歸來〈樹在向你招手〉等詩作，發揮我稱為「藏匿的詩境」的相關論點，此外可再看鄭樹森〈五、六〇年代的香港新詩〉一文，他首先從新詩形式的觀察入手，分別列舉五〇年代初徐訏、力匡等人的格律派詩風，何達的現實主義朗誦詩風，以及馬朗等人的現代派自由詩體的分野，而五〇年代中後期至六〇年代的崑南、蔡炎培、馬覺等青年詩人，又如何自五〇年代初的不同詩風以及五四遺緒、中西詩體的轉化中發展，隱約列出了一道歷史發展的脈絡。該文另一重要論點，是指出政治因素對五〇年代香港新詩的影響：

五〇年代初為韓戰及韓戰後的東西冷戰對峙時期，大量作家的抗共意識不時流露詩中。調景嶺詩人因為強烈的反共而不斷口號式的吶喊，是可以理解的，但這個「時代的烙印」則連詩作向以抒情為主的徐訏亦未能免。[12]

鄭樹森引徐訏的〈故居〉為例標示抒情詩人的「時代的烙印」；此外，亦可參考選入本書的徐訏〈歲尾〉、〈眼睛〉、〈冷戰中的小熱門〉等詩，以及力匡的〈法利賽人〉、〈這世界是一個大謊〉以至楊際光〈擱腐朽者〉、燕歸來〈樹在向你招手〉、〈君子竹〉等等詩作，也自詩人本身擅長的抒情性突破出，表達對政治或現實的批判、諷喻，但這些詩當中的政治性並不在於抗共或反共，他們不是為了反對或支持任何特定的政治主張，而是無法在混濁的世態中保持閒適，徐訏〈歲尾〉批評政治造成的扭曲：

一切生產成軍火，
一切教養是宣傳，
所有炮火的光榮，

12 鄭樹森〈五、六〇年代的香港新詩〉，黃繼持、盧瑋鑾、鄭樹森編《香港新詩選一九四八——一九六九》（香港：香港中文大學人文學科研究所香港文化研究計劃，一九九八），頁i。

難買生命的哀怨。[13]

當中的憤慨是不分「左」或「右」的，〈眼睛〉則對社會現實有更具體的刻畫，〈冷戰中的小熱門〉譏諷受政治扭曲的文壇亂象，這些詩都從不同角度和現實中取材，寫成特定時空的香港當中不受重視的世態圖。燕歸來擅長以女性的婉約輕柔詩風寫景，但在飄逸的意境當中，間現「豺狼橫臥要津」、「山腰上出現鐵騎」、「大雪阻隔了倦鳥歸家」等詩句，暗示五〇年代一輩「破國亡家」者的集體處境，使飄逸的意境中多了一重政治諷喻，自比激烈口號高明，亦見詩人的苦悶難以脫離政治氣氛的低迷壓抑，卻仍極力嘗試超越，或可以說，燕歸來〈樹在向你招手〉〈鳥語〉、〈君子竹〉、〈燕子的歌〉等詩歌以飄逸意境與政治低迷時代互相糾纏，與該詩人本身的女性婉約詩風本色風格同樣迷人，讀之不免一再掩卷。

時代低迷，作家或對世態特別敏感的詩人尤感壓抑，他們尋求純美詩境，另建獨立的理念世界，楊際光的「純境」是一境，徐訏的〈歲尾〉、〈在夜裏〉是一境，燕歸來的「大雪阻隔了倦鳥歸家」，也是一境。在「左」「右」意識形態對立、禁忌處處、矛盾壓抑的時局中，楊際光、徐訏、燕歸來等五〇年代詩人尋求一處文藝的也是精神的淨土，以詩境造之，復以詩境維護，成就得來不易的，卻又是難以被理解的、長期湮沒無聞的「藏匿的詩境」。

---

13 徐訏〈歲尾〉，徐訏《輪迴》（香港：大公書局，一九五二），頁四三四—四三五。

三、一九五〇年代的時代精神

一九五〇年代香港新詩所呈現的時代精神，固然與冷戰時代相涉，與香港現實相涉，但更關鍵的，始終是五四文學精神的延續、開拓，特別是不同的先行者有見於文學傳統的斷裂，有意作出不同方向的延續以至調整。徐訏、力匡、林以亮、馬朗傳承五四文學不同流派的意義不在於重演流派本身的特質，而是帶着轉化、調整，以至表現或多或少的與其文學記憶糾葛的情結，卻由此線索以至種種糾葛的情結，更有力讓後來者承接、更新。

一九五二年，《人人文學》、《中國學生周報》等刊物創刊，以發揚五四文學精神、延續五四文學傳統為呼召，[14] 司馬長風在《中國新文學史》中指徐訏的詩「與新月派極為接近」，並以此而得到司馬長風的正面評價，[15] 徐訏早年的詩歌，包括結集為《四十詩綜》的五部詩集，形式大多是四句一節，隔句押韻，至一九五二年的《輪迴》和一九五八年的《時間的去處》這兩本五〇年代在香港出版的詩集，收錄徐訏移居香港後的詩作，形式上變化不大，仍然大多是四句一節，隔

14 《中國學生周報》於一九五二年七月二十五日創刊，在翌年五月即該刊創刊後的首個五四週年紀念，即於第一版的「學壇」（地位相類於報紙的社論）刊出〈要把「五四」復活〉一文，文末呼籲「再掀起一個新文化運動，慢慢從頭作起」；一九五四年的五四週年紀念同於「學壇」再有〈五四與當代青年〉一文，文末提出「繼承五四精神，堅持民主理念」等口號。

15 司馬長風《中國新文學史（下卷）》（香港：昭明出版社，一九七八），頁二一八。

句押韻，例如本書所收錄的〈記憶裏的過去〉、〈原野的理想〉、〈時間的去處〉這三首詩，或可以說，延續新月派的格律化形式，使徐訏能與消逝的歲月多一分連繫，該形式與他所懷念的故鄉，同樣作為記憶的一部分，而不忍割捨。

也許因着這種對五四文學傳統的繼承，結合了懷鄉、保存記憶的情感需要，也反映生活經驗斷裂的不安，糾結為一種保守情結，使五〇年代初至中期的香港新詩，瀰漫一片新月派格律化詩體的色彩，在徐訏以外，力匡、夏侯無忌、徐速、盧森、林仁超、慕容羽軍等人的新詩形式都有共同的格律化傾向，其中力匡的新詩同樣出以四句一節，隔句押韻的形式，或採用四、四、四、二式的十四行體，內容更多以抒發鄉愁和針對「此地」的不滿，對五〇年代初至中期的青年學生有不少影響，時人即有「力匡體」之稱，夏侯無忌、徐速亦有類近傾向，徐速更自覺地寫出〈慰——擬力匡詩體〉作為「力匡體」的擬作。即使詩壇在五〇年代中期開始對格律化詩體風尚有所調整，而曾受「力匡體」影響的青年詩人，日後亦頗有否定「力匡體」或批評它保守，[16] 但也不能完全否定它所反映的時代意義，特別其有所選擇地繼承五四文學、延續五四新詩形式到香港，而徐訏、力匡一代詩人所表達的詩情，包括鄉愁、否定「此地」，有特定時代因素使然，也是應予尊重的情感。

16 參考崑南〈文之不可絕於天地間者——我的回顧〉，《中國學生周報》，一九六五年七月二十三日；另參考康夫整理〈西西訪問記〉，《羅盤》詩刊第一期，一九七六年十二月。

「力匡體」的保守傾向，以及五〇年代中期以前在青年學生之間造成廣泛影響，引起林以亮的擔憂，他在《人人文學》先後發表〈詩與情感〉、〈同情與寬容〉、〈論新詩之形式〉和〈再論新詩之形式〉等文，提出新月派格律化詩體及其所着重的浪漫感傷，是落後的形式，不單在三、四〇年代的中國詩壇已被現代派取代，且在當代世界詩壇而言也是落後的，他在〈詩與情感〉一文舉引艾略特的〈空洞的人〉作為「現代詩人」制約情感的例子，用意之一是導引讀者走出浪漫主義式感傷情調，更重要是他在〈論新詩的形式〉和〈再論新詩的形式〉二文重新提出形式的重要性，指出從五四時代到一九五〇年代的詩人處於兩難局面：在撇棄傳統的同時未能有取代性的創造，進而提出他對詩壇風氣的擔心：

> 大家誤以為從舊詩中解放出來的結果就是自由詩。大家誤以為自由詩最容易寫，以致有很多不是詩人，不會寫，也沒有資格寫詩的人都來參加寫詩，造成了中國有史以來詩格最卑的現象，而詩也從來沒有受人這樣輕視過。[17]

五〇年代初至中期，林以亮在《人人文學》、《祖國周刊》和《文藝新潮》發表多首詩作，除了部分是四〇年代舊作重刊，他的新作也延續他本人自四〇年代以來的格律體，但有別於「力匡體」的浪

17 余懷（林以亮）〈論新詩的形式〉，《人人文學》第十五期，一九五三年八月。

漫感傷，出以接近現代派的情感制約，表現知性，可說也接近他的好友吳興華的詩風，但這也不是一、二人的嘗試，而是自二、三〇年代梁宗岱、穆木天等人引進純詩理論以及大量譯介十九世紀中後期歐洲象徵派、現代派詩歌而演化出的風格，林以亮認為這已經超出了新月派的水平，所以對「力匡體」及其背後的浪漫感傷不以為然，也擔心斷絕了三、四〇年代以來中國現代派傳統的詩壇陷於浮淺，他以「梁文星」之名甚至以他本人常用的「余懷」之名重發吳興華舊作，以及重刊自己的四〇年代舊作，其用意相信在於擔心詩壇浮淺，不忍見既有的現代派傳統斷裂。

以上種種都在一九五六年二月台灣紀弦在《現代詩》改版後宣告成立現代派，同年也是二月馬朗在香港創辦《文藝新潮》所引發的台、港兩地新一波現代派詩歌運動之前，具重要的承接作用，林以亮近乎以一人之力，試圖對五〇年代初至中期普遍瀰漫的帶五四初期至新月派時期的浪漫感傷筆調作出調整，在「力匡體」和散文化自由詩體以外，提出另一種可能性，只是林以亮這種調整的聲音，隨着《人人文學》停刊已近乎煙消雲散，備受忽視也缺乏承接，比馬朗創辦《文藝新潮》留下的影響更小，可說是五〇年代香港新詩發展上一種很遺憾的斷裂。

當一九五六年二月《文藝新潮》創刊，對林以亮及眾多關心現代主義文藝的作家來說，應是莫大激勵，不久，林以亮在五月出版的《文藝新潮》第三期發表〈噴泉〉一詩，相信確是他的新作，詩的字面意象是描述花園中一座噴水池，更確切來說是描述俗稱「兵頭花園」的香港動植物公園中央的噴水池，但正如一切詩歌普遍蘊含意在弦外的象徵性，且在西方詩歌傳統裏，以「噴泉」為題的詩歌亦多引向宗教、藝術或愛情的想像，熟悉西方詩歌的林以亮，其〈噴泉〉一詩真正描繪、闡釋的，不是現實中的噴水池，而是一種藝術形象，包括詩歌的創作和詩人的理念，除了若干個人心境投射，更重要是一種抽離、超越個人的藝術形象書寫，表達了一種堅定的、尋求與既有高度承接的詩觀。

在「力匡體」的影響與林以亮的調整之間，再仔細觀察，五〇年代的香港新詩在格律體形式以外，在一些自由體詩歌中也看到對於三〇年代現代派的承接，例如夏侯無忌的〈夜曲〉即明顯地借用何其芳〈預言〉的詩句節奏，還有上文評析過的楊際光，以至櫻子、黃崖、柳木下，亦帶現代派詩歌風格。此外，上文提過的何達，四〇年代就讀昆明西南聯合大學時，受業於聞一多，同時感召於戰後初期參與全國學聯「一二．一運動」時所領受的進步左翼理念，傾向於艾青、臧克家、田間等人的寫實詩歌，一九四八年來港後，始終持守寫實主義理念，主編刊物，任教寫作班，成為相當具影響力的寫實主義詩人，何達來港後所寫的詩歌有表達進步左翼理念的〈我的感情激動了〉、〈從早晨到早晨〉、〈簽名——記一個知識分子的話〉，也有反映香港社會現實的〈窮孩子〉、〈在醫院裏〉、〈失業〉等詩，以至有一九五八年為聲援非洲人民的民族獨立運動而寫的〈難道我的血裡有非洲的血統？〉一詩，這詩的風格除了既有的寫實主義，也可追溯到五〇年代中後期以前，香港左派文藝刊物如《文藝世紀》、《文匯報．文藝》、《大公報．文藝》等大量譯介蘇聯詩歌和智利詩人聶魯達的政治頌歌所造成的影響，何達〈難道我的血裏有非洲的血統？〉、鄭辛雄〈自由神下的控訴——讀「黑人詩選」〉、舒巷城〈雷諾爾回到美國後〉、李怡〈檯鐘的話——為蘇聯十月社會主義革命四十周年而作〉都是這時期的代表作；今日重讀之，雖略感詩中的政治理念過於昂揚、過於自信，卻是在一九六〇年中蘇交惡之前的特殊時空裏，留下一種既超越又絕世的，追求與弱勢社羣同一呼息、普世共通的左翼美學。

五〇年代香港詩壇對五四文學傳統的另一種繼承，見於一九五六年馬朗創辦的《文藝新潮》，馬朗在《文藝新潮》創刊辭把現代主義文學形容為禁果，在過去不能自由採摘：「為甚麼這是禁果？為甚麼要遮住我們的眼睛？」[18] 馬朗在八〇年代回顧《文藝新潮》時進一步解釋他的不滿：

許多從大陸逃亡出來的文化人和知識青年，都執筆責文……其中雖偶有佳作，也是落伍脫節的居多，有時簡直是開倒車回到「新月」時代以前，既不「接棒」承襲優良的傳統，更不去尋覓世界文學的主流，完全是坐井觀天。

受到政治勢力的影響，我們的視聽都被矇蔽多時。回到我們破除矇蔽的屏障，重新觀察裏外的世界，我們覺得處身在一個史無前例的悲劇階段，面臨新的黑暗時代，於是感到需要一個中心思想……這個新的潮流就是現代主義。當時，我認為，通過現代主義才可以破舊立新。[19]

18 新潮社〈發刊詞：人類靈魂的工程師，到我們的旗下來！〉，《文藝新潮》第一卷第一期，一九五六年二月。

19 張默〈風雨前夕訪馬朗〉，《文訊月刊》第二十期，一九八五年十月。

馬朗所稱的「優良的傳統」、「世界文學的主流」，指的是西方現代主義文學和三、四〇年代中國文壇對現代主義的引介。在《文藝新潮》創刊辭中，馬朗呼籲人們在廢墟間重新建設：「理性和良知是我們的旌旗和主流，緬懷、追尋、創造是我們新的使命」[20]，其中「緬懷、追尋、創造」包括了繼承三、四〇年代中國現代派新詩的努力，並以此作為出路。凡此皆可見出南來文化人在港抗衡無根、接續斷裂的文化意向。

一九五〇年代中後期，戰後在香港受教育的青年詩人在《星島日報．學生園地》、《中國學生周報．詩之頁》、《人人文學》、《海瀾》、《文壇》、《文藝新潮》、《大學生活》、《文匯報．文藝》等刊物成長，多數先在相關刊物鼓勵青年學生投稿的版面刊登詩作，得到主持版面的編輯、作家鼓勵，而青年詩人亦在五〇年代中期開始自辦文社，互相砥礪，逐漸寫出更成熟作品，例如王無邪〈一九五七年春：香港〉、崑南〈布爾喬亞之歌〉、葉維廉〈我們只期待月落的時分〉、張愛倫（西西）〈廢船〉、〈造訪〉、麥席珍〈鳥之悲歌〉、馬角（馬覺）〈香港島〉等作，足以昇華情感、反映時代，留下五〇年代末期，一種消頹、無助的城市面相，彷彿一個一個被冷戰時代藏匿的青年，勉力以明知不被理解的分行現代句子，記下苦思、掙扎、失語、幻滅、覺醒。

20 新潮社〈發刊詞：人類靈魂的工程師，到我們的旗下來！〉，《文藝新潮》第一卷第一期，一九五六年二月。

四、「詩選」與歷史意識

要整理一九五〇年代的詩境，要和它談話，可供參考的資訊不多，目前所見最早的五〇年代詩選，是一九六一年在台灣出版的《六十年代詩選》，該書主要收錄一九五〇年代的台灣詩人包括林泠、瘂弦、洛夫、商禽等人的詩作，也收錄了香港詩人馬朗、葉維廉和崑南的作品，編者張默、瘂弦在〈緒言〉闡述出整理一個年代詩歌的理念，為五〇年代的時代精神，留下具鮮明理念的記錄。這本一九六一年出版的《六十年代詩選》，曾引起後世讀者誤解，實際上書名中的「六十年代」是指一九五一年至一九六〇年間，有別於今天對「一九六〇年代」（Sixties / 1960s）在時間劃分上是指一九六〇至一九六九年的普遍一般理解，《六十年代詩選》的「六十年代」其實是沿用舊式的傳統算法，在五、六〇年代台灣和香港的文學文獻中有時仍見這種用法，例如楊牧為《現代文學》第四十六期「現代詩回顧專號」而寫的〈寫在「回顧」專號的前面〉提到：「在七十年代中期的時候，現代詩其實已經取得了近乎『正統』的文學地位」[21]，該文寫於一九七二年，文中的「七十年代」實際是指一九六一年至一九七〇年間。又如一九六三年發表於《好望角》的李英豪〈變調的鳥——論商禽的詩〉一文提到：「在七十年代中國詩壇中，商禽誠是一個絕無僅有的『鬼

21 葉珊（楊牧）〈寫在「回顧」專號的前面〉，《現代文學》第四十六期，一九七二年三月。

才』」[22]，文中的「七十年代」也不是今天普遍理解的「一九七〇年代」，這是我們整理、閱讀昔日文獻時必須注意的。

《六十年代詩選》的編者在〈緒言〉標示以「六十年代」作為「一種新的、革命的、超傳統的現代意義」，這是他們透過詩選所捕捉、所關注的時代精神，《六十年代詩選》挑選的作品大都具有前衛、創新語言的傾向，正如解昆樺所指，「最能反映他們現代主義標準的，便是他們在選錄覃子豪的作品中，不着重其早期呈現古典抒情之作，而多取其後期已經展現現代主義技巧與精神的詩作」[23]，除了選錄洛夫、瘂弦、張默等《創世紀》同人，也選錄白荻、林亨泰、黃荷生、錦連等後來加入笠詩社的作品；此外，也選錄了香港詩人馬朗、葉維廉、崑南寫於一九五〇年代中後期的代表作，並透過作者簡介，強調他們與台灣詩壇的連繫，特別是對現代主義文學的共同觀念，使其「新的、革命的、超傳統的」時間觀，達至台、港結連的作用。

至於香港出版的年代編集，主要見於一九九〇年代之後。香港過去的新詩選集，大略分為同人合集和年代編集，前者包括《提燈的人》（一九五四）、《新雷集》（一九五六）、《現代詩歌選》（一九七二）、《火與雪》（一九七七）、《九音鑼》（一九七八）、《十人詩選》（一九九八）等等，都

22 李英豪〈變調的鳥——論商禽的詩〉原刊《好望角》第七期，後來收錄在李英豪《批評的視覺》，（台北：文星書店，一九六六）。

23 解昆樺《臺灣現代詩典律與知識地層的推移：以創世紀、笠詩社為觀察核心》（台北：秀威資訊科技股份有限公司，二〇一三），頁三三八。

具社羣性質。《提燈的人》是《中國學生周報》青年作者的新詩結集，《新雷集》是五〇年代「新雷詩壇」的同人結集，《現代詩歌選》是「香港中國筆會」同人合集，《火與雪》是七〇年代「焚風詩社」同人詩選，這種合集特色是讓讀者了解個別文學社羣的特質，所選作品多少都共同地呈現相近的理念，呈現出特定社羣的個性，唯其局限亦在於有限之編選範圍。年代編集方面，肇始於歷史意識的發現和傳播，特別以年代為綱的選集，尤以呈現文學史角度為要務，包括黃繼持、盧瑋鑾、鄭樹森編《香港新詩選一九四八—一九六九》（一九九八）、胡國賢編《香港近五十年新詩創作選》（二〇〇一）、陳智德編《三、四〇年代香港詩選》（二〇〇三）、鄭政恆編《五〇年代香港詩選》（二〇一三）、陳智德編《香港文學大系一九一九—一九四九·新詩卷》（二〇一四）等等。由以上列舉大略可見，九〇年代之前以同人合集為多，九〇年代之後始見年代編集角度的詩選，當然這是略為籠統的分法，但亦可見歷史意識在其間發揮的作用，特別對於「香港新詩」的回顧、研究。

其間，《香港新詩選一九四八—一九六九》無疑具劃時代意義，該書收錄五〇年代的柳木下、徐訏、力匡至六〇年代的李國威、鍾玲玲、淮遠等等共二十八家詩作，並如其導言所論，標示承接五四遺緒的格律派、現實主義朗誦詩風，以及現代派自由詩體的發展，對於讀者建立香港新詩的歷史意識，具相當重要的先導意義。另一本深具歷史意識的詩選，是胡國賢所編的《香港近五十年新詩創作選》，該書選錄一九五〇年代至九〇年代香港新詩，並附多種資料，全書七百多頁，篇幅浩大，共收錄二百多位作者的三百多首詩作，除了〈編者前言——夢想成真〉，另於詩選正文之後收錄編者所撰之〈後記——錦瑟無端五十絃〉及附錄〈香港詩人詩集總目〉、〈香港出版詩刊總目〉、〈葉葉知秋——從「詩刊」看香港新詩發展脈絡〉、〈香港詩人小傳〉，可說資料翔實，詩選正文分別以「五十年代」、「六十年代」、「七十年代」、「八十年代」、「九十年代」為綱目分列所選作品，有意使用鮮明突出的年代作為分野，所選作品亦兼錄不同流派傾向，標示該書的文學史視角。

本書承接前人的文學史視角，亦接續《香港文學大系一九一九—一九四九．新詩卷》的文學大系編選體制，選錄一九五〇年至一九五九年間香港新詩，編選原則主要看重藝術水平，亦考慮文獻價值、歷史意義，最後選錄四十一家詩人的不同作品，務求兼容不同流派、不同社羣以至不同政治傾向作者。本書選錄何達、鄭辛雄、舒巷城、李怡等人着重呈現寫實風格的詩歌，亦選錄徐訏、力匡、夏侯無忌等人承接新月派浪漫感傷風格的格律體新詩，以至楊際光、馬朗、林以亮承接三〇年代現代派風格的詩作；所選作者有三〇年代已開始活躍的侶倫、柳木下，也有五〇年代中期嶄露頭角的崑南、蔡炎培、王無邪、葉維廉、盧因；有五〇年代初的「新雷詩壇」同人林仁超、慕容羽軍，也有五〇年代中後期組織或參與不同文社活動的柏雄、羊城、夕陽、童常；有以小說作品聞名的徐速、趙滋蕃，也有備受忽視的李素、燕歸來、丁平、盧森，本書期望呈現五〇年代香港新詩的不同傾向，更期望呈現一種歷史意識。

我在《香港文學大系一九一九—一九四九．新詩卷》的導言起首，曾引用朱自清收錄於《中國新文學大系．詩集》的〈選詩雜記〉：「我們要看看我們啟蒙期詩人努力的痕跡。他們怎樣從舊鐐銬裏解放出來，怎樣學習新語言，怎樣尋找新世界。」[24]以之再看一九五〇年代的香港新詩，本書所選四十一位詩人俱經歷時代轉折，在新詩藝術形式上，他們都曾思考「新詩」這種源自五四時代的藝術形式，如何在壓抑而疏離的殖民地香港延續下去，他們當中部分作者有意承接被當時中國大陸主流文論視為「毒草」、「逆流」的新月派、現代派詩風，同時借鑑於十九至二十世紀的西方現代派詩作，亦有部分作者承接三〇年代寫實主義以至四、五〇年代左翼政治頌歌風格，同時借鑑於蘇聯詩人馬雅可夫斯基以至智利詩人聶魯達式的政治頌歌，同樣自五四遺緒蛻化出自己的聲音，尋求新詩的純美、超越、普世共性。

本書的編選工作，自二〇一七年底我交付困擾自身多時的《板蕩時代的抒情：抗戰時期的香港與文學》全書文稿後開始，至今歷時一年有餘，編選原則在上文已交代過，資料方面主要由本編纂計劃的團隊人員協助提供，也包括編者歷年搜集的影印材料和相關藏書，考慮文學大系對原始文獻特別重視，編選時以作品的原始發表版本為主要依據，以確保所選作品都是發表於五〇年代、著於五〇年代，亦考慮部分在五〇年代以後出版的詩集而作者自署寫作年分是在五〇年代範圍者，但數量很少。其中，楊際光的〈暴風午畫〉，因其特出的詩藝，我很想收進本書，唯遍查多種文獻仍未見原始發表版本，只見於一九六八年出版的《雨天集》，該書主要收錄楊際光五〇年代詩作，但亦有少量作品是六〇年代寫作和發表的，故初時未能肯定沒有標示寫作年份的〈暴風午畫〉一詩是否五〇年代所作，為嚴謹考慮或無法收錄，這是十分可惜的。《雨天集》附有李維陵的

24 朱自清〈選詩雜記〉，《中國新文學大系．詩集》（上海：良友圖書，一九三五），頁十五。

〈跋〉，論及〈暴風午晝〉一詩，以「積極的倔強」形容之，但未有提及年份，〈跋〉的結尾亦沒有標示寫作年份，後來我再翻閱李維陵的小說集《荊棘集》，第一輯是八篇小說，而第二輯的三篇文論之一的〈詩的跡向〉，正是《雨天集》的〈跋〉，文末有標示寫作年份是「一九五六」，再讀《荊棘集》的〈後記〉提到：「收在本集內第一輯的小說八篇和第二輯的論著三篇，都寫作於一九五三至一九五八年初……〈詩的跡向〉一文，係為至友楊際光所著詩集的跋」[25]，至此而可以判斷，〈暴風午晝〉一詩應是一九五六年或之前作品。

另一編選時的疑難，是林以亮的詩作，除了宋以朗在《宋淇傳奇：從宋春舫到張愛玲》一書指出原發表於一九五五年的五首十四行詩〈詩的教育〉，真正作者是吳興華；[26] 林以亮亦有部分以筆名「余懷」發表的詩，例如刊於《人人文學》第十一期的〈重讀莎士比亞之《暴風雨》〉，署名「余懷」，但真正作者也是吳興華。此外，林以亮另有部分五〇年代發表的詩，是他本人舊作重刊。林以亮的詩作主要以筆名「余懷」發表於《人人文學》，亦有以「林以亮」之名發表於《文藝新潮》和台北的《文學雜誌》，然而以筆名「余懷」發表於《人人文學》第十八期的〈十四行二首〉，與用「林以亮」之名發表於台北《文學雜誌》第二卷第六期的〈十四行二首〉，是同一作品，而且都曾發表於四〇年代的《燕京文學》，所以不能選入本書。我再重新檢視林以亮多首五〇年代發表

25 李維陵《荊棘集》（香港：華英出版社，一九六八），頁二三五。
26 參考宋以朗《宋淇傳奇：從宋春舫到張愛玲》（香港：牛津大學出版社，二〇一五），頁一九三。

的詩，與圖書館的「民國時期期刊全文資料庫一九一一——一九四九」系統兩相比對，剔出重刊舊作，又，當我讀到刊於《人人文學》的多首署名「孫文靈」的詩作，亦十分欣賞其詩藝，唯再翻查「民國時期期刊全文資料庫一九一一——一九四九」系統，確知也是另一作者的四〇年代舊作重刊，相信與林以亮以「梁文星」之名重刊吳興華詩作的情況近似。

另一作品年份的考證問題，涉及柳木下的詩，這位一九三〇年代已在香港的《紅豆》、《星島日報．星座》諸刊物發表詩作的作家，戰後未如劉火子、李育中等北上工作，他是少數戰後留港並繼續寫作的早期香港文學拓荒者（另一例子是侶倫），五〇年代在香港《星島日報．文藝》、《文匯報．文藝》、《文藝世紀》等刊物發表詩作，然而有部分在五〇年代發表的作品，是寫於三、四〇年代或是舊作重刊，例如一九五一年十月十五日以另一筆名「穆夏」在《星島日報．文藝》發表的〈今天〉和〈播種〉，翻查他一九五七年出版的詩集《海天集》，可知〈今天〉寫於一九四五年十一月，〈播種〉則原題〈日午〉，寫於一九三九年。又一九五一年十一月十二日以筆名「馬御風」在《星島日報．文藝》發表的〈長明燈〉，在《海天集》署寫作日期是一九四三年五月。以總題〈龍眼樹及其他〉發表於一九五七年六月《文藝世紀》第一期的〈龍眼樹〉、〈在土地裏〉、〈渡頭〉及〈我的小女兒〉四首詩，據《海天集》所署也是三、四〇年代舊作。[27] 然而《海天集》所署的寫作日期也不可盡信，例如《海天集》中署寫作日期為「一九五〇年於香港」的〈不屈的意志〉，據日

27 《海天集》所收〈龍眼樹〉署「一九五七年改作於香港」。

期和詩藝本擬選入本書，唯再考查而知該詩原於一九四九年六月二十七日在《大公報．文藝》刊登，故最終未有選入。

本書所錄詩人，除了編者一直關注其作品以至引為論文研究對象的何達、徐訏、力匡、夏侯無忌、李素、燕歸來、林以亮、舒巷城、馬朗、楊際光、崑南、蔡炎培等等以外，亦自香港中國文學學會在二〇〇九年出版的《萍之歌：丁平詩集》一書，讀到丁平一九五〇年代的多首詩作。我本對丁平作品陌生，但有感其〈「火把」輓歌〉、〈狂歌在邊陲線上〉等詩，表達了不應被遺忘的另一種時代精神，以及〈詩卡一束〉紀念多位同代詩友所留下的珍貴文獻價值，特別據《萍之歌：丁平詩集》一書的線索，查找《文壇》，尋回丁平多首原作，選出數首據原刊版本收入本書，〈我要走了〉未能找到原刊版本，仍據《萍之歌：丁平詩集》一書版本選錄。[28]

又，盧森也是備受忽視、近乎湮沒無聞的詩人，他在一九四〇年代已出版過《日月重光》、《療》、《倦鳥之歌》、《夜明表》等詩集，來港後復辦始於廣東曲江時期的《文壇》月刊，擔任主編直至一九七四年停刊，其間為該刊殫精竭慮，已鮮少再寫詩，一九五九年出版的詩劇《長夜》是他在廣州生活時的作品，五〇年代以後除了《文壇》的編後語，真正留下的創作不多，也許由此而被忽視。我從《文壇》、《大學生活》尋回他幾首詩作，〈友情交響曲〉從他本人「流落沙田」的

28 原刊《文壇》第一二七期的〈狂歌在邊陲線上〉一詩在《萍之歌：丁平詩集》一書中改題〈南陲線上〉，相信是丁平後來修訂作品時修改了題目。

經歷寫到《文壇》的復刊，雖然詩意顯淺，卻也是另一種歷史意識的呈現；〈清明〉、〈盛衰篇〉、〈詩集序〉在憶舊的感傷以外，間雜憤切而透亮的琤琮之聲，成就真正耐讀的詩情。

最後，書後編列的作者簡介，資料來源主要是據劉以鬯編的《香港文學作家傳略》（一九九六）、胡國賢編的《香港近五十年新詩創作選》（二〇〇一），以及相關詩集、著述的作者簡介，盡量統一體例重新編寫。一首一首六十多年前的詩歌，要確定它的歷史時間，最直接的線索是發表物：報紙副刊、文化刊物、文學雜誌和詩集，個別迂迴、複雜處已如前述，此外，詩歌的內容本身當然也瀰漫着歷史煙塵，力匡〈惆悵〉一詩追懷與故人連繫的空間，抗拒遺忘，詩中的「妳」是作者懷戀對象，卻又似是一段失落的歷史，回頭向追懷者探視：「當我又一次在約會時候來遲，／妳焦灼地倚着欄干盼望」，相信一段一段藏匿的詩境，也期待一種歷史情懷的探視。

二〇一九年一月十二日

- 力匡《燕語》（香港：人人出版社，一九五二）
- 燕歸來《新綠》（香港：友聯出版社，一九五四）

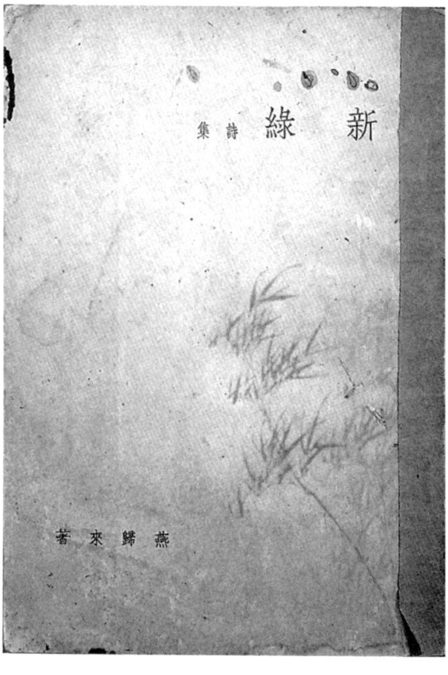

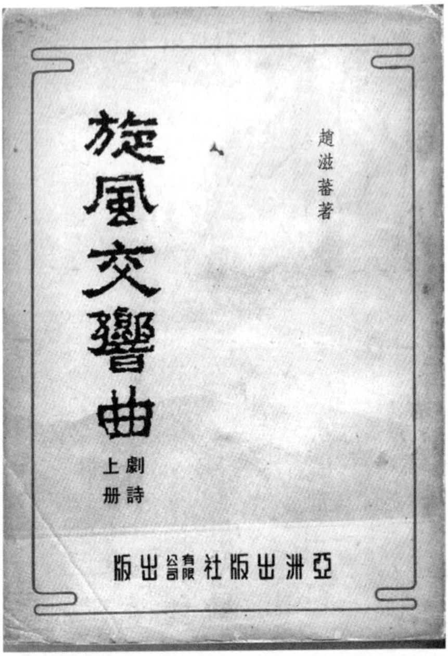

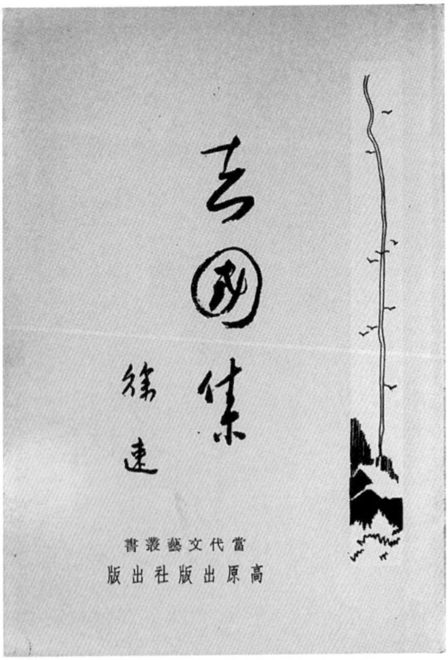

• 趙滋蕃《旋風交響曲》上冊（香港：亞洲出版社，一九五五）

• 徐速《去國集》（香港：高原出版社，一九五七）

- 李素《遠了，伊甸》（香港：高原出版社，一九五七）
- 徐訏《時間的去處》（香港：亞洲出版社，一九五八）

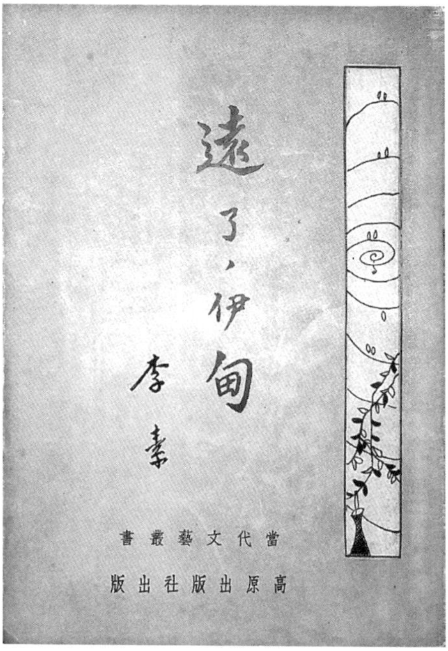

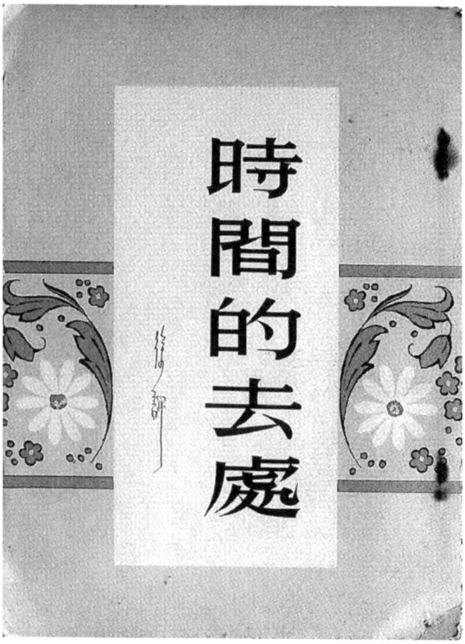

- 楊際光《雨天集》（香港：華英出版社，一九六八）
- 尹肇池編《何達詩選》（香港：文學與美術社，一九七六）

- 《中國學生周報・詩之頁》第四期版頭，一九五三年十二月四日
- 《詩朵》第三期，一九五五年九月六日

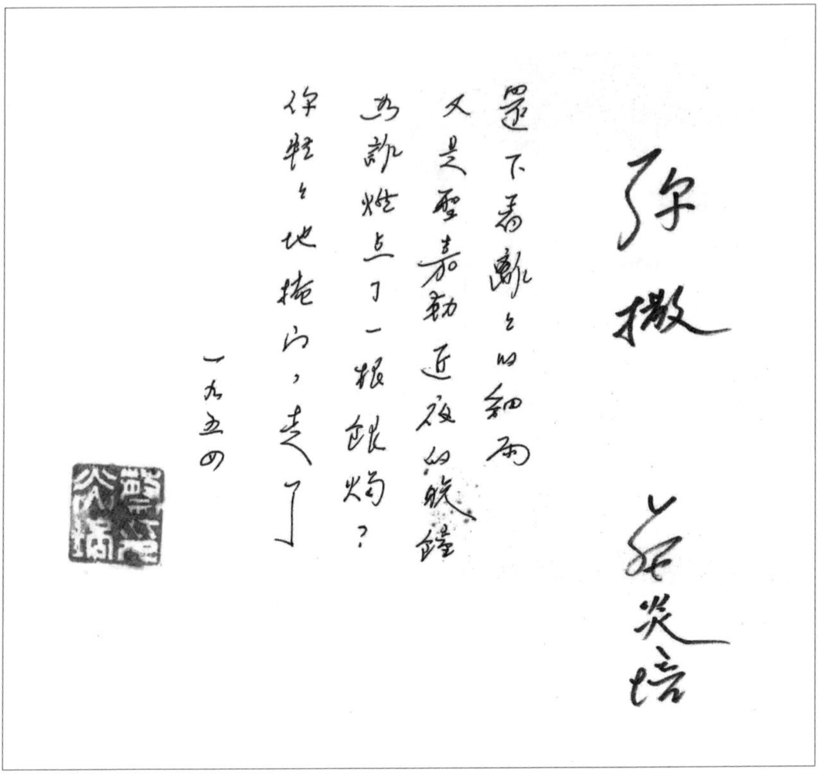
彌撒　蔡炎培
還下着離離的細雨
又是聖嘉勒近夜的晚鐘
為誰燃點了一根銀燭？
你輕輕地掩門，走了
一九五四

● 蔡炎培詩稿（二〇一九年手書）

〈彌撒〉　蔡炎培

還下着離離的細雨
又是聖嘉勒近夜的晚鐘
為誰燃點了一根銀燭？
你輕輕地掩門，走了

一九五四

鄭辛雄（海　辛）

送工友回國支前

無數隻熱烈的手
像風吹草叢
向你們揮揚！
無數把響亮的聲音
像雷鳴轟響
向你們喝彩！
無數面多彩的緞旗
一針一綫繡成的字句
繡上工友的一片真心！
無數束美艷的鮮花
一枝枝一朵朵
跳動着工友的虔敬！
「支前英雄好嘢！」

「支前英雄頂呱呱！」
會場上密集的拍掌聲
比外面傾盤大雨還密（註）
支前的英雄
在大眾面前
在起伏的歡呼中
精神多威猛
容光多煥發
看！他們快舉步向人民的祖國起程！

支前的英雄們呵！
你們發揮了無產階級偉大精神
你們拍拍胸膛扯頭纜
把你們的技能獻給國家、人民
實踐了對祖國的真情

支前的英雄們呵！

（註）在歡送支前工友晚會時是下着雨的。

光榮是屬於你們
你們英勇的雄風
是工友的好榜樣
我們誓以全神學習技術
踏着你們的足跡
回到祖國參加革命鬥爭
當勝利旗幟
　插遍了海南、台灣的時候
在祖國的土地上
讓我們愉快地勝利會師！

一九五〇，四，香港

（選自一九五〇年五月十五日香港《文匯報・新文藝》）

自由神下的控訴
——讀「黑人詩選」

據說——
輪船將靠近紐約港口，
飛機迴旋在它的上頭，
可以看得見美國的特徵
——那傲然亢立的自由神。

不用坐輪船，
不用搭飛機，
從那些發自黑人心底的詩篇，
我看到給自由神遮蓋着的特徵——

苦難的黑人掛着苦難的鎖鍊！
儘管美式大廈爭妍鬥麗地林立，
黑人們却居住在破敗的貧民窟，
家家戶戶骯髒、貧瘠；
儘管城市多通衢大道，

黑人走路必須抄橫街小道，
走路時還得拉低了帽；
白天裏，
黑人把夜總會的地板擦亮，
黑夜裏，
工廠主、農場主、戰爭販子……
在那裏戴上面具好歡暢；
白天裏，
黑婦洗淨衣服在疊被鋪床，
黑夜裏，
嬌太太與她的狗兒同享。

在碼頭邊上，
黑人背負着沉重的箱桶，
在汽船甲板上，
仕女們悠然迎着陣陣涼風；
在那無邊的土地，
黑人冒着炎陽架着拖拉機，
土地却豎立莊主的碑石；
那些搖搖欲墜的麥子，
飄溢着黑人的血汗氣味，
收割後却一車車運進莊主的糧倉去！

黑皮膚的孩子啊！
別人在操場上打球嬉戲，
他們站在鐵絲網邊悄悄凝視；
別人在吃着冰淇淋、冰棒，
你們只貪婪地啣着小手指；
別人挾着書包上學去，
你們却當了小店鋪的小伙計。
黑皮膚的少女啊！
那緩緩而流的河邊，
那花朵吐艷的公園，
可沒有你們的愛情；
你們的愛情，
在暗黑的廚房裏，
在發臭的垃圾堆邊。

黑與白，白與黑，
只不過是兩種顏色，
在美國是那麼的分明！
是多麼的不平！
敲響了鎖鍊，
以刀斧銼鋤作樂器，
黑人朋友們，
在災民窟的裏面，
在機器旁邊，
在礦坑深處，
在田園林野中……
——唱出憤怒的歌聲：

「我們不能永遠播種
讓別人收穫熟透的果實的黃金般的利潤
我們不能默默容忍
小人物這樣卑視他的同胞兄弟。」(註一)

（註一）「黑人詩選」詩人康蒂庫仁詩句。

………
唱吧！唱吧！唱吧！
讓歌聲越唱越響！
讓歌聲推倒那偽自由神像！
讓歌聲化為力量！
讓從來不是黑人的美國！
一定成為黑人的美國！(註二)

一九五八年三月十五夜

選自一九五九年四月七日香港
《文匯報·文藝》

（註二）「黑人詩選」詩人朗斯敦·休士有這樣的詩句：「美國從來不是我的美國，然而我發誓說——美國一定會成為我的美國！」

何達

從早晨到早晨

早晨五點鐘：
廚房的燈亮了；
車廠的燈也亮了。
第一部公共汽車開出來了，
第一部電車也開出來了。
司機同志，你早！

早晨七點鐘：
陽光飛快地
跨過一個山嶺又一個山嶺，
跨過一個城市又一個城市，
照在鮮明燦爛的天安門，
照着笑容滿面的人民領袖的畫像。
車輛湧過去，
精神飽滿的穿制服的和不穿制服的群眾湧
　過去；
千萬個敬禮，
千萬個微笑：
「早晨好，毛澤東同志！」

工廠的汽笛響了！
學校的課鈴響了！
拖拉機和鋤頭都動員到田野裏去了！

天是藍的，
地是綠的，
空氣是愉快的，
祖國是自由的。

腦子是清醒的，
肌肉是靈活的，
工作是勤奮的，
生命是有意義的。

戰爭的瘡疤
一寸一寸地修補起來了，
幾千年的罪惡
一刀一刀地刮乾淨了；
征服着荒涼，
征服着災難，
征服着貧窮與不幸，
生產競賽的紀錄
一秒鐘一秒鐘地增高着。
快樂的自信的人們啊，
把幸福擴展到遼遠的邊疆，
把繁榮普遍到每一個偏僻的村落，
把紅旗插上喜馬拉雅山的峯巔！
歌唱啊，
跳舞啊，
敲鑼打鼓啊，……
下午六點鐘：
草地上滿是歡笑着的人們，
操場上滿是奔跑着的人們，
老老少少滿心歡喜。

下午七點鐘：
晚飯的時間到了。
每一個吃飽的肚子，
都在感謝
偉大的新民主主義。
又白又胖的小娃娃們啊，
社會主義是你們的，
共產主義是你們的，
葡萄酒，燒豬肉，
筵席一樣豐盛的晚餐是你們的。

晚上十點鐘：
學習小組還沒有散，
學習政治，
學習時事，
小組長作着總結。

晚上十二點鐘的街道是寂靜的，
臥室的燈光也都已熄滅。
在愛人的懷抱裏，
在母親的身旁，
呼吸平靜而又深長；
愛好和平的人們，
如今睡得甜蜜而又平安。

在祖國的邊境上，
哨兵同志並沒有睡啊。

而新聞工作者也抖擻着精神，
從編輯室到排字房都照耀得光亮，
印刷機
轟隆轟隆地響。

把朝鮮人民軍反攻的消息發出去，
把朝鮮游擊隊勝利的消息發出去，
把美帝匪軍傷亡損失的數字登出去，
把我們對美帝的警告和抗議登出去，
也把美蔣匪特的陰謀詭計揭露出來！
警覺呀！
無休止的警覺是和平的代價。
看誰在毛澤東像的前面露着憤恨的眼光，
看誰在我們喊毛澤東萬歲的時候不開口，
防止他們偷偷把炸彈放進我們的倉庫裏，
防止他們把謠言投在我們的水井裏，
防止他們把美金放在「民主個人主義者」的
　手裏。

早晨五點鐘：
人民的報紙出版了。
起牀啊，愛好和平的人們！
看新華社塔斯社的報道，
看鼓動的詩，看號召的論文！
戰爭的火燄，
已燒到祖國的大門！
我們的和平是用血換來的，

也要用血來保衛！

一九五〇、一一、六。

選自一九五〇年十一月十二日
香港《大公報．文藝》

送蕭紅

當我早晨醒來，
心中充滿高興；
今天是個好日子，
我要去送一個遠行的人。

送一個遠行的人，
到一個使她快樂的地方；
送一個體弱的人，
到一個醫治療養的地方。

送一個寂寞的人，
到一個充滿溫暖的地方；
送一個有才華的人，
到一個施展身手的地方。

我以為會有鮮花、美酒，
我以為會有笑語盈盈，
我以為會有歡聲、有鼓掌，
有紅綢彩旗在空中招展。

我以為我可以看到，
我一向喜歡的作家；
我以為我可以向她，
表示一下我的敬仰。

二十年前，她站在遠遠的台上，
穿一條藍色的裙子朗誦詩篇；

會場大，人又多，她聲音小，
我在後面瞪着大眼睛也聽不見。

我以為今天可以和她握一下手，
我以為今天可以看清她的臉；
在心中我想好了幾句詩，
有機會我要對她唸一唸。

沒有陽光，也沒有下雨，
這樣的天氣正適合旅行；
要是我能一路坐在她的身邊，
聽一聽她講她自己的作品。

那是沒有疑問的，
她的身體將恢復健康；
那是沒有疑問的，
她的作品將源源不斷。

那是沒有疑問的，
她將回到她的故鄉；
她用血淚刻劃過的生死場，
將是她謳歌讚美的對象。

那是沒有疑問的，
她會寫許多我們想知道的東西；
那是沒有疑問的，
她的筆將給我們無窮的快感。

她的筆，她的心，她的靈感，
她的經驗，她的愛，她的希望，
她的敏鋭的感覺無疑問地，
會把新人新事寫得閃閃發光。

我抱着滿腔的熱誠，
滿心的笑，滿腦子的幻想，
來到了掛着白布條的
香港文藝界公祭蕭紅的會場。

他們給我一朵白色的紙花，
讓我在一塊黃色的綢子上簽名；
到處我找不到一星的紅色，
漂亮的女明星也穿着素白的衣衫。

大家都靜悄悄的沒有笑容，
好像不想多說一句話；
連那位嗓音宏亮的演講家，
也靜靜地坐着沒有出聲。

是啊，蕭紅早已死掉了，
我怎麼會不知道。
為什麼我有這奇怪的心情，
總愛把死人也當作活人？

我沒有見着蕭紅，
只看見了蕭紅的遺像；
遺像旁邊掛着長長的，
白布寫着黑字的輓聯。

我沒有見着蕭紅，
只看見一個四方的匣子；
那髹着淺棕色的木匣子，
放在一張桌子的正中。

我跟着大家站在一排，
默默地向那匣子鞠了一個躬；
我聽着那朗誦的祭文，
除了一串「兮！兮！」我全聽不清。

我很想走去打開那四方匣子，
看裏面是不是一隻黑色的罐子；
我很想打開那黑色的罐子，
看裏面是不是我敬愛的蕭紅。

據說這罐子裏面就是蕭紅！
是蕭紅屍體燒成的灰！
有一塊還沒有燒成灰的牙床骨！
還有一些蕭紅衣服的布灰！

我不能和蕭紅握一握手，
我多麼想能看一看她的骨灰。
即使讓我碰一碰那罐子也好，
即使讓我捧一捧那匣子也好。

二十年前有三樣東西貼着我的心：
一個是那到處唱着的「松花江上」，
一個是蕭軍寫的「八月的鄉村」，
一個就是蕭紅的「生死場」。

蕭紅寫的字和我們貼得那麼近，
蕭紅燒成的灰和我們離得那麼遠！
是什麼造成了這生死的界限？
我的心憤慨地流下了熱淚兩行。

一九五七、八、三

選自一九五七年八月十七日
香港《文匯報・文藝》。署名
「紹美」

月光

燈光在我的眼前，
月光在我的背後；
燈光照着我寫字，
月光在窗外照着她。

小寶寶張着嘴，瞪着大眼睛，
和她在一起望月了；
在涼風中她透了一口氣，
忘記了剛才小寶寶哭時的心煩了。

一會兒，小寶寶打呵欠了，
搖呀搖地小寶寶睡着了；
她輕輕地把小寶寶放在小床裏，
立刻坐下來看毛澤東選集了。

窗外傳來一陣陣的談話聲，
有歌聲、有口琴、有年青的笑：

這些聲音在描寫着月了，
這些是月滿時才有的聲音啊！
然而我們在抵抗着月的誘惑。

選自一九五七年八月三十一日
香港《文匯報·文藝》。署名
「紹美」

窮孩子

窮孩子光着脚，
走在刺脚的石渣上；
窮孩子的手指貼着膠布，
那是菜刀割破的，
那是爛鐵罐的邊緣劃開的。

窮孩子的背上，
揹着比自己小不了多少的小弟弟小妹妹；
窮孩子的頭髮，
生得像一堆亂草；
窮孩子的眼光，
凄凄慘慘地望着這整個世界。

一間「勞校」建立了起來，
兩間，
三間……
高大的雄偉的像新式工廠一樣的大廈，
寬濶的、光亮的課室，
還有
　善良的
　純潔的
　神聖的
　小學教師們
帶着他們的愛
和他們的知識來了。

窮孩子的手，
握着削得尖尖的鉛筆；
窮孩子的肩頭，
揹着書包；
窮孩子的頭上，
梳着整潔的頭髮；
窮孩子的眼光，
　堅定地投射在未來。

他們知道
自己的命運。

他們知道
自己的力量。

他們是有文化的勞動能手。
他們能夠在一片空地上，
　甚至比空地更壞的土地上，
建設一個富足的

　幸福的
沒有窮孩子的國家。

選自一九五八年二月八日香港《文匯報．文藝》。署名「何聰」

簽名

——記一個知識分子的話

一向，
我輕視我的名字，
像一株草
輕視它的綠色，
一朵花
輕視它的香。

我輕視我的名字，

無論用什麼筆來寫，
無論用什麼字體
印在什麼樣的刊物上，
無論
在什麼人的口裏叫着，
無論他用什麼樣的聲調。

因為我是這樣地平凡，
無用，
沒有胆量，
而且
因為我是這樣地孤單。

一天，
一個海軍船塢的工友
站在我的面前，
向我講一個令人憤激的故事。
他好像是正義的化身，
他好像是苦難的代言人，

他好像是鬥爭的旗幟。
他的眼光
投射在我的心上，
像是勸說，
像是請求，
也像是傾訴，
也像是質問。
他手裏拿着一張紙，
等待着我的簽名。
我遲疑地拿起一枝筆，
在那張紙上一碰——
第一筆，
就產生了一個奇跡：

我的名字，
突然壯大起來，
突然有了力量，
可愛，

而且
唱歌起來。

一筆，
又一筆，
我寫得這樣優美，
鄭重，
和着拍子，
跟着調子，
愉快而英雄地，
前進。

我看見我的名字，
在名字的行列裏，
像一個兵士，
在一個縱隊裏
前進，
支持
海軍船塢工友的
正義的鬥爭。

一九五八、二、五。

選自一九五八年二月八日香港《文匯報・文藝》。署名「何聰」

在醫院裡

左邊是一個不到十歲的小孩，
從胸部以下全包上了紗布，
紗布從胸頭繞過腰腹，
繞過臀部又纏着彎彎的兩腿。

啊，可憐的小孩，
不到兩小時就爆發一次哭喊，
渾身發抖，用頭和脚抵住病床，

把軀幹向空間挺起彎彎地像一座橋樑。

「我要死啦，我要死啦！」
這不到十歲的小孩子這樣喊着。
淚流在他又黃又乾癟的臉上，
哭過，（　）過，又昏沉沉地睡去。

在護士給他換藥的時候，
他那拚命的嘶叫使我的脊髓發冷，
他全身沒有一塊完整的皮膚，
一片片都是火災留下來的殘蹟。

儘管那叫聲是這樣地悽慘，
這還不算是最可怕的景象，
因為在那痛苦裡還有生命在跳躍，
在那痛苦裡，還有生命在呼喊。

我右邊有一個青年卻昏迷不醒，
只偶爾從死亡的邊緣洩露出一兩聲呻吟，
他從左額、到左肩，到左臂和左脇，
被有秩序地砍上了十四處刀痕。

他的血大概從那十四個傷口，
爭先恐後地流個不停，
也許還剩下最後幾滴血，
在那衰弱的心臟裡緩緩地運行。

紗布纏着他的頭、他的臉，
只露出他的眼、他的鼻孔、和他的嘴唇，
那隻左手已經纏得像一個圓圓的大芋頭，
只有一隻尾指的指尖露在紗布的外面。

誰知他在昏迷中有什麼夢，
我只聽見他幾次喃喃的囈語，
幾次都重複着同樣的言詞：
「幾個人圍着打我一個人」。

為了鬥毆，他毀壞了可愛的青春，

他深棕色的皮膚能否再接近陽光？
他日後的臉上有沒有可怕的疤痕？
可怕的疤痕將永遠留着這醜惡的紀念！

六號床的病人整天皺着眉頭，
他的兩隻腿全套在石膏筒裡，
這石膏筒已經套着三個多月，
在熱得流汗的夏天那兩腿發着奇癢。

現在又有，木虱爬進了那石膏筒，
他臉上做出無可奈何的痛苦表情，
他是一個清潔公司的工友，
帶病工作失足跌落在街心。

七號床的病人鼻孔裡塞着一條膠管，
床頂吊着兩個倒掛着的水瓶，
水瓶口又有兩條膠管下垂着，
那膠管的另一端伸進他的被單。

十一號的病人聽説已經動了三次手術，
傍晚把他推出去之後不見他再回來；
十四號的病人有一個年輕的妻子，
探病的時候她站在床前望着他流淚。

在病房裡人生顯得這樣黯淡，
擔架把失掉活動能力的人抬進又抬出，
手術枱上醫生皺着厭煩的眉頭，
大刀闊斧地在修整人們的肢體。

這時候，我也不免同情醫生的厭煩，
誰願總是縫補一件已經非常破爛的衣裳？
這腐爛的社會每天都要流這麼多無益的血，
兇殺、鬥毆、交通失事、像例行公事永無
　了結。

我的傷口疼得我徹夜不眠，
高熱中我還以為發生了戰事：
這醫院變做一間匆忙的工廠，

搬運着破碎的肉體和腐爛的死屍。

深夜的時候，氣氛就更顯得恐怖，
暗暗的微光裡震盪着沉重的呼吸，
沉重的呻吟裡會迸發出幾聲喊叫，
有多少生命在黑夜裡偷偷溜掉。

在寂寞中我忽然記起一件事情，
我掙扎着一寸寸移動我的身體，
我謹慎地邁着我不穩的脚步，
穿過病床的行列，走出黑暗的洋台。

果然我看見了對岸的繁燈，
繁燈中增添了許多耀眼的牌坊，
那最高的大廈點綴着發光的珠串，
那紅色的巨星放射着人間的溫暖。

這晚這是一九五八年國慶的前夕，
祖國空前的躍進是整個人類的希望。

我不萎縮着還就我腹部的疼痛，
飽吸一口清涼的空氣挺直了我的脊樑。

像魔術一樣我的心情起了急劇的變化，
忽然我滿眼儘是幸福的景象，
我看見千人的歡笑，萬人的狂歡，
我看見鮮花、美酒、舞蹈和歌唱。

我不寂寞，雖然那狂歡盛會我不在場，
雖然我沉默着沒有舉杯高呼「萬歲」，
在我的胸膛裡漫起生命的高潮，
那痛苦、那不幸、顯得異常地渺小。

我設想我住在人民的醫院，
病床上躺着的都是生產戰線上奮不顧身的
　勇士，
他們正接受着最完善最細心的治療，
那傷口、那疤痕，都是無比光榮的標誌。

醫生不像現在這樣老是皺着眉，
護士也不像這樣板起面孔沒有絲毫的情感，
我也不像這樣冷落、孤單，
不像一個死掉的人那樣被遺忘。

明朝病房裡會掛起一面五星紅旗，
躺着的和站着的一起高唱雄壯的國歌，
醫生和護士會把鮮花擺在我們的床頭，
病床和病床之間交換着一片真誠的祝賀。

我們會聽到振奮人心的廣播，
會聽到領袖的祝詞和羣眾的口號，
會聽到生產戰線上源源的捷報，
和那響噹噹的對侵略者的警告。

啊，祖國，你對我正像那遙遠的光明，
光明雖然遙遠却點燃起我心頭的熱火，
生命在你照耀之下熊熊復活，
生命在你照耀之下高唱凱歌。

假如明天真地爆發了戰爭，
就叫戰爭在這次戰爭中永遠結束，
祖國會英勇地站在戰爭的前面，
給這世界動一次救命的手術。

在戰爭中洗淨那舊社會殘留的血汗，
給這世界割掉那發炎的盲腸，
徹底地消滅資本主義的細菌，
苦難的人民將神速地恢復健康。

戰爭，戰爭，我不再覺得你可怕，
不再以憂慮的心情顧念金門的砲火，
祖國的砲口無論伸向那個方向，
所發出的必然是不可抗拒的力量。

黑夜裡的紅樓給了我最好的答案，
守衛和平要沉着、鎮定、機智而且勇敢，
在醫院裡，我開始不像一個病人，
用微笑的心情走過一列列呻吟着的病床。

不用說一個人可以站在稻梗上，
祖國的農田已經達到每畝十五萬斤的
　高產；
不用說那七千萬人都捲入煉鋼的高潮，
說不定三年五年就可以趕上英國。

哪，就看這一張小小的照片：
一個平凡的中國農村的婦女，
揹着小孩子走在農村的田埂上，
手拿着一份報紙一面走一面看。

她是誰的妻子，她是誰的母親，
現在她走着像一個巨人，
她的頭腦容得下整個的地界，
她的心和馬列主義交上了朋友。

哪，就看這一張小小的照片：
照片不過一堆小小的人羣，
大家在地上圍坐着一個圓圈，

啊，親愛的同胞，親愛的同伴，
偉大的祖國其實就在你們的身旁，
你們有沒有聽到祖國的召喚，
十月一日的祖國在向你們道着早安！

一九五八·十·九出院後

選自一九五八年十月十一日
香港《文匯報·文藝》。署名
「紹美」

詩歌像樹葉綠了千山

經過了醫生檢驗我才放心，
我的心臟仍然正常地跳動，
雖然我仍然是那麼容易興奮，
雖然使我興奮的事情是這樣地眾多。

三對青年男女在跳着工地之舞。

勞動不再是黑暗，不再是苦役，
勞動是生命，勞動是狂歡；
泥土比胭脂更使人顯得美麗，
汗珠給笑容加三倍地輝煌。

哪，就看這一張小小的照片：
「詩歌園地」四個大字吸住了我的視線，
在一個人民公社食堂的牆壁上，
重重疊疊地貼滿了一片片詩歌

詩歌像樹葉綠了千山，
詩歌像野草鋪着草原，
詩歌在每一個人的心頭都播下了種子，
不寫詩，不唱歌就不像活在這個時代。

自然你知道我是看了圖片展覽，
展覽會裡擁擠着水洩不通，
看了圖片，我還看那看圖片的人，
看着看着，我開始有些不正常：

我覺得我化作一滴長江之水，
在波濤洶湧中流過如花似錦的兩岸；
我覺得我變作一塊燒紅的鋼，
被千斤的巨錘壓在我的身上。

從展覽會出來我又像喝醉了酒，
我像是人，也像是風中的一片紅布，
我要做什麼？我要到那裡？
啊，我寧願做一顆保衛和平的子彈。

一九五八、十一、廿。

選自一九五八年十一月二十二日香港《文匯報·文藝》。署名「紹美」

難道我的血裡有非洲的血統？

難道我的血裡有非洲的血統？
為什麼我的心，
終日地響着鼙鼙的鼓聲？

難道我愛上了一個埃及的女人？
為什麼我的夢，
老徘徊在遙遠的尼羅河岸？

難道我曾經到過怯尼亞的村庄？
為什麼我的耳，
不時地響着牢獄裡的呻吟？

難道我本就是個南非的奴隸？
為什麼我的頸部，
那鐵鍊的痕跡是如此地深沉？

啊，我們這和你們一樣古老的民族。
像一條長長隧道，
穿過了幾千年的黑暗。

現在我們的土地上光明萬丈，
白鴿和彩球一起飛翔，
建設工地的燈火像星光一樣燦爛。

我們過去的命運，
使我們透徹去了解
非洲的窮困和非洲的痛苦。

我們現在的勝利，
使我們充滿信心地
為非洲的獨立運動歡呼。

非洲我愛你愛得這樣強烈，
我願意這詩能用非洲的文字來寫，
我願意我能用非洲的語言喊叫。

全世界的和平不可分割，
非洲的獨立是我們幸福的保障，
我們整個民族都向你全力地支持，
我們把非洲的戰歌齊聲高唱！

一九五八，十二，十七，

選自一九五八年十二月二十七日香港《文匯報．文藝》。署名「紹美」

貝娜苔（楊際光）

摑腐朽者

告誡你，僵枯在棺柩的宇宙裏的白骨
魅魑的面幕終將戳穿於晨鐘
蠅蚊避向瓜菓，因你旱天新發的屍臭
蛆蟲更不斷在你的眼穴探取食糧

不必再藉啞喉作無效的嘹鳴
或怕懼我巨掌中晨星的歡躍
還有我奔流的血滴如明天的烈陽
將摧毀你漸滅的幽靈無知的自誇

我不會悲哀號角初響時原野的肅穆
當你的冷灰為旋風吹散無蹤
我的爭先的劍鋒已閃爍在寒雨
一切的動力與基礎已聚集於短柄
迎擊我，如盲者迷途於絕望的窮徑
我該憑弔嗎，投下亂石與一團荊芥

選自一九五一年六月六日香港
《香港時報・淺水灣》

綠色的跡印

你綠色的一片調和成為背景
在語言的櫟木上我刻畫安寧的跡印
那一星螢光曾稱霸於森嚴的倉房
如今揚着翅翼找到一定的地方

自然的根源不受任何阻限
終於暴露。我有了靜靜淡淡的
難辨的笑，不休地穩固和發展
因震驚於激烈又柔和的形象突被開闢

夢境的繽紛大膽的揮舞初移的創造
永久的矛盾全在一個金框內滙集
和溶化，濃厚凸出的近景
不怕黑邊含着惡意的陰謀

自你充滿音韻的指頭的玩弄
嫩菊的高傲縱然易萎
已被賜與生命的長存和無止的活動
將與斷梗的竹葉共同保留永青

在厮殺和毒戕的冗長窄道中
我們已不自知建設獨佔的堡壘
一圈天地密封潔白的良知
能面對烟屑或砂礫的故意衝擊

二枝異種的樹在一塊土地長大
莖幹連生有綜錯的蔭覆
像明艷或黯淡的油彩不會
在炎日夜雨或寒熱裏褪色或剝落

綠色的標緻是我們各自的
黃與藍的本能的合併而不能劃分
無恐於人性間必然的瞧擦
且忘記和放棄對片刻歡娛的嚮往

被冷落的經驗和召喚的苦難
將如碑石周邊會慢慢出現花草
如不死的綠瓶滿盛清水
讓聾者將來也聽到瀑布的長流

選自一九五一年八月一日香港
《香港時報·淺水灣》

香港浮雕·跑馬地

永久的伴侶是神智的公墓
就隔着一道法律的壘壁

獸性的媚眼在這裏競賽
愚昧的歡樂和憂愁有了定所

時間被勒殺，暴屍於
鐘樓恬靜的音調
親切的宇宙早已破滅
恐怖驚惶全傏促在天時的泥草

一幅羅網浮泛於山谷的日光浴
凶煞焙乾紅紅綠綠的魚鱗
神經的觸鬚長起莫名的抽搐
全盤皆輸的黑點才是希望

選自一九五一年八月二十七日
香港《香港時報·淺水灣》。
署名「麥陽」

香港浮雕·總站

銀色的投射來自高高的
自然的詩篇，有人張起荷葉
遮不住變黑的嫩膚上的陰影
雨季仍會來的，將完全剝落
一切綢布或胭脂的粉飾
襟花斷莖，却將取得營養

現代文明的背面，智慧的
山峯不作旁觀，不供清賞
提供入世者的偉大思索
齷齪避難了，流入海灣
晚燈未明嗎，我豈是昏迷
暗室竟已透出增長的光燦

像弓的軟弦，這是墓地
追蹤的車輛集合和駛出
駕御將必然有後來者擔當

先頭的已在狂奔，顧盼和自怯
將減縮相距的路程和落後
歷史的衝擊裏祇有戰勝和前導

太多難探的陷阱，太多鐘聲
太多彩虹，太多難啟的門閘
夜露和嚴霜有沉重的堆壓
時刻爆發的人造的厄運
但我盤踞於大氣以上的宇宙
不知季節，祇知不可免的發展

選自一九五一年十月七日香港《香港時報·淺水灣》。署名「麥陽」

海濱

燈塔的石破碎，
受海的軟舌輕舐；
一隻小艇遠去，
消失於淡藍的光。

砂灘的人靜睡，
夢裏有翠綠的雲；
雨緩緩洒落，
灌溉欲求的花。

有風吻我的神智，
試驗溫暖的深度；
我默然分析憂患，
山後一聲鐘響傳來。

我等候烏黑飄降，
小徑中沉重的足音，

陣陣迴盪於波面，
再向空悠傳送。

我與危岩同立，
對自己爭辯，
回聲穿入靜寂，
孤獨的對白不息。

選自一九五五年九月二十四日
香港《香港時報・快活谷》

鏡子

園林裏處處有你迹印，
你又是什麼？我抱有
最遠最完滿的希望，
望着一堆堆青灰的形體，
頑固的，呆笨的，古老的
不會在風雨裏酥化。
你可是一塊醒覺的石頭，
守在最後的平原隘口？

我認識腦子裏的花樣，
還有已往日月裏的熱情，
現在的不着邊際的平穩。
初築的碉堡向我走來，
落進清晨白壁上的鏡子，
沒有再混合我的恐怖。

優美的國土還在飄忽，
未倦的雙足，揚起，揚起。

選自一九五五年十一月一日香
港《海瀾》創刊號

靜巷

靜巷環繞南方衰老的山，
紆緩的脚步拖走灰黃的長影，
展向不可見的迴曲，
帶去一個悽涼的追懷。

遺下一所所狹屋的迷宮，
愈迫近愈疏遠如茸木，
快樂、憤怒、愛戀，
都祇是虛懸的隔絕。

多變的薄雲覆上繁亂的世代，
沉鬱中仍要做輕鬆的夢，
飛上門前無光的圓燈，
追取午夜一瞬的閃爍。

選自一九五六年二月一日香港
《海瀾》第四期

水邊

向空茫伸出絕望的手，
無可掌握自我的真實，
猶如未熟的綠菓，
超越時間，過早腐爛。

熱情的泡沫曾連綿舞騰，
伴着心跳的韻律，
朝寒天盲飛，
撒下悵恨的柔網。

水面映出怪形的臉，
唇上綴起兩瓣嬌艷的花，
微波仍將花影載去，
送入沒有定處的墓穴。

選自一九五六年四月十八日香
港《文藝新潮》第一卷第二期

暴風午晝

豈是託身於莽林荒原的塵屑，
我軟如章魚柔足的軀體，
與飄忽遍佈的靈魄，有了驀然無止的狂脹？
是隨同你無形的季節風雨，
宇宙瞬刻間充塞活潑與震躍，
我聽到哀慟的狂笑和喜悅的嚎哭。

可是萬千各別的音響與浩氣，
要牽引我粉碎重重束縛的猛烈怒呼；
你聲聲連貫呼應的重擊，
更撕開我心懷靜鬱的秘藏。
抑或你來自我生命同一源泉，
我今刻纔初嘗溫存於互通互知的酷虐與暴
戾中？

曾驚怯於昂飛又萎縮的火焰將熄，
如今我有了激劇的扭轉，將恒久信賴你的
煽動和驅策。

讓我神思的鐵鳶追從你渾偉的衝撲，
再駕馭你的矛鋒，舞揚在霄空的最高的
巔層，
又疾降地脈，挑起浮表和深穴每一個無益
的疵瑕。

它也將接納你強烈的鑄鍊，形成我宏廣的
枷鎖，
最後壓搾我的骨髓化為微灰，
在時間的長流中撒灑無蹤。

但我還有忠誠的叮嚀將遺留，
帶着一幅逸樂與苦難、醜惡與美的肖像，
向不滅的文化浪濤投落。

選自楊際光《雨天集》，香港：華英出版社，一九六八

徐訏

記憶裏的過去

埋在我記憶裏的過去，
常受我想像的灌溉，
它有新鮮的色澤與內容
以及那永往的存在。

那裏老幼的人物，
有不變的年齡；
情侶有永生的愛，
山水有不移的風景。

然而這祇是過去！
倘它可化作我的將來，
那我就有燦爛的希望
可在無依的現在期待。

期待綠的重綠，紅的重紅。
期待黑暗的重新光明，
期待已失的美，復回的愛，
期待我再生的青春。

于是我疏忽的可重新謹慎，
我辜負的可重新珍貴，
還有我過去的愚笨與自信，
我可以重新補贖懺悔。

然而這也祇是想像！
它使我過去更形嬌美
高貴，使我在我黯淡的現在，
看到了將來的陰森憔悴。

一九五一．一一．二〇，港

選自一九五一年十二月六日香港《星島週報》第四期

歲尾

在這黯淡的歲尾，
遙望下半世紀的開端，
人說這可怕的年頭，
它是人類命運的決算。

多少愛恨的交替，
難結舊知成新歡，
初喜爭執化為和談，
終驚冷戰變為熱戰。

獅虎搏擊兔鹿，
鯊鯨漫吞鰟鰻，
一切互助互愛的智慧，
竟未將遺留的蠻性變換。

巨浪掩蓋細浪，
大聲壓蔽小聲，
人造的理論與口號，
捲走了良知的呼喚。

英雄揮着長鞭，
奴隸吼着殘喘，
狂呼自由平等和平，
輕許天國的樂園。

一切生產成軍火，
一切教養是宣傳，
所有炮灰的光榮，
難買生命的哀怨。

等世界變成瓦礫，
人羣該還有祈願。
那時當信人間的和諧，
還在謙遜寬容與慈善。

五〇，歲尾。香港

選自徐訏《輪迴》，香港：大公書局，一九五二年

眼睛

不知往哪一天起，我頓看到
人人的臉上有一對可怕的眼睛，
圓的，方的，三角的，六角的，
他們在教堂中出現，在廟會中出現。
于是在擁擠的街衢，雜沓的市場，
在戲院中，在飯館中，在商店中，
我發現了到處是殘忍的眼睛，
冷酷的眼睛與貪婪的眼睛。
它們掛着紅色的血絲，
黑色的油膩與黃色的分泌，
拖着無神的光，閃着無情的慾，
深藏着可憐的夢與無恥的幻想，
以及計較毫厘得失的憂鬱，
與夜郎自大沾沾自喜的囂張。

于是我發現我自己也正有一對眼睛，
我還需用我的眼睛來看，
看肥瘦不一的女子
高矮不齊的紳士。
我一生下來就學穿衣服，
如今我必須看別人的穿戴，
長袍短褂與長褲短襖，
繫在額上的花蓆與套在脚上的襪子，
各種厚薄的鞋，各色高低的帽，
露着胸的衣領，標着腿的衣裙，
鑲着金的耳葉與珠翠圍着的脖子。
他們祇露一張或大或小的臉孔，
臉上還塗着香粉與胭脂，
畫着或濶或狹的眉毛，
含着潔白整齊的假齒。
一切衣着裝飾，
已變成財富與修養的標誌。

而他們的眼睛！
我還需用我自己眼睛，
去看他們的眼睛。

于是我發現多數的眼睛，
都戴着各種的眼鏡，
有色的眼鏡，有光的眼鏡，
鑲着畸形怪狀的框子，
掩蓋歪曲了視覺的感應。
我開始知道他們怕見世界，
這廣大的世界，真實的世界；
我開始知道他們怕見天空，
這浩瀾的天空，真實的天空；
他們怕看見真實的黑暗，
也怕看坦白強烈的光明。

人們在報紙後面偷看，
人們在扇子後面偷看，
人們在衣袖後面偷看，
看別人裝在衣袋裡的眼鏡，
猜測它們光度的淺深；
偷看別人臂上的異性，
猜測他們的身世與身份証上的年齡。

偷看別人身上的飾物，唇內的牙齒，
與聳起的胸脯去揣想是假是真。
還有人想偷看別人的衣袋，
有多少錢鈔與什麼樣的文件，
是否還藏着毒品與凶器，
甚至是人家懷裡的孩子，
也想知道他有什麼樣的父親。

人們在關着的窗口偷看，
看對街房子裡出浴的女性，
在等待手捧鮮花的男子，
偷看鄰居的牌桌上，
着旗袍的少婦忘扣了鈕子。
人們在高高洋台上偷看，
偷看街邊新到的難民，
在布幔中生產孩子；
偷看出喪的行列中，
跟隨着假哭的孝女與孝子。
人們在半開的門縫裡偷看，

偷看樓上的胖太太，
走着狹小的樓梯；
瘦削的丈夫跟在後面，
捧着大包小包的東西。

而我竟也有一對眼睛，
從小學習着看，學習着看書看人，
看舞台上的戲，銀幕上的電影。
但當我年輕時，我眼裡的人物：
講堂上的教師，法院裡的法官，
馬路的警察與衣冠楚楚的紳士，
總以為他們都有顆神明的心，
具有高貴，良善，莊嚴與公正。
但不知往哪一天開始，
我竟看到了他們的眼睛，
他們的眼睛也帶着各色的眼鏡，
掩飾着妬忌貪婪勢利與殘忍。
我在年輕時候，對眼前女性，
總相信都是不老的仙子，

長裙短袖浮動着美麗的詩，
笑容裡蕩漾着蜜，
鮮紅的嘴唇與舌端，
都是天真無邪的故事。
可是如今，我在她們的
粉裝的皮膚上看到粉刺，
在塗着口紅的唇上，
我看到乾枯的裂縫，
裂縫裡嵌着焦黃的烟絲，
我還在她們肉食的齒縫裡，
看到已爛的鴨膀與鮮蝦的死屍。
我知道她們的心中充滿着
隱恨妬忌，計謀與野心，
嘴裡吞吐着損人利己的謠言
虛偽的愛與假裝的仁慈。

這是我的眼睛，我可憐的眼睛！
當我看到別人眼上的各色眼鏡，
別人也說我永遠戴着懷疑的眼鏡，

不然我就可以安詳地相信，
相信一切裝飾都是文明；
一切殘忍都是公正；
一切肉麻都是愛情；
一切獸舞鳥歌蟲吟，
都不是弱肉強食；
而生存在世上都是歡樂的生命。

一九五六，七，一七，晨四時。

選自一九五六年九月十日香港
《文藝新潮》第一卷第五期

冷戰中的小熱門

在這蓬蓬勃勃的冷戰中，
前綫往往爆出小小的熱門，

這裏湧來無數的難民，
每個難民都有心得的學問。

這裏有敗兵失地的將軍
在外援白報紙上談兵，
有尚無黨員的黨魁，
專寫宣言與政治綱領。

還有失業的大小官員，
回憶無數次的宦海浮沉，
炒金失敗的公子少爺，
一夜間變成了天才詩人。

古代有魔術可以點石成金
如今文字與照相可以使人成名，
只要小姐們腰輭先生們臉厚，
龐大的預算年年待領。

於是新型的印刷機日夜不停，

五彩封面印着肉感的明星，
大小的開本堆滿了書市，
沿街的買賣三文一斤。

一九五七，五，一二。

選自一九五七年六月二十一日香港《論語》第六期。署名「千葉」

原野的理想

多年來我各處飄泊，
唯願把血汗化為愛情，
遍洒在貧瘠的大地，
孕育出燦爛的生命。

但如今我流落在污穢的鬧市，
陽光裏飛揚着灰塵，
垃圾混合着純潔的泥土，
花不再鮮艷，草不再青。

海水裏漂浮着死屍，
山谷中蕩漾着酒肉的臭腥，
潺潺的溪流都是怨艾，
多少的鳥語也不帶歡欣。

茶座上是庸俗的笑語，
市上傳聞着漲落的黃金，
戲院裏都是低級的影片，
街頭擁擠着廉價的愛情。

此地已無原野的理想，
醉城裏我為何獨醒，
三更後萬家的燈火已滅，

何人在留意月兒的光明。

一九五三、四、一三、晨一時、九龍

選自徐訏《時間的去處》，香港：亞洲出版社，一九五八年

時間的去處

愉快並不在熱鬧中產生，
憂愁則在靜寂中襲來；
空虛常伴着寂寞，
孤獨總率連着悲哀。

痴尋時間的去處，
紅的已褪盡綠的已衰，
記憶裡是顛簸的過去，
想像中也無安詳的未來。

長記平靜的世界中
年年的春天都望花開；
如今滿樹的深紫濃黃，
也無人有誠意來採。

此處已無真誠的笑容
熱鬧的都市荒涼如海；
餓狗與飢鷹爭食，
野狼與狡狐奪愛。

念多少的血流染紅土地，
歷史是弱肉強食的記載，
且待風暴掀起狂濤，
看哪一顆燈光還可以存在？

一九五三、五、二二、香港。

選自徐訏《時間的去處》，香港：亞洲出版社，一九五八年

原野的呼聲

我在廣大的原野中生長，
日夜在無垠大地中馳騁，
開闊的天空緊貼我面龐，
柔軟的草原偎依我夢魂。

和煦的陽光照着山谷，
皚皚的白雪掩埋着荒村，
我在浩渺的天地間往來，
昂然無依于男友女朋。

于是我流落在狹小的都市，
高樓小街裡都是電燈，
陽光被擠在污穢的牆角，
清風受阻于緊閉的窗門。

我視線限于隣居的簾幃，
耳朵但聞男女的紛爭，
呼吸的都是污濁的空氣，
行動要依靠各種的車輪。

從此我需要友誼的慰藉，
還需要愛情的溫存，
我要紙煙安慰我寂寞，
還要醇酒調劑我淒冷。

如今我已在緘默中冉冉老去，
人人都說我有顆寂寞的靈魂，
但無人知我在寧靜的夜晚，
始終在諦聽原野的呼聲。

一九五八、四、一五、晨六時。

選自徐訏《原野的呼聲》，
台北：黎明文化事業公司，
一九七七年

在夜裡

在夜裡，在沒有語言
只有呼吸的夜裏，
沒有光亮祇有陰暗的夜裏，
沒有人關心色與色，
光與光，平面與直線的同異。
那還有誰會了解
我手指與腳指的差別，
我頭腦與我心靈的距離。

我認識過去如現在，
我了解童年像老年，
憶及北京倫敦巴黎……
呻吟在長長的走廊上，
無數的石階外加上高高的樓梯。

你告訴我那些大理石都是假的，
前斜後正都是鋼骨與水泥。
這倒像現代的愛情與婚姻，
美麗的外表未曾把男女糾纏在一起。
我說不相信愛情，請相信存在，
沒有愛情無從有我與你。

這世界在顏色與線條中。
祇要你看到顏色與線條，
星月雲彩有什麼意義？
不要說社會有多少豐富，
世事有多少光怪陸離，
人情有幾重幕幃，
路人無從比夫妻與兄弟。

但誰在估量軟的、硬的、
潮濕的、乾燥的黃沙白泥，

墳墓中還不是大同小異的
已腐的與未腐的屍體。

一九五九、一一、一五。

選自徐訏《原野的呼聲》，台北：黎明文化事業公司，一九七七年

力匡

燕語

我此刻歇息在你底樑上，
為了疲倦於長途的飛翔；
你說我像是個外地的客人，
是的我正來自遙遠的異鄉。

我曾棲息於畫棟鏤金的殿堂，
我生活伴同春日的花香，
我喜愛溫和晴朗的日子，
我依戀著飄逸的綠楊。

你問我為甚麼告別了舊巢，
你說我不該拋下伴侶獨自流浪，
這只因為呵
我是愛好溫暖的族類，
而北國此刻已有冷酷的嚴霜。

是的我也聽過這樣的故事，
說有過一隻感情豐富的燕子，
為了留戀於快樂王子的雕像，
一天又一天留在寒冷的地方，
情願在冬天裡死亡，
但我決不願如此愚昧葬送了自己，
我對渺小的自己仍付與太高的希望。

你問我在北國看到甚麼難忘的景象，
我曾見到一個琴旁的憂抑女郎，
她的曲調寂寞而且淒愴，
憑琴音她向藍天白雲寄語，
給她底孤獨的情郎，
說縱周圍只有嚴寒與冰雪，
但借助於回憶與希望，
她心上有春日的陽光。

你還問我需要甚麼幫助，
感謝你我只需要可蔽風雨的屋樑，
我已慣於啣泥結草營造我底小巢，
無需別人底力量來幫忙。

我喜愛這裡陽光底溫暖，
我酣醉於這裡海風的和暢，
但我不能逗留得太久在這島上，
當那一天我恢復了強健的翅膀，
當那一天這裡也開始了寒冷的季節，
我將追逐於一個日暖花香的理想，
飛向更南的地方。

選自香港一九五一年十二月十四日香港《星島晚報》

桅燈

我再次由喧囂的人羣裏離開，
我再次自熱鬧的街道上歸來，
我再次回到我狹小的房裏，
我再次把向北的窗戶打開。

明亮的星星閃爍在夜空，
遠來的航船停息在海港，
寧靜的海上沒有波浪，
桅燈又引起我遠行的夢想，
我覺得自己留下已經太久，
而且我已厭倦了這畸形的地方。

我覺得不應該在這裏葬送自己，
我覺得不應該伴同衰朽的一代滅亡，
太狹窄的生活圈子已成為我的桎梏，
我的希望該不是幼稚愚妄，
如果掃羅不因為尋找驢子離開故鄉，

他永不會變成一個國王。

我早告訴妳我是不安定的孩子，
妳如真了解我就別強迫我留在妳身旁，
別責備我擾亂了妳的情感，
也別說我薄情呵嬌怯的姑娘。

選自香港一九五二年九月二十一日香港《星島晚報》

路燈

寒冷的冬夜沒有行人，
蕭瑟的寒風把落葉吹捲，
我不想按下冷漠的門鈴，
虛偽的笑臉沒有溫暖。

陌生的窗戶透出美麗的琴聲，
想有纖弱的素手撫着琴鍵，
你是不是也知道窗外有人寂寞無伴，
正期待着你一個快樂的和絃！

海上有移動的亮光，
該是夜裡開行的航船，
船上是有一羣旅客來自他方，
還是正把另一羣帶向遙遠？

悄然停下又再重行，
路燈把我影子拉長又復縮短。

選自香港一九五二年十二月二十九日香港《星島晚報》

法利賽人

你們還相信進步是由暴力推動的人，
你們還在心裡注滿憎惡與仇恨，
你們還以為真理能產生於狹隘無知，
你們還自滿於智識上的淺薄貧困。

你也知道斯拉夫本來意思就是奴役？
這民族從未建立過文化除了暴君，
多少良善的人變成了西伯利亞的幽靈。
俄羅斯的土地從沒有過快樂的農民。

你們也在叫囂着和平，
也知道是誰在真正販賣着戰爭？
是誰在波蘭被分割的前夕，
和希特勒訂下了德蘇同盟？

每一個生命都有活下去的權利，
就算是有罪也還可以得到寬容憐憫，
為甚麼你們要殘忍得像喝血的蝙蝠？
為甚麼人類要學那些殘暴的狼羣？

當你們在那一天承認了克里姆林的統治，
你們就在那一天出賣了靈魂，
你們早就失去了獨立的人格，
也配來說信仰，祖國，人民？

在今日人民已經站起，
你們就顫抖了在這黎明時分，
還要叫嚷着和平與民主麼？
你們這些無恥的法利賽人。

選自香港一九五三年一月
二十二日香港《星島晚報》

海濱

凋盡記憶裏的桃李薔薇，
島上的羈人年年漸老，
生命的錨在時光裏鏽壞，
寧靜的海峽沒有風濤。

不敢拉緊琴上的雙絃
在呻啞着消沉的低訴，
無油的燈照不完漫漫的長夜了，
昨宵灘頭有人凄涼地漫步。

看藍色海上遠去的航船，
山半有迷茫的薄霧，
衰頹的人也夢到海濱？
年青的孩子等待第一班輪渡。

選自一九五三年五月十六日香港《人人文學》第十期

一株樹的枯萎

一切早被注定了無法改變，
是宇宙的規律與自然的悲哀，
因為開花只能夠在一個季節，
在兩個春天間必須作悠久的等待。

以多少日子來醞釀細小的蓓蕾，
在三月的陽光裏始燦爛盛開，
衰老的外貌又有了青春的點綴，
有癭結的枝條也顯得可愛。

却無力拒絕橫加的摧折，
與善意的手的攀採，
呵！那命定的最深沉的夜晚，
劫掠一切芳草的狂風突來。

從此生命只賸醜陋的扭曲的枝幹，
與纏繞着樹身的寄生蘚苔，

默然在冬天就枯萎死去吧，
再不要重複那要來的相同的失敗。

選自一九五七年五月二十五日
新加坡《蕉風》第三十八期

這世界是一個大謊

有些人在嘴巴上從事苦行，
覺得自己已被折磨憔悴，
有些人在哀悼陌生的死者，
用手帕揩拭還未流出的眼淚。

有些人本來渺小而且懦怯，
在想像的戰場上一次次地勇敢捐軀，
有些人心裏從未有過溫柔的感情，
也在編寫着分行的短句。

唉！這世界是一個大謊，
人們表現出來的跟內裏完全不對，
昨天我跟着一個通到海灘的路牌走去，
却看到了一道又髒又臭的溝渠。

選自一九五七年八月九日香港
《中國學生周報・詩之頁》

惆悵

以前這裏是一座幽雅的小築，
門上嵌着古銅色的獸環，
有一道式樣古老的旋梯，
曲折地引到妳素淨的房間。

妳桌上有妳祖母用過的鏡子，
渾圓而明淨一如月滿，

妳常對鏡歡笑展眉，
偶然地也喟然輕歎。

當我又一次在約會時候來遲，
妳焦灼地倚着欄干盼望，
但妳寬大的原宥了我，
因為我是住在遙遠的半山。

人們畢竟厭舊喜新，
如今這一切都被拆毀改建；
我仍默然地在妳的故居徘徊，
細數我記憶裏的欄干。

選自一九五七年九月二十五日
新加坡《蕉風》第四十六期

夏侯無忌

夜曲

遙望漁燈疏落
無言的夜漸漸深沉
數着踏不碎的樹影
我徘徊在這如水的空庭
只有星星伴着我
也只有我伴着星星麼？

大地憩睡般的寧靜
深宵誰在弄琴絃？
低迴的淺撥吐露着典雅
深長的慢調細訴着柔情
告訴我，你鍵盤上的纖纖素手
可知道聲聲敲澈寂寞的心！

原諒我，躑躅在這窗前
雖然簾幕上印着你的身影
但我無心使用
已經失神了的眼睛

你無由知悉，我在傾聽
更不想會勾起了我緬懷的心境
沉鬱的眉梢激動了欣悅
感謝你愛撫似的和聲
帶苦味的淚珠橫頤滴下
我仍然甘願，伴你惹恨嗚琴。

我無從揣測，你此刻的心事，
你落錯一個鍵子了——
可是幽居的愁緒擾惱你少女的心？
但，有誰責備這偶爾的過失
讓他也聽聽那頓促的樂節吧：
你奏得多麼委婉與輕盈！

你一定有北方的冷靜
羅曼詩的表情太拘謹了
是想起頤和園的長廊勾引了一場往事
無情的現實又把思緒斂隱麼？

這幾個裝飾音的落子安詳而莊重
告訴我，不相識的琴手
你的雙眼可是像海般澄澈
像海樣的深？

讓我揣測你雙手的纖瘦
讓我贊美你描寫的虔誠吧
我但願能知你追尋那些美的理想
分享你音樂的心懷，你的寧靖
讓我膜拜這無可比擬的珍寶吧——
讓我也在這剎那窺伺永恒

我的禮贊消失在寂靜裏了
地上閃耀着的是夜露還是淚珠呢？

也許離恨的春草明春又再甦醒
今宵的怨望無非對泣新亭吧。

如水的月光斜照着我枯槁的臉，
重提我的出處
——一個破落的兒孫！
不息的赤心引得我太遠了
忘了身上的泥土氣息
迷戀這物外的靈琴

請停下你阿美達的魔絃
也讓我從水蓮的倒影中回醒吧
我寧擊筑
不願淚落漣漣

一九五二·二·二·鑽石山

選自一九五二年十二月一日香港《人人文學》第四期

墳前

——弔那些已經心死的人

紛霏的涼雨灑在起伏的崗野
春天的青綠在雨色裏格外淒迷
草葉上的水珠侵濕衣裾
心中怨望也隨飛絮化作春泥

遠山在靜寂中朝拱起伏
無聲的四野已是綠草萋萋
路旁的「有加利」又換一次新葉
方尖碑上幾行字跡却已剝蝕離離

想像這抔黃土也長埋了你三十年的榮寵
你行屍走肉者的魂魄枯骨一樣地長眠
人生何等飄忽啊！如今已更無餘子
只有我，孤零而怨懟地躑躅在這墳前

想到你養尊處優的「福體」逍遙天外
撇下了刀光劍影的故國遍地妖氛
金光燦爛中投向天堂之島的懷抱
盈盈淺笑遨遊在極樂的海濱

原諒我——你會說這是犬儒的猥瑣了
你無須乎知道肉體只屬於「刹那的時分」
你所沉迷的是置身事外的安逸
你從不想生命要在希望裏才找得着永恒

忘掉了那片土地的苦難你更超然自放
無視人間煩瑣的奔波
你自歎馨香的高潔和幽雅
禮贊着這種奧妙的「自我諧和」

偶或你靈性的幽魂也會閃現
浸在酒色裏的肉體就尊之為超人
它閃現時你更瞧不見別人的血淚
只一絲微喟你也施捨了救世的鴻恩

雖則從前你貪婪地吮吸人們的骨髓
現在你又假慈悲地憐憫勞碌者的愚蒙
這些人虔敬不停地追尋生命
只因為有一個「可笑」的信仰守在心中

他們相信歷史是人創造的
孜孜不息地摸索前路的光明
為了崇高的理想他們束縛着肉體
你，却嘲笑他們被痛苦扭曲了的表情

啊！他們的命運不如你，運命的寵兒！
只因為他們不肯在價值上信賴偶然
啊！他們的命運不如你，運命的寵兒！
只因為他們不肯忘掉「諧和」真正的一面

所以，他們活該在苦難中拼命掙扎
而你就理合在歡樂裏逍遙
到一旦他們種出辛勞的果實，你還可以
竊取那些榮譽，說這正是你的目標

不幸櫥窗裏的歡愉儘管瑰麗
也沒法給予你時間上的永恒
到那一天大家都回到故鄉的懷抱
你有甚麼果實可以交給厚望的母親？

母親其他的兒女們都在勤勞工作
像我這樣說出心事的能有幾人？
人家只會虔誠地播下生命的種子
明天收穫一個你所沒有的安適靈魂

我的低語如同晚鐘沉入幽壑了
靜夜的荒原如死地寂寞
旭日破曉的黎明未來
寒風在長夜裏簌簌

時限未臨，你當然靦顏戀棧
我的歎息只是悲憤的聲音？
漫長的道路上還有更多耕作

過了這墳前的片刻我也不再沉吟

選自一九五三年四月五日香港
《人人文學》第八期

給車站旁的小乞討者

路燈在拖長你細小的身影
我沉默地凝視你渴睡的眼睛
夜深了，可憐的孩子回家吧
我這裏你能乞討的只有同情

你無神地重複着顫抖的喉音
在我聽來，這是人間世的呻吟
悲慘的現實竟不因年齡而饒你
萬般你不懂的苦楚刺着我的心

你能原諒我麼？親愛的孩子
可能我也曾被你認作好心的人
你赤裸的雙脚終將踏上人生道路
而我，除了車費腰裏更沒有分文！

選自一九五三年七月一日香港
《人人文學》第十三期

晨渡

帶睡眼的旅客無言看着海水
這沉鬱的深藍裡有多少徊徨的淚
煤煙和霧靄籠罩着遠山
風聲濤唱訴説着去國的艱難

慘白的路燈照着無人的街道
碼頭旁瑟縮着流浪的孩子

嗚——一聲汽笛劃破了夜的低沉
在微光中叫喊着東天已經破曙

選自夏侯無忌《夜曲》，香港：人人出版社，一九五四年

贈力匡三首

一

這裡的人們視情感如商店
但你從不肯把一個記憶忘懷
你說，縱使一切都如朝露逝去
你心裡的愛情將與永恆同在

二

在愚昧的日子裡你學智慧
在偏執的人羣裡你學寬容
在污穢與奸邪中純潔把你保守
在狂喪的世上你有信仰在心中

三

在黯淡的日子裡你無聲地工作
不求憐憫，也不希冀施捨與同情
如同一個大師完成一件作品
藝術的成就象徵自己的生命

選自夏侯無忌《夜曲》，香港：人人出版社，一九五四

十四行

你碰了刺却見不着玫瑰
你沒有笑，也沒有流淚
那不是季節偶爾帶來的鬱抑

也不是青春在外衣上的虛飾

於是你覺得信念已經失去
也不願在誰眼中尋覓自己
如果心上只剩得一把死灰
何不就讓孤獨的靈魂安睡

是的，生命叫你不停尋找
却從未許諾你任何賜予
而且尋得了也終將背離

也許時間能夠平息浪潮
這苦楚只是片刻的空虛
清醒中你會再得回自己

選自夏侯無忌《夜曲》，香港：人人出版社，一九五四

秋夜

這多屋宇的鬧市聽不見蟲鳴
馬達和汽笛代替了記憶裏的秋聲
偶爾簷風在窗縫低低地私語
不眠的夜思緒却還會翻騰

誰會在煤烟充塞的空氣中瑟縮
九月的逆旅遊子總不免衣單
路燈閃爍着朦朧倒不是眼腔有淚
輕絲似的愁怨使心底暗覺微寒

跨着這冰冷的感覺我帶回去
紡織娘低唱的鄉野林間
清亮的月光從樹梢升起
山溪的流水在靜夜裏潺潺

然而，這裏和那裏還有一處相像
此刻都是夜正深的時分

在這裏，在那裏，我都會這樣想
到明天總會是陽光明媚的早晨

選自一九五七年十一月十五日
香港《中國學生周報．穗華》

燕歸來

樹在向你招手

像孤兒被拋棄在荒山，
漫天烟霧，
荊棘刺痛了摸索的手，
荒草剪破天幕，
亂石堆積在脚邊，
誰願踏上坎坷的路？
嬰兒有預感，
生下來就痛哭。

生命推動你的血輪，
朝陽升上心頭，
小鳥催你睜開惺忪眼睛，
拍拍身上的灰塵，
趁足尖還能墊起身軀的時候，
向前走——
已經來到了人生的山坡，
生存慾推你下去，
收不住脚，
能不向前走？

被神秘推着走，
茫茫無主，
也不問是禍是福，
猛然發現路越走越險，
慢慢！
抱緊一棵松樹，
慢慢！
年齡一再說：「路要認清楚！」

烏鴉鑽出濃蔭，
虎嘯獅吼，
豺狼橫臥要津，
山羊在發抖，

平坦安寧的路，
人生的山坡上少有，
但頹喪只能助長邪惡，
勇敢的人不孤獨煩憂——
樹在向你招手，
樹在向你招手！

松樹要你攀登枝幹，
高瞻遠矚，
細看雲飛日出，
拋却了濁世榮福，
先獵人後園丁，
山坡上多栽些松梅竹，
讓我們死時微笑吧，
美的靈魂要美的歸宿。

選自一九五三年三月二十三日香港《祖國周刊》第一卷十二期

鳥語

愛撥開稀雲，
凌駕濃霧，
轉個身兒，
衝下那供我憩息的老樹，
把茫茫大海和枝頭螻蟻，
都看得清清楚楚。

任日沉月高，
山呼海嘯，
不斷地飛翔不斷地看，
叫聲自己「不倦鳥」。

幾次曾見尊榮，
也窺察過屈辱，
處處澎湃笑浪，
也有淚珠兒滾滾無從細數——
夠了，

願仍為飛鳥不落塵俗。

降棲在秀峯松梢，
足下香雲繚繞，
人間無情又多情，
不如我無榮無辱無哀無樂好。

當香雲過盡，
如撩開幔幕，
人間舞台重現——
他携着孤獨，
孜孜向前，
不畏艱辛步步。

那邊有待爭的名位，
位後有如山財寶，
也好停下來取一份——
難道你不要？

「不要不美的福」，
他的脚步聲說，
「不要不善的祿，
捨棄短暫覓求永恒，
寧願血染碧海，
不失去真理和道路。」

從秀峯直驅急降，
雙翼將濃霧清掃——
我跟着他去了，
一分信仰帶走一分清高。

選自燕歸來《新綠》，香港：
友聯出版社，一九五四年

君子竹

春也殷勤，
却只欵待多姿來賓，
邀來錦衣彩蝶，
任它糾纏嬌李，
又偷偷和桃蕊親親；
邀來軟雨柔風，
吹得壯志綿綿，
打得弱女淚淋淋。
被冷落的細竹搖搖頭，
不忍坐視壯志覆傾，
但願堅挺的枝子。
撐直軟弱的人心。

夏陽暴躁專橫，
呵出萬丈熱焰，
燒捲了枯花，
嚇軟了青葉低垂苦臉；
逼到人前時，
却閃出綠竹一片，
秀葉裁出幃幔，
遮擋了無情天，
一心成全他人，
粉骨碎骨也情願——
碎骨細細編，
編成了清涼竹簾。

秋纖細的畫筆，
最愛金濃綠稀，
輕輕描黃了草尖，
再蘸少許橘紅，
橫抹大地，
把肥的都匀瘦，
綠的都染上金斑點點滴滴，
唯獨跳開叢叢翠竹，
好讓濃間隔稀，
疏夾雜密，
特寫不染的蒼勁君子，
在淒風苦雨中自立。

冬難改冷酷的天性，
撕毀了秋未完成的圖畫，
另寫一幅凋殘天涯，
飛出一柄寒風尖刀，
削淨了焦葉紛紛下，
薄冰凍僵了魚兒，
大雪阻隔了倦鳥歸家，
哎呀呀咱們大夥兒的婆婆共產黨！

老竹不言不語，
飲盡寒風，
飽餐雪花，
忍過了冬天，
且看春筍發芽。

一九五三年五月廿八日

選自燕歸來《新綠》，香港：
友聯出版社，一九五四

燕子的歌

我飛翔在空曠的大自然裏，
萬物羅列在眼前，
常見椰樹默默地助人，
又默默地安眠，
它不期待報酬，
也無意乞憐。
這支歌是唱給大家聽的。
只別讓椰樹聽見。

晚風太清涼，
碧海添上紅霞披肩，
風橫吹、海橫盪、雲橫抹，
椰樹直聳在沙灘邊，
插破自然的單調，
給行人印下諧和的畫面。
夜的黑紗才籠下來，
行人已撕碎美的憶念。

炎夏烤焦了行人的喉舌，
椰樹背着水袋站在路前，
微微彎着腰，
低頭相見。
登樹的人擦痛了它的皮，
椰樹不發一言。
吸夠了甜汁，
空殼拋在一邊。

薰風抱着熱浪狂舞，
烈日噴着白色的火焰，
椰樹撐起綠葉傘，
遮住行人的困倦。
行人舒暢地坐下來，
點起一支烟，
烟盡時他又踏上旅途，
也沒回頭看一眼。

我飛翔在空曠的大自然裏，
萬物羅列在眼前，
常見椰樹默默地助人，
又默默地安眠，
它不期待酬報，
也無意乞憐。
這支歌是唱給大家聽的，
只別讓椰樹聽見。

選自一九五六年五月香港《文學世界》第十三期（復刊號）

林以亮（余　懷）

勵志詩

——給無忌、力匡

過去她否定了，她當然更否定了愛情，
　在為羣眾的狂潮淹沒中，她獲得了解放。
於是她催眠了自己，沉醉於一些幻象，
不由自主，她闔上了不見一物的眼睛。

忘掉那些康乃馨，和那些濃馥的玫瑰，
那些令人低徊的歲月，啊，那些纏綿。
你的任務只是緩步向前進，不是流連，
因為掛在你額上的，只有忠貞的月桂。

然後默默地工作，在秘密中還要欣歡：
　你生下來不是為世人眼中暫時的光耀，
那滔天的高峯，你可能永遠不能達到，
却仍舊不斷攀登，這才是真正的艱難。

選自一九五三年八月一日香港《人人文學》第十五期。署名「余懷」

憂鬱之歌

——根據道生詩作

我並不悲哀，我已經不能流淚。
因為我的回憶已經完全入睡。

我守視着小河變得蒼白，陌生，
從早到晚我守視着它變幻無定。

從早到晚我守視着淅瀝的雨點，
無力地打窗上，像一絲絲斷線。

我並不悲哀，只不過覺得疲倦，
舊日的慾望再不能使我往回看。

整天我都覺得她的嘴唇和眼睛
沒有一點意義，只是暗影的暗影。

我對她的心的飢渴，整天不過
像遺忘，一直到黃昏的暮色降落，

然後我又籠罩在悲哀裏，想流淚，
而我的回憶也甦醒過來，不能安睡。

選自一九五三年八月十六日香港《人人文學》第十六期。署名「余懷」

四月的女郎
——根據道生詩作

露水沾潤了她的頭髮，和她的裙裾，
掛在她眼睛上的是一對孿生的露珠；
她拂過青嫩的草地，用輕盈的舞步，
同時用流質的高音哼着快樂的歌曲。

柔軟得像一頭羽毛還未長滿的幼鳥，
她花朵似的美麗却又像明鏡一面，
反映出希望和愛情，可是又可以看見
眼淚隱隱在她睫毛上不住顫動和盪搖。

她哭泣，是否只是為了一時的苦惱？
抑或是，她已經模糊地預先感覺到
生命的負擔的沉重，在未來歲月中，
只有秋天，枯乾的落葉，和一片虛空；
隨着她的青春逝去，歡樂將越來越少，

到最後，什麼也沒有，只剩下嚴冬。

選自一九五三年九月一日香港《人人文學》第十七期。署名「余懷」

噴泉

無邊的靜傾聽着我，我却向黑夜傾聽：
上面是星空，底下是隨風盪漾的微波；
唯有我吐出的水點發出潺潺的聲音，
不是大地無端的眼淚，而是它的脈搏。

春去秋來和陰晴變幻對我沒有不同，
我清澈的歌聲從來不受環境的左右。
麗日當空不能使我高興，暴雨和狂風
也不能將我吞沒：我有我自己的節奏。

有時我却想逃離我自己，只要一經過閃電的點燃，
我恨不得能夠縱身飛起，投向那一望無際的長天，
力竭之後再向人間降下，像一顆劃過黑夜的流星；
光與熱的存在只一刹那，却已經拿整個地球照明。

或者經過黃昏落日的照耀，化成一彎繽紛的彩虹，
過一會天空會將它抹掉，燦爛却永留於人的心中。
可是我的一切得自大地，我的來處就是我的歸宿，
我會失去新生的活力，如果不把一切向大地灌注。

於是我甘心接受這與生俱來的限制，

冰霜雨雪和憂患災禍我都願意忍受。
超越一切非我所求，如果最高的意志
規定我必須歌唱和創造自己的節奏。

我無休地噴射水點，不管有沒有觀眾，
然後滙成一片明鏡，反映諸相的悲歡。
人世間的得失榮辱再不能使我激動，
只知道從地面昇起，上揚和滅入高天。

選自一九五六年五月二十五日香港《文藝新潮》第一卷第三期

黃凝霖

渡海船

　我願意做一艘渡海船，
不停地左右兩岸奔航。
　把一批一批向左岸去的人，
送達他們的目的地；
　把一批一批向右岸去的人，
送達他們的目的地。
　我知道，當人們想到彼岸去的時候，
都企望着我底來臨，
　但當他們抵達了目的地，
便馬上把我遺忘了。
　遺忘我也罷，
其實令人追憶
　是一回傷腦筋的事，
祇要我能看見一批一批
達登彼岸的人們底歡欣，
也就心滿意足了。
　我願意做一艘渡海船，
不停地左右兩岸奔航。

一九五三年春，在渡海船上。

選自一九五三年五月二十八日
香港《星島日報・文藝》

盧　森

友情交響曲

——題摯友張劍文兄紀念冊

是白日無光大地籠罩灰黯的冬天
我懷着無望的希望流落到了沙田
曩昔的友朋都擺出了猙獰醜惡的臉
無非是可怕的欺騙一切的蜜語甜言

從此不再奢望誰會給我雪中送炭
更不妄想會被邀宴一席幸運的盛筵
祇覺得我還享有一份金不換的自由
就真的走到生命盡頭我也心甘情願

感謝你給我全不計較酬報的奉獻
感謝你穠艷的花卉移植到我底心園
使我重振自信的旗鼓再健步邁進
使我生命與事業又欣逢第二個春天（註一）

因此我挺起胸膛毫不遲疑向前趕路
去補償迷茫中因循苟且蹉跎的空間
心靈的天空喜悅的雲霞如添花織錦
星星也為絕路逢生的人綴成了詩篇

我摒除一切都市生活的誘惑與欲念
煤油燈如久別重逢的老友夜夜向我青眼
簷間的紫燕對我能安貧有呢喃祝福
蝴蝶為憐我寂寞曾雙雙飛繞在窗前

我驕傲有你對我從不厭倦的真摯情感
和永遠原諒我一而再再而三的貪婪
你無存半點「利益互相調節禮儀的交

（註一）文壇第一次在廣州復刊，係由陳容子兄資助而成，遷港出版則由劍文兄協助。

換」（註二）
教我聯想起挺出污泥中開放的白蓮

我與你忘年交好了六載尚未謀面
但從許多生活照片裏又像混得很甜
一疊疊郵書我更深切了解你為人豪放
事實證明也沒有朋友如你那樣重視諾言——

我堅信我們將來在香島會有一家印刷所
最近我又會再負責一種叢書的主編
我們忠誠無間的合作事業正在開展
像暴風驟雨過後期待到一個美好的晴天

我處境陷入冰窖你不斷地噓寒問暖
你為某種問題困惑頻頻來信徵詢意見
上帝付予你一副聰敏而富思考的腦袋
和一雙善辨別人間是非善惡的慧眼

過早的醒覺使你不安於溫暖甜蜜的家庭
寧願擎着自立的旗幟去充當水手一員
你說「我不該坐享其成老是留戀着昨天
應如開荒牛一樣去開拓磽地裏的花園」

早熟的感情激發你去追求偉大的愛
不是情侶纏綿而是繪畫音樂與詩箋
為了目睹同僑在異邦人的苛例下被壓搾
你却毫不猶豫地站在弱者一邊呼籲鳴冤

三年來我實踐「萬言萬當不如一默」主旨
使香島唯一的「文壇」減少攻擊與迫煎
文友朋儕一番督促我在心頭便一次銘刻
雖然我沒有慷慨激昂舉手發表誓言

（註二） 拉·洛希夫谷語：「所謂友誼，只是一種集團，只是利益互相調節，禮儀的交換，總之，只是自尊心永遠想佔便宜的交易。」

現在亦非告訴讀者重提創作之筆的希望（註三）
我知道一顆計時彈尚未接近爆炸時間
目前我要爬登指示方向的燈塔把燈點着
教蜷縮於避風塘的船艇快解纜向前……

九、八夜寫於道峯山下

選自一九五三年十月一日香港《文壇》第九十一期。署名「洪成」

清明

記取幼年時代的春假裡
我愛自糊不甚精緻的紙鳶
墟市遠，也捨不得出錢買線
就撕棕葉結繩讓快樂飄上雲間

年年那天與族中父老兄弟
興高采烈登墳去祭掃祖先
山上的草木都擁紫堆紅
直像把鮮艷的色彩潑進心胸

於今，使我感到無比的悲慟
鄉間的長老俱傳說被迫輕生
只為我多年來江湖流浪
故憶念裏他們還一樣健康

料蒼苔在墓碑上綉滿綠絨
野草也掩沒了祖上的墳塋
當春雷在雲幕後作威作福
新塚的旛旗那支不泣雨悲風

一九五六，四．一．香港

選自一九五六年五月一日香港《文壇》第一三四期

（註三） 見呈非凡「一束汝鬼」，該文刊本刊八十八期。

盛衰篇

我的二房東頂出房子後走了；
破沙發再看不到主人的面容，
電鐘空劃着圓圓的位置影子，
因過分悲傷離散，電燈也已失明。

昔日曾將床下的磚塊撬開，
挖空砂土藏下了多量黃金；
財寶是鎖不住也埋不牢的，
假如它的主子不務正業。

憶當年雖沒有附鳳攀龍，
降旗遍樹時却是廠主的少東；
等到承繼了祖上的餘蔭，
長兄當父雄威仍可喚雨呼風。

為了女色不惜濫用金絲銀線，
更奢付高貴禮物企圖填補情天；
女人的慾壑是深不見底的陷阱，
幾翻歷險都為追求幸福找到禍源。

從此把存貨一再廉價拍賣，
衣袖拂拭賭枱常至通宵達旦；
誤認馬經為唯一發財捷徑，
金鈔俱給鐵蹄踩成塵土飛散。

由於一向任性不聽諍諫，
壓着纍纍債台陷入貧困的深淵；
我寫這詩只希望他回頭是岸，
倘能洗心悔改磽地亦可重建樂園。

選自一九五六年九月一日香港
《大學生活》第二卷第五期

詩集序

憶念是心靈裡絲絲不亂的絃索
稍動情指便會彈出生命的金聲
記取我們同登芙蓉山把詩朗誦
在湞江橋畔曾用歌音攀摘明星

那時候最年青熱烈的不是若川
頂勇敢大膽的也不是夜曲、影痕……
我雖是縫製那詩建設社的旗幟
而高擎着奮邁向前的還是丁平

為了抗暴我們以筆當槍東剿西征
赤禍燎原就有幾位不屈的英靈喪生
錦繡的河山眼見籠罩着愁雲慘霧
怎怪寄跡邊陲線上的詩人狂歌當哭？

人間的自由恁樣壓迫都不會窒息
正義的老教師也永遠在發聵振聾
深知您的詩每個字都是真理的火種
將引發復國青年噴射勝利的呼聲

丁平兄詩集「邊陲線上的悲歌」出版，要我寫序，固辭不獲，只好勉強湊成十六行詩。詩中芙蓉山、湞江均在粵北韶關；若川，夜曲，影痕……都是當年的詩友。

選自一九五八年十月一日香港
《文壇》第一六三期

趙滋蕃

口信

夕陽繼續在燃燒，
傷心嶺一片沉寂。
這撕裂而流血底焦土，
這憂鬱而窒息底空氣，
這無盡的山崗，
這鮮紅的血跡，
深深地隱藏着——
　狂熱底冷却，
　灰色底戰慄！
大地在尋找已經失去的時間；
大地在傾聽着死者的太息。
大地在絕望中作了永恆的見証：
快樂吧！你們還活着的！

「在這兒，老劉，就在這兒，
這沒有看見敵人的地方，
炸彈甩掉了你的一條大腿，
也劃破了我的胸膛……
假如我就此死去，
老劉，請捎封口信到我的家鄉。
你說：我們生命的代價，
祇為了那些『高麗棒』；
這鴨綠江外，
也祇是一片苦難的荒涼！

「臥虎村前，
自開自謝的桃花和李花，
掩映着板橋流水人家。
在那座土地廟的後面，
我年老的爸爸，
就在那塊你熟識的土地上
作田種瓜。
老年人有多餘的悲痛，

老年人有深摯的牽罣，
你只説我戰鬥激烈，
連寫信也沒有閒暇……

「也許，他還要問長問短，
（這是老頭子天生的牛脾氣。）
老劉，請你代我撒個謊：
『長滿絡腮鬍子的老爸爸，
還是打四両白乾來潤潤喉吧！
你我橫直都活不了多久，
活着比死更受糟踏！』
一點酡顏，一杯酒，
好讓他多話點家常，
多談些鄉土……

「在泥地上光着身子打滾的，
是我那兩歲的望兒。
請代我捻捻他的臉蛋，
那股傻笑怪逗人憐。

『爸爸，鐠，大鐠鐠，
餓，餓，崽仔餓！』
他也許會張開小手，
圍着你的頸脖。

請代我祝福這沒有了
父親的孩子，
純潔的小靈魂，
本不應擔當大人底罪過！
他將永遠『望』不到他的爸爸，
他『望』到的祇是餓肚皮的生活！

「那個蒼白的美麗的女人，
就是我的妻子。
當鮮艷的玫瑰，
還盛開在她雙頰的時候，
她祇將青春陪伴愛情，
不將美麗換取富貴。
記得是那麼一個春天——
扁豆棚前，春吐着芬芳。

微微的和風鼓動腮幫
輕拂遍佝僂的麥梢子，
還有薄霧游泳在小溪的遠方……
我初次邂逅了她，
我彷彿在空谷中找到一朵幽蘭，
我的心跳動像榴彈炮的後膛；
我的胸部震盪發熱，
像憤怒的重機關槍……
她，她羞怯怯的
圓臉上，飛着霞彩，
脈脈柔情用纖手翻弄短衫。

「田野靜靜的，
小溪靜靜的，
這美麗的姑娘靜靜的……
她的心思，祇浮現在
變幻不定的臉蛋上。
她永遠像朶待開的蓓蕾，
飽含住青春和力量！

這百花齊放的陽春，
在她的面前顯得多麼黯淡，
因為祇有她那溫暖的甜笑，
正熊熊燃起春天的明朗的曙光！

「後來，她畢竟嫁了我，
在三年前的一個快樂的日子，
我們簡簡單單的拜過『堂』。
今天，老劉，親愛的戰友，
我將悽然告別這多難的時代，
我也將永遠看不到那美麗的姑娘……
請為我捎封口信，你說：
我永遠會想念她，
雖然這想念祇是默默底悲傷！
我希望她馬上改嫁，
千萬別待『婦聯會』來分配，
千萬別嫁給那些兇神惡煞！
是你，是其他的鄉里人家，
這些我可不能亂話，

祇要她記住：
那眏眼睛的歪嘴村幹，
萬萬不能搭理，
希望她不要在刺刀下變卦！

「還有，老劉，
請解下我脖子上那塊
長命富貴的小銀牌，
這代表了我死去的媽媽
最初的眼淚最後的悲哀……
死者的遺贈
常使生者無限關懷！
今天，我送給你當作遺愛，
好讓悲痛底心兒有個安排。

「請你不要忘記，
我媽媽死在十年前的刺刀下。
殺人的就是這些『高麗棒子』，
我記得這些瘋狂的野獸幹的好事，
一陣狂笑一陣咒罵……

今天，我們為了這些
血海的仇人，
流完了最後的一滴血
名義上說是為了甚麼『國家』！

「媽媽底墳上長滿了青草，
那悲涼底心兒
永遠再聽不到春天底喧囂；
夕陽像帶子樣圍繞着
她的墓地，
一絲暖意竟透不進她的心梢……
死亡靜靜地陪伴它的捕獲物，
無邊的苦難，
漫應着崗上底松濤！
老劉，明朝凱旋歸去，
請帶回我無言底憑弔……」

八，廿七夜於九龍城

選自一九五三年十月二十一日
香港《人生》第六卷第五期

小夜曲

白晝已經消竭，
黃昏來了，披件灰大衣。

淒涼底暮色像塊戰慄的屍布，
遮斷了活鮮鮮的追念。
一切都在激怒着我，
黃葉、孤寂、和暗綠底天。
寂寞像棉油一樣凝結着，
心靈的砦堡，
我高高底希望，
如同冷廟飛旋的蝙蝠，
疲倦地剪過心田……

你們，這世紀末的灰色底情韻，
　這帶醉的朦朧的黃昏，
那白雁來時，故國霜前的情景
又將寂寞底淚帶給我的眼睛！

選自一九五四年十二月香港
《學友》第四期

旋風交響曲·第三場

「最後的晚餐」

楊卓思　（舉杯）
　開懷痛飲吧，孩子們：
　在這歷史的大悲劇之前，
　祇有酒精能掩蓋發青的怒臉，
　祇有酒精能遺忘那往事如煙……

劉　龍　祝福您，白頭底巨靈，
　您的心智攝藏着宇宙全體，

您的大眼輝耀着大自然底良心！
您曾替天空創制律則，
舉頭天外，放眼乾坤。
您踐踏着大千世界底秘密，
更在浩渺的永恒中找尋路徑！

楊卓思 宇宙萬象原是一動。
閃光不滅，實體永存，
唯能底宇宙一派森森。
物質波與光量子，像波瀾壯闊的
　大海，
波峯湧疊，方死方生……

打開窗，拉開窗帘，
窗櫺外，一角藍天。
星城無限，徹照幽玄，
肉眼看到的不過三千。
一切的行星都循着橢圓的軌道
　運轉，

一切恒星依循着形象空間，
光溜溜地滑進迴旋。
太陽系在銀河中游泳，
無限趨近武仙座的岸邊；
各銀河系又互相牽引，
萬有的存在，一理相連。
它們通體相關互相敬畏，
無憂無慮，自自然然。

仲　淑 唯能的宇宙孕育動的哲學，
衰敗的制度裏開出智慧底花朵，
老師，讓我們乾杯，
猛燃起捍衞人權底烽火！

楊卓思 哎喲，樂觀的孩子，
你看落了多少大事！

仲　淑 多少年來我伴依着荒煙蔓草底
　迷宮，

我盼望到春天來了，有鮮花粧點
　園林；
我也看到秋天底落寞，
乾枯的智慧化着黃葉聲聲……
在蝸牛爬行的瓦礫上，
歷史用它蒼白而發抖底手，
寫下了歷代的痛苦、艱辛。
當我像突然驚醒的雛鷹，
張開了發蒙底眼睛，
我只祈求安靜和遺忘，
在那帶淚底黃昏。
少女的心窩裏綻滿了寂寞底花朵，
它在寂寞中開放，又在寂寞中
　凋零。
我曾將秦皇漢武的墓頂踏遍，
有戰馬蹬着蹄，打着「嚮鼻」，
但驚不醒英雄們無盡的長眠……
我也曾攀開荊棘，覓找銅駝，
將往事，一樁樁，一件件，

從頭追尋。
我發現丈夫氣概與遊俠精神，
竟跟隨着這可悲的民族失落無存！

古往今來底暴君，
他們掌握權力的手腕並不鮮新；
欲扼殺民族底生命，
必先將歷史燒盡。
正如同欲毀滅一個人，
先將他的記憶力掃清。
假如一民族的靈魂並未睡扁，
假如一民族的命運，
還抓牢在較為成熟較為清醒的人
　手心，
犧牲必然激起大漢的英勇，
雨淚必然光亮大地，
鮮血必然滋潤歷史底莽林。
願上帝降福，
願上帝垂顧我們的愚忱。

方豪

人！你當自助！
天神已經死了，
脆弱的感情抵擋不了兇猛的
　野獸！
獲得勝利，戰鬥是唯一底路；
得到歡樂，必須取道悲苦的地獄。
嘴上逞強的算不得好漢，
如同那虛假的顫音使人作嘔！
捨棄吧，那抒情詩似的慢板樂章，
我們要用排山倒海的和聲底巨力，
用人的意志去創造客觀存在底
　宇宙。
在這戲劇性的、緊張的、最有力
　的剎那，
我們要使旋律富有生氣，精神爆
　出火花！
讓光明底火種，
傳遍大陸；
讓人們的心底，
長存國族。
激發靈魂多絃的共鳴；
豎起精神崇高的大纛！
為大時代彈奏起——
活生生的熱情奏鳴曲。（註一）

向綠原

嗨，鋼鑄底寶貝，粗暴底靈魂，
別光火，在這憂鬱底時辰。
看你的亂髮在頭頂飛舞，
像千萬條烏蛇從幽谷攢騰；
你的充血的圓臉紅若火磚，
一臉的肅殺和蠻橫；
你的嘴巴抿得這般鐵緊，

（註一）熱情奏鳴曲（Sonata Appassionata）係悲多芬（Ludwing van Beethoven）三十二個著名的鋼琴奏鳴曲之一。其他如悲愴（Pathetique）華爾茲坦（Waldstein）及告別（Les Adieus）諸奏鳴曲，都含有一種華彩的豐富的音像。——編者

眉稜和眼角都牽離了原形；
你，威嚴如一株棕櫚，
你的神氣震懾着世界，
偉岸若懸崖上挺拔的孤松。
是不是，天宇底華彩凝結在你的
　瞳孔？
不讓你的眼使你的心傷痛？
人哪！堅強而純潔底歌者，
你的烈怒難以形容！

方　豪

詩人，請先砸破你那七弦琴，
先使你的生命，
活躍在千千萬萬的生命之林。
先鍛鍊自己充滿野生底力量，
不要像一株豆芽菜，
怕熱怕冷又怕雨淋。
一會兒是酒，一會兒又來了眼淚，
嘖嘖！一點粗獷的氣質也不留存！
看你的臉，白嫩得像牛乳澆淋着
　玫瑰，
看你的長髮，光滑得像古典美人，
有股秀氣，十分鮮嫩。
使藝術受胎，使狂飈精神重
　振吧！
悲哀的太息和悒鬱的情韻，
馬上就要消逝，
像一陣風，像一片雲。
施耐松的黃色曲調也可以變成
　高尚，
祇是需要大手筆，
一如天才煥發的悲多芬！（註二）
使革命成功的，是流血的行動，

梅　莊

（註二）　施耐松（Schlesien）十八世紀德國諧謔曲（Schergo）作曲家。有一首低級趣味的歌，叫做「我是這樣吊兒郎當」（Ich bin Liederlich），被悲多芬改為明朗幽默的雙拍子的鋼琴奏鳴曲，天才煥發，前無古人。——編者

不是空言。
鼓動羣眾的，不是裝成的假笑，
而是真摯的心絃。
在五百萬刺刀逼成的方陣上，
以自由聯合對抗統一指揮的極權，
只有同一的希望，同一的理想，
才能支撐自由聯合底信念。
幹吧！躍馬橫刀，兩陣對圓，
由下而上，再翻它一個邊！
死神的手接觸過的鬥士乃真鬥士，
歌者帶槍，詩人仗劍，
為失落的人之位置，
準備將兩代人在烈火中犧牲！
人類奮鬥的痕跡必定重生！
以西結的巨掌將透過荒野擁抱我

們，（註三）
替時代鋪路的，
永遠是青年的白骨和鮮血！
槍桿子上鼓出來的血泡，
也必定在刺刀尖上戳穿！

潘大任

在歷史底黃昏，
算盤敲落了人類的溫情；
在歷史底子夜，
鐵幕隔絕了心智的溝通。
政治神巫祭起了經濟法寶，
向自由人的頭頂猛轟！
何時，大地露曙色，
人類裸浴在歷史底黎明？
何時，春吐着芬芳，

（註三） 以西結：希伯來先知。參看舊約：以西結書，三十七章第十節：「於是我遵命說預言，氣息就進入骸骨，骸骨便活了；並且站起來，成為極大的軍隊。」
——編者

新綠活上枯林？
何時，愛代替了恨，
天真的歡樂歌唱，
在心底悠悠滑進？……

方　豪　記住，這是深秋，
花不放，鳥不啁！
廢話雖多不解愁！

李定一　我是一個機械腦殼，
那些文縐縐的酸話我可講不活絡，
請告訴我，楊教授，
造反，造反的意義究竟是甚麼？

楊卓思　各位小兄弟，請再乾一甌！
讓遇難者的血液，
與你們的血液同流。
這好比另一次最後底晚餐，
擘一塊餅，飲一滴酒，
你們與苦難的時代，
已緊緊擁抱為朋友。

愛心就是神。
它來自大宇宙的親和力。
萬象一波，萬物一理，
自由聯合，宛如天體。

有愛心，就有信仰，
有信仰，就有希望；
理性內燃着我們的理想，
像不熄底聖火，像常在底星光。

你問，定一，造反是甚麼？
造反如羽箭遙情，
向歷史湍流引渡，
它是進化的結晶！
如同一粒種子，落地生根，

春開花、秋結實，
從地底下繁榮着生命。

造反？造反是甚麼？
它以前進反抗後退，
以堅強底行動解除一切束縛！
要在人間豎立起正義的標竿，
制止人間不義的迫害和災禍。
使獸性的愚昧野蠻，
復歸於有秩序的人性底諧和；
使痛苦的人羣不再呻吟，
使黃皮寡瘦的人們不再挨餓。
使大地充滿着：
愉快的勞動，萬民的喜樂。
在溝渠惡臭之旁，
開遍活潑、少壯、節義的花朵！
在死亡的旋風暴雨裏，
加速運行新陳代謝的機能，
如粃糠和麥稭臨風揚簸。

將真理留存，將一切的偶像和權
威，
像剎馬草様分磔寸銼。
理性就是我們的旗，
熱情就是我們的火。
不要讓年華凋謝，
不要讓豪情冷却，
在這喪失了人的位置的年代，
為人權而戰的勇士，
應牢牢抓緊自由之我。

王輝

用進化反抗後退？楊教授，
進化這觀念彷彿走了様，
它與真理、正義、自由、民主一
般，
被野心家歪成了賣膏藥的瞎唱！
告訴我，老師：
進化是不是隨時間前進的波浪？

楊卓思　哈哈，學水利的一眼就看到了波浪。
正如同這位詩人的眼神裏，
盪漾着滿溢的陰鬱和惆悵；
還有那位音樂家，
也不會將他的對位法遺忘。
人照着他們的模型創造上帝，
思想家用他的經驗摶塑萬象；
將皮革看成舉世無雙，
要數那些佝僂的臭皮匠；
將殺人和仇恨看得那麼可貴，
也就是那些從窰洞裏鑽出來的黨！

告訴你，波浪並不是進化，
這道理原不虛假。
假如說：歷史乃進化的長流，
一些浪頭可以發電和泛槎，
另一些浪頭，
却要撕裂大地，蕩平莊稼。
進化和退化，也就如同這話。
將本能的衝動，
代之以有意識的計劃。
宛如那蓄水的庫，防汛的堤，攔洪的壩，
使「頭水」和「尾水」有秩序地洩瀉。
將一片汪洋的滔天濁浪，
約束成明確整齊的江河、湖泊、港汊；
將少數的部分的散漫結合，
擴大它的基礎，加強它的聯絡，
由簡單進而為有秩序的複雜。
這個嘛，就叫做進化！

方豪　不要再在觀念中遊戲啦。
聽，窗外，腰鼓秧歌喧喧鬧，
不是時候，真不是時候！
在五百萬刺刀叢裏，

那能羽扇綸巾，坐而論道？

楊卓思 孩子，你還太猴急，太年青，
洪水將淹沒一切智慧的靈根，
挪亞方舟，要搭救一些好種。

楊　春 以有意識的革命，
替代本能的革命，
先生的金言句句動聽。
告訴我們，築一條甚麼路，
通達到人類底黎明？

楊卓思 在被奴役，被踐踏的老百姓羣中，
支起受難的帳篷！
到民間去，捍衛人的權利，
使慈母不再痛哭幼子，
使權力不再干涉頭腦的活動。
為喪失人的位置底時代
為失掉秩序的社會祈求安靜，
爭取人權、自由和經濟平等。
願你們拿出真摯的熱情，有目標
的希望，
挺直腰桿將理想完成。
不管窰洞英雄們如何兇狠，
如何褊狹，悖謬與荒淫；
我們的奮鬥將使挫敗者感到驕傲，
使勝利者感到羞慚！
我們的奮鬥將接受歷史的感謝，
暴政將接受正義的裁審。
善良人類對犧牲者的憶念，
將一代傳遞一代，
永世彌新。

韋馥蘭 怎麼辦？
赤手空拳，
怎撐得住這賸水殘山？

趙彼得 以血償血，以牙還牙！

戥盤子上做買賣，
不欠也不賒！
勇敢點吧！
快刀斬亂蔴。

楊卓思　彼得，你的算盤打得不錯，
時機慢慢成熟，
事不宜遲，
我們馬上進行編組。

方　豪　行，我贊成。
只要行動一開始，
我滿身都是勁！

楊卓思　方豪，你先說，
你填哪兒的缺？

方　豪　寶慶軍分區。我學音樂，
參軍參幹，
好就近與鄒初復他們聯絡。

楊卓思　初復他們不知怎麼樣？
那羣粗野底靈魂，
伏虎藏龍在雪峯山上。

方　豪　據初復捎來的口信，
鐵頭尹恒雄風復振。
正正之旗，堂堂之陣，
有十萬健兒，
把殘破江山坐鎮！

楊卓思　綠原，你呢？

向綠原　我分發在章良的基幹六團，
是個「機動位置」，最艱苦最需要
的一環，
詩人搖身一變，成了文化教員。

在那邵水與資水瀠洄的地方，
千里雪峯像個倔強的老漢，
正濯足于湍急底河床。
陰鬱底山岩矗立如排天鐵筆，
靜靜地俯聽流水湯湯。
願青春的詩魂祝福這苦難的大地，
願豎琴底絃音喚醒那沉淪的舊邦。

楊卓思　是，是。你憂鬱底詩人！
列祖列宗將不會錯怪我們沒有
出息，
兩代人的流血將換來中華民族的
重生！
你呢，劉龍。

劉　龍　梅莊、仲淑和我，
一同分發在苦難中學裏。
我教高中的數學和物理。
使刀的使刀，弄槍的弄槍，
好像還沒有離開我的本行！

仲　淑　我教歷史，與劉龍同事。
我要在當代找問題，
從過去找老師。
我要培養下一代青年，
有明智的悟性，純潔的意志，
啟導他們真實無偽，
從虛假的時代之夢中拔出！

梅　莊　唉，我真倒楣透頂！
學的是教育，教的是國文。
要重新學他們那套外國語法和簡
筆字，
為了應付那些牛鬼蛇神！

楊卓思　軍中文化播種隊和教育播種隊，
已自然形成。
你，怎麼樣？潘大任。

潘大任　我分發在工商局，
唸的是經濟，
做的却是收發和會計。

楊卓思　你呢？趙彼得！

趙彼得　我學工商管理，
也把飯碗擺在工商局裏。

楊卓思　你們的接觸面重要非常，
城市的火種將憑你們播散。
還有你們這一組，韋馥蘭！

韋馥蘭　我分發在飢餓鄉。
我學畜牧，被安插在集體農場。
我願學窮荒的蘇武，
寂寞地陪伴着牛羊。

張夢遠　稻作系的學生，
安排在縣農會做秘書。
我知道農民渴求田地，
尤其盼望樂業安居。
我要將「太平」與「田地」的諾言，
向廣大的農民兄弟灌輸。

楊卓思　農村的播種，就偏勞了你們。
還有你們這一組，楊春。

楊　春　我是土木系的工拐子，
他們派我在公路局，
做個見習工程師。

王　輝　我也是一部整體機器的零件，
在邵水與資水合流的地方，
趕築水庫的高壩和低堰，
幫忙統治者設計點水力發電。

李定一　車床鉋床，錘子叮噹。

翻砂舊貨，吊兒郎當，
頓搞頓，餐搞餐，
鄙人就是修械廠的領班！

楊卓思

除了責任，忘掉一切！
到民間去，重寫歷史新頁。
為捍衛人的權利，
我們必得忍受磨折。
在這喪失真理意志底時節，
經得起絞架考驗的人太少；
在這勇於怯懦而甘於屈服底世紀，
為自由犧牲的人也許奇缺。

聽，窗外！密鑼緊鼓，
正替一場可怕的戲劇預備舞台。
「瘋狂底十月一日」，
就是這場戲碼的粉牌。
看，室內，籮圈樣環列的兩代，
鋼脖子，鐵腦袋，
熱火朝天，同仇敵愾；
時代這活火山之口正在呀開！
血漿如岩漿，兩代人的生命，
就準備在這樁轟轟烈烈的事業裏
　葬埋！
不問犧牲有甚麼代價，
但問犧牲是應不應該？
讓敵人發抖吧！
讓黃花碧血染遍塵埃……
讓我們以含淚底微笑，
嘲諷歷史的愚騃！
讓翻天覆地的「造山作用」，
將權力的偶像翻成枯骸！
億萬青年，擁抱起來！
被奴役的都是兄弟，
被踐踏的都是姊妹！
怒吼吧！年青的一代！
悲歡慷慨，激烈壯懷！
怒吼吧！年青的一代！

人權喪失，真理沉埋！

億萬青年，擁抱起來！
一代人倒下，一代人站起，
時代巨浪如海嘯山排！
為人權而戰，為真理而爭，
踏過去，踹着死難者的屍骸！

億萬青年，擁抱起來！
為自由祖國而戰，
為解放民族而戰，
目標堅定如山崖！

億萬青年，擁抱起來！
願自由的火種燃遍荒野，
逐盡長夜底陰霾。
願青春的歌唱綠化大地，
將野生底力量浸潤根荄！

我們不能在平靜中等待，
我們不能怯懦地凝視禍災！
億萬青年，擁抱起來！
億萬青年，擁抱起來！

選自趙滋蕃《旋風交響曲》上冊，香港：亞洲出版社，一九五五年

沉思

像春雨抹拭着新綠垂楊，
沉思飄沸在遙遠的地方。
柔心繫不住期待底世界，
不眠之夜竟有如此荒涼！

窗外的急雨敲擊着心扉，

竹柝聲聲報道長夜式微。
對深情縱然付出了眼淚，
似水華年畢竟一去不回。

長記豪華縱博於酒高歌，
甜美的顧盼裏美人遲暮；
激情雖開出鮮活的花朵，
也只好融入無言底沉默。

一九五五年十二月于香港

選自一九五六年一月香港《海瀾》第三期

盧因

念基督的降生

寒冷的冬夜我有感激的微笑，
打開聖經彷彿看見主的真像。
不是怪誕的神話也不是歷史的陳蹟，
上帝的兒子在今天降生。

你們活在十字架下有真信仰的一羣，
可想到當年伯利恆馬廄的孤寂與悽涼？
在這普天同慶的聖誕夜。
你們記否瑪利亞受的嘲諷？

二千年前的喜訊至今仍留下，
因為基督自己是和平的君王。
將和平的喜訊從天國帶到塵世，
贖罪的花朵終於在各各他山開放。

真理和虛偽永遠相對，
感謝你帶來永生的指望。
慚愧於自己沒有馨香的禮物，
像東方博士的黃金、沒藥和乳香。

選自一九五三年十二月二十五日香港《中國學生周報・拓墾》。署名「英華男校・盧因」

黑袈裟的一夜

這有月的，深長的黑幕低垂
有如短歎，從高處
傳至耳膜
——今夜的情感
是淚的抒奏

給我以山寺的木魚
敲破
這沉靜的闇默
間歇的嘯聲
從禿圓的頭頂透過

穿起袈裟的來了
可憐我這蒼白的客人

不再對我笑吧
跨過今夜，只要能
成全淡灰色的自己

選自一九五七年八月三十一日
台北《現代詩》第十九期

雖然仍一樣沉寂

朋友　我相信你
當那些遠去的
都遠去了

眼前　恐是靜止的世界
窒息的人間
裡面是冷酷了的火焰
還有黑壓的人頭
　在出發時
　在終站時
一起埋沒了僅有的溫暖

而今夜
草　野花　似乎在蠕動
但沒有海上的風喲
一點點的　嚥下去
山畔　無法尋覓

——譴責和依戀
給我以熟識的樹椏
帶我回到原始
渴望
雖然仍一樣沉寂

選自一九五七年八月三十一日
台北《現代詩》第十九期

追尋

海洋的風
深山的風
敲擊心上的每一角
給我遠來的安息
夜夜　低首靜坐
獲得的又失去
唯一的寄依
總會乘坐雲彩
向我道一聲珍重

平安　來自馬槽的低語
祝福　在十字架的路上
　是一片無期的盡頭
而我就這樣悄悄地走去
歇歇　望着天國

選自一九五七年八月三十一日
台北《現代詩》第十九期

一九五六年

一圈　一方
環着空白
沒有時間
　這兒
也失去青綠和活潑

虛蕪　陳雜
相同的謎面
　揭不開的秘密
讓風吹走吧

選自一九五七年八月三十一日
台北《現代詩》第十九期

沉默

除了你心裡的童真
　你臉上的慈愛
溜掉的
　找不到了
　——夜的寄語

闇的山
深的水
保留一份樸念
教我認識
　無色的空間

選自一九五七年八月三十一日
台北《現代詩》第十九期

黃祖植

擲紗會

這是那兒的天國，不是人間！
一種愉快的情緒充滿了不安；
迷亂中在做些什麼玩意似的，
這是那兒的天國？還是夢境？

七月的綠蔭正濃，幾棵茂樹
在你歌特式的樓前投射身影；
陽光下的草地那翠毯似的，
像有仙靈爭來去，嘈的幽靜。

你是那兒的歌手？美的旋律
陶醉着我使我向你培起愛苗；
不斷的遞給我這麼多的彩紗，
你是那裏的紡娘？那麼誠意。

一捲捲，一色色，我終接受；
你越來越快的把它向我急擲，
使我愴惶萬分，彩紗樓下墮，
因此你竟誤解我，意念他向。

彩紗已向他人擲，我正憂愁
再也不能得到這般的溫存了。
他有更好的技術來接受保留，
還有她誘惑的話……她的女客。

他是那裏的武士？那並不是；
只有一位鹵莽又可憐的人，
同受了他女客的迷發了癡。
她是那裏的妖魔？那也不是。

你們多情的姑娘，你的姊妹，
都來參加這個盛會，歡愉的，
大家更忙着拚命的把彩紗擲，

一捲捲，一色色，在窗前飛。

是誰拋去這東西，其中一位；
一條瘦長的箭似的向我衝來，
慢慢地將接近，我忙着接受，
她直撲上我的手，緊緊纏着。

啊！這是怎的事？竟是害蛇。
我覺得一陣昏迷的倒下去，
這一切將失望的離開它了；
再勉強四目張望，景色依舊。

啊！擲紗的姑娘不在我身邊！
一種說不出的悲悶籠罩着她。
在一般人的獰笑聲中我死去，
這剎那她痛哭着，熱淚滿腮！

選自一九五四年一月一日香港《中國學生周報・詩之頁》

珍重這時候

朋友，珍重這時候吧！
暫且沒有什麼的掛累；
在月光下，些微的風，
輕輕地也嘗一嘗濃茶！

選自一九五五年二月二十五日香港《中國學生周報・種籽》。署名「祖植」

跟小貓在園裏玩耍

跟小貓在園裏玩耍，
兩個黑影合成一幅圖畫；
貓兒忽然向前撲去，
那知道月亮也玩在一起。

選自一九五五年二月二十五日香港《中國學生周報·種籽》。署名「祖植」

岳　心（徐東濱）

伙伴

豺狼正在舐它血紅的爪
貓頭鷹正磔磔狂笑，
夜風正發出陰慘的呼號。

　黑沉沉的大地上，
一個孤獨的青年人在徬徨；
　眉毛成了一個結——焦灼、迷惘，
他思索着：「我走向何方？
那兒是最好的方向？」

豺狼正在舐它血紅的爪，
貓頭鷹正磔磔狂笑，
夜風正發出陰慘的呼號。

　突然樹林裏傳來一陣人聲，
　他好奇地欣喜地去找尋，
看見那兒一羣年青力壯的人，
　在微弱的火光下磨礪他們的鋒刃，
臉上流露着愉快、信心和堅韌。

豺狼正在舐它血紅的爪，
貓頭鷹正在磔磔狂笑，
夜風正發出陰慘的呼號。

「朋友，你們在這裏苦苦練磨，
是準備作什麼？
　能不能對我這迷途的苦難者說？」
　那些人熱情地請他同坐，
微笑對他說：「你沒注意麼？看！

豺狼正在舐它血紅的爪，
貓頭鷹正磔磔狂笑，
夜風正發出陰慘的呼號；

我們就是要磨練自己，磨練快刀，
把那凶殘的豺狼殺掉，
砍倒叢林，把貓頭鷹趕跑，
　我們要把這黑林造成如錦的田郊，
讓光明溫暖籠罩一切，永不再要

豺狼在舐它那血紅的爪，
貓頭鷹在磔磔狂笑，
夜風在發出陰慘的呼號；

和我們一同來努力吧，年青的朋友！
　我們當初也是孤零零地無路可走，
偶然碰在一起便開始緊緊携手；
　更多朋友的集結一定不會太久，
反正我們絕不聽由

豺狼在舐他那血紅的爪，
貓頭鷹在磔磔狂笑，
夜風在發出陰慘的呼號！」

誠懇的臉望着誠懇的容貌，
　這青年人微微一笑，
只說了一句：「好！」
　卸下了破舊的背包，
他也抄起了一口刀。

選自一九五四年十二月三十一日香港《中國學生周報·新苗》

小水點

我沒有名字，
我只是一點小小的水粒。
記不得是哪一天，
我正酣睡在軟綿綿的搖床裡，

突然一隻巨靈之手
把我推落，直摔下地。
我驚憤地哭着，
跌進了一條小溪。

睜開眼睛一看，
兩岸在匆匆後移。
無數的小水點
密密地和我擠在一起。
迎面來了一塊黑石頭，
我急忙閃避，可是身不由己！
只好咬緊了牙，
閉着眼承受這一下碰擊。

眼前的金星還沒散去，
已經看到前面的石頭更加尖厲。
我皺着眉問別的水點：
「咱們這是幹甚麼呢？」
可是他們兀自喃喃抱怨，
對我皺着眉翻翻眼皮。
有的對我說：
「滾下去吧，管他呢！」

一塊塊石頭碰過，
渾身已酸痛無力。
溪水轉入峽道，
奔流得更快更急。
遙遙聽見前面瀑布的怒吼
——衝過去吧，別問是幹甚麼的。
讓我在瀑布的飛花裡
與別的小點搭成一道虹霓。

選自一九五五年九月五日香港
《大學生活》第一卷第五期

雪花

南國的冬天溫和可親，
　但我仍想念雪花。

記得小時候，
當北風搖撼着樹幹，
母親隔窗喚我進房，
　不許在院子裏迎冒風寒。
我却兀自欣喜地屏息凝視，
　袖上雪花像萬花筒一樣的圖案。
是誰如此細心，作成這億億萬萬
　瑩潔精美的小冰盤？
是誰把它們撒下，有時廻旋疾舞，
　有時悠然緩降，像鵝毛一樣輕軟？
胖胖的小手凍得通紅，
　清鼻涕垂下一半；
被母親拉進了房，
　還隔着玻璃窗痴痴地看。

又是冬天了，
　但不見雪花已經六年。
縱有明珠千斛，
　怎能換得雪花一片？
願今夜夢魂遙度關山，
　重立雪裏風前！

一九五五年十二月一日

選自一九五六年一月五日香港
《大學生活》第一卷第九期

竹語

我是一竿青青的翠竹，
還沒有經歷過幾次寒暑。
我們靜靜地沿着山路生長，

同根的何止千株百株。
北風吹去了老樹的錦袍，
枯黃的花草都已偃伏。
我們依舊挺立着，青青的，翠翠的，
任他霜凝風嘯，不肯服輸。
很抱歉開不出好看的花朵，
也沒有東西給歸人果腹；
我們只能給你潤潤舌尖，
葉梢聚有幾滴晶瑩的露珠。
還有，到春暖花開的時候，
我們可以作成竹椿幫你修路；
也願意搭成縱橫的竹架，
助你重造那被風吹倒的房屋。
向前走吧，別管那荊棘披拂，
歸去收拾你家園的殘破凋枯。

選自一九五六年四月六日香港
《中國學生周報．新苗》

丁平

「火把」輓歌

是什麼年月？
一個年輕的歌手，
舉起火把吶喊着：
　海盜到來了！
　他們要踏碎我們這幅古老的土地。

火把燃燒着：
燒遍了長白山，
太行山，
嵩山，
華山，
恒山，
衡山，
泰山……

火把燃燒着：
燒滾了黑龍江，
延水，
黃河，
長江，
嘉陵江，
湘江，
珠江……

火把燃燒着：
燒熱了這幅古老的土地，
燒痛了這土地上每個子民的心！

從這個年月開始，
這土地上的
山嶽怒吼了，
江河怒吼了，
連埋藏在地下的
從四千年前遺留下來底千萬個靈魂也怒

吼了！

一月，一年……
八年了，
經過這個長久的歲月，
海盜倒下來了！
火把也回到了
這個年輕歌手的手上。

是什麼年月？
巨熊在後面，
狼群張開了血口，
從東北方
向西走，
向南下，
翻起了沙漠的風砂
渡過黃河，
長江，
到了珠江的盡頭！

這幅古老的土地又蒙難了！
子民的血
洒遍了山嶽，
平原……
埋在地下的骨頭
也曝露在風雪下！

舉着火把的年輕歌手不再吶喊了！
他閉着眼
把火把擲下延水，
讓它熄滅……

這個曾經舉着火把的歌手，
今天
卻跪在故都天壇的祭台上，
唸着「血的頌歌」，
把一枚血染的「勳章」
掛在狼王的胸上。

狼王笑了……

土地呻吟着，
子民飲泣着，
鬼神號哭着……

舉過火把，
也擲熄了火把的年輕歌手
　　老了，
　　聾了，
　　啞了！

他今天
只會跪在血的祭台上，
染製「勳章」
一個個掛在狼子狼孫的胸上……

火把呵！
流呀，
流吧，
流到珠江的盡頭來吧！
珠江兩岸的無數歌手，
等着你
把你重新點燃，
叫你再燒遍在這幅古老的土地上！

選自一九五五年三月香港《文壇》第一二〇期

狂歌在邊陲線上〔選段〕

一、序曲

這一塊在人類歷史中
有了五千多年記載的土地，
在它的最南端，
在珠江流域的盡頭；

這帶水的蠻荒，
從海上帶來了它底繁榮。

在過去的年代中，
它曾無數次變為戰場。
每一次
戰神把城垣撕破成廢墟，
每一次
在戰神的怒火停熄後，
它的子民
又把一塊塊方石
疊起了一座座城墻。

這裏
有過無數個春天，
也有過使人難熬的冬夜。
有過狂歌當哭的太平的年月，
也有過由各式各樣的災難帶來的死亡！

這裏——
人民歌頌過無數英雄
從屍體中建起來的偉業，
也詛咒過凱歌後面的哀痛。
教堂內有過歡欣喜悅的婚禮，
也有過聲聲泣悼的喪鐘！

這裏——
有人安睡在雄偉的墓園內，
也有人陳屍荒野
任烏鴉啄食充腸！
村莊裏的宗祠，
曾打開過大門
讓它的子孫進去凝思和敬仰，
也有過香火熄滅的日子
讓蛛網封閉門戶的荒涼！

這裏——
千千萬萬的少男少女們，

剛停止了瘋狂的歡樂。

城市的夜色，
正迷醉着旅人的眼睛。

港口的燈塔閃着綠光，
叫舵手安心地駛着輪船進來。

農民從村莊走向城市，
商人又從城市走向村莊。

華爾茲舞曲，
替代了軍號，
晨曦的雞叫
替代的黑夜裏戰馬的悲鳴！

村莊，城市
一個個孩子的誕生，
慢慢地填補着

在沙場上失去的名字！

飽經戰亂的老者，
用微笑渡着他們的餘年。

在一個不寧的初冬，
這一線邊陲又背上了新的災難——
災難來自內陸，
災難來自內陸的西北方。
來自它的子民們的宗族，
來自頌祭死神的古城！（註）

從此
太陽照不亮這線土地——
城市的路燈照不見行人，
村莊中的屋脊看不到炊烟，
老年人

（註）延安曾被一些人歌頌為一座「莊嚴雄偉的古城」。

用沉默的臉紋抑壓着微笑……
少男少女們的聲帶沙啞了，
教士的默禱
替代了教堂塔頂的鐘鳴！
子民在嗚咽，
鬼神在哀號；
太陽西下了
血的旗幟在夜幕下獰笑！

魔手在血旗下揉戮，
日子在獰笑聲中流轉；
六年了
這邊陲綫上的人民沒有看見過春天！

三、邊城的哀歌

黃昏，
衞城的指揮者，
叫跨江的大橋，
發出一聲哀號，
宣佈這座名城
又一次蒙難！

風砂吹逝了黃昏，
夜幕低垂，
重重地
壓着這座城
喘息得將要死去！

江水在嗚咽，
鐵蛇在呻吟；
五層的古樓，
默默地俯視着
這城的三百萬子民，
就這樣地被改變了命運！

征服者來了，
在十月的一個黃昏後面。
他們

背着槍桿和旗幟，
披着一身骯髒青軍服，
拖着一雙破布鞋，
和一份十分驚奇的心情。
用疲倦和謊言，
支撐起刺刀，
佔領着這座
南國最大的邊城！

六年，就像是六個朝代，
城在變着，
人在變着，
統治者
要把歷史改變，
說這幅土地的人底生活，
在今天才開始。

以主人的驕傲出現的土包子，
一進了城市，
就把自己的原形忘掉。
吃的，
住的，
穿的，
總要比這城的子民好過，
他們說的話就是「真理」。
統治者，
要這城的子民
學着他們自己製出的「真理」，
硬要把人分開什麼
功臣，
英雄，
幹部，
頑固份子，
腐化份子，
落伍份子，
新人和舊人，
主人和奴隸……

從此，
功臣和英雄，
新幹和老幹，
腐化和落伍份子，
機會主義和幼稚病者；
他們，
她們，
各個階級都自己建立起小派系，
互相監視着，
互相鬥爭着，
人與人之間，
就是對立的敵人！

我鬥你貪污，
你鬥他浪費，
他鬥他官僚；
鬥得天翻地覆，
「人民」機關全變了戰場！

今天我下獄，
明天你「勞改」，
後天他會倒下去……

像旋風進襲着沙漠，
像雄獅闖進了虎巢，
像夜鷹抓着巨蟒，
一場的混鬥，
不知怎樣開始，
也不知怎樣收了場。

鬥爭的風暴改了方向，
商場遭襲了，
說是「專政」階級的隊伍，
在瘋狂地發動攻擊。

工廠，
代理商，

娛樂場所，
酒樓食店，
藥房，
布莊，
運輸行，
甚至棺木店的東主們，
全是攻擊的目標！

追漏稅，
退工資，
罰盈餘，
清存貨；
一層層，
一次次，
各行的店東，
被鬥得無地自容！
資金被鬥光了
貨物被沒收了，

工人做了主人，
東主變了奴隸！

奴隸？
奴隸要受看管，
要關進牢籠，
要無條件地接受新主人的審訊。
無權呻吟，
無權申訴，
無權走動，
更無權改變為主人！
只有一條路——
跳樓，
服毒，
刎頸，
投河……

這座城在混亂着，
這座城在瘋狂着，

一面是
鬥爭的勝利者在叫囂，
一面是
有產者在飲泣而等待死亡……
工人當了家，
商人毀了家；
這是工人「專政」的年代，
這是私人商業的終結！

被詛咒為資產階級的商人倒下去了
新的資產階級又產生了！
可是，
當家的却不是「專政」的工人！

自命為「專政」階級的，
又來一次搏鬥了！
這場戰鬥
在「專政」階層中，
像古埃及時代中的武士式的
展開短兵厮毀！
殺得死去活來，
勝利的站了起來，
但終又被新的挑戰者擊敗。

舊的商人全倒下去了，
新的商人沒有跟着起來；
這座邊城的商場，
却被新的資產階級統制着。

喘息，
呻吟，
未死的商人；
飢餓，
憤怒，
説是翻了身的工人；
受管制，
被侮辱，
讀過聖賢書的知識份子；

在勞役，
在死亡邊沿，
被鬥光了的有產者；
被擯棄，
被鞭撻，
指為腐化的落伍份子……
他們，
她們，
在今天，
只有用心聲
向有浪的南方呼喚：
昨天
從這裏撤退的衞城者呵，
明天
你們要回到這裏來！

選自一九五五年十月香港《文壇》第一二七期

詩卡一束
——聖誕，新年寄戰鬥中的文友，和迷失了的亡魂。

一、盧森

是午夜，
塔頂撞響了聖鐘；
是清晨，
街頭燒響了炮竹；
是這時，
是這時呵！
善良而堅苦的人，
都會獲得一點心靈的慰藉！

二、黃崖

聖鐘敲響時，
你會沉浸在聖靈的境界裏；
炮竹燒響時，
你會痴痴地憶念起故鄉的情趣。

可是我呢？
在這時
我會脈脈地凝視着一點將滅的燭光，
遙祝你安靜地度過這一刻！

三、碧原

當人們最瘋狂時，
我和你都在沉默；
當人們忘卻了失去的日子時，
我和你正在摸索昨天的記憶！

今晚，
教堂的鐘聲又響了，
舞場的樂聲正在施展它的魔力！
明天，
炮竹聲又要撩起人們底往事了。
我？
還是一樣地在沉思，在撫創……
你呢？
會醉倒在熾烈的燈前，
還是閉目苦思，
去追尋武江河畔的腳印？

四、李若川

你說，
在湘水之邊，
看見了第一個春天。
因此，
你要向這個春天敬禮和發誓！

你說回來了，
你矯健的行腳，
已經爬過了冬天的穹門。

你只觸到一絲陽光，
你就衝動得對天詛咒：
死去的，沒有顏色的日子，
死去的，脫離了實際的軌道的幻想，

死去的，潛埋在你們心靈深處的罪惡，
死去的，我的背信的言詞……（註一）

若川！
你真的爬過冬天的穹門了嗎？
過了多少個聖誕，
又過了多少個新年了！
可是，
你的矯健的行腳呢？

湘水又回綠了，
回雁峰上，
又排列着雁行。
你是在磨坊裏
伴着被遮了眼睛的騾子在喘息，
還是長躺在湘江的西岸？

（註一）見《文壇》六十八期李若川詩《我爬過了冬天的穹門》。

若川，你安睡吧！
歇息吧，若川！
南國邊陲的隊友，
有一天
會站着濕濛濛的湘水邊，
用筆尖插破指頭在向你憑弔！

五、劉夜曲

我記起了——
在「牛背脊大捷」的前夜，（註二）
在影痕背起詩囊，
孤獨地
到大戈壁去尋訪「飛紅巾」的第二天，（註三）
你就遺棄了
帽子峰下的牧牛女郎，

（註二）抗戰期間二次粵北大捷中「牛背脊之役」。
（註三）三十一年間，影痕單獨離韶關到大戈壁去尋「飛紅巾」女郎，一去至今無踪。

用短笛吹着你的「夜曲」，
低聲對我們說：
「再見！
永不低頭的朋友，
再見！
痴痴地幻想着詩境的女郎……」

你去了！
我知道
你去描摹陽朔的畸岩和枯樹，
你又去細數貴陽盆地的梯田。
最後，
你還是吹着短笛，
去得更遠更遠了……

是多少年月了？
在每一個聖誕前夜，
在每一個新年的早晨，
我，

盧森，
碧原，
容子和勵文，
連同你遺棄了的牧女，
都在各個不同的地方，
同聲喚着「夜曲」的名字！

夜曲！
你是啞了又聾了，
還是替揚子江執行了誓言，(註四)
潛下汨羅江底，
默默地
在摸索屈大夫的化石？

四五，一月於澳門

選自一九五六年三月香港《文壇》第一三二期

(註四) 揚子江曾說要去汨羅江搜尋屈原的遺骨。

褪色的夢

我曾有過一段年月：
　在粉紅色的圓柱下幻想，
　在黃色的高樓上睡眠；
　在藍色的池塘邊踱步，
　在綠色的叢林中奔走。

　在無數個寒風的深夜中，
我看見過
蕭瑟的落葉，
和路人寂寞的微笑。
我聽見過
沒旋律的夜聲，
悽怨的哭泣，
　和一顆沉重的酸心底顫跳。

過去的
是綠色的葉，
是彩花的短裙。
現在的
是遍山的楓樹，
是一雙遲鈍的老人底淚眼。

燕子來了又去，
林間綠了又紅；
杜鵑的聲影要消失了，
接着的是原野上的悲鳴。
　酒的醇香，
色的甜美，
已搖曳在荒郊的冷風中，
湮沒在茫茫的黑夜裏……

我愛聽深沉的聲響，
我愛看輕慢的炊煙；
我願意追憶褪色了的夢，
在夢裏尋覓我棲息的
　高高的斜塔，

荒涼的丘陵，
陰森的古剎，
或者是一片無波的沼澤……

四七·元月于澳門。

選自一九五八年二月香港《文壇》第一五五期

我要走了
——《中秋月》劇本插詩

湖水已經乾了，
菩提熟了又爛了；
我大腿上的傷疤也快要脱掉了，
刺骨的秋風啊！
妳為什麼總是慢慢地才到來呀？
枯萎了大地，
緊抱着它飢餓的子民。
讓聖潔的月姐，
撫摸着它永遠寵愛着的萬物。

湖水乾了又會回漲，
菩提爛了也會長出新實；
戰士的創傷，
必會脱疤後重生肌肉！
月姐啊！
妳為什麼這麼忍心？
偏要照亮我的淚珠，
一點點滴下我心愛的女孩底黑髮呀！

抬起頭來吧！
我心愛的孩子：
睜大眼睛，
看看我！
脈脈地多看我一次……

我要走了！

這不是流淚的時候。
妳要笑！
苦難的日子終會有一次完結；
枯萎的大地
必然再度在春風吹撫中回復綠洲！
這時，
我會爽朗地笑着回來！

我真要走了。

看着我……

菩提會替我倆作證，
松樹會替我倆作證，
船槳上記下了的誓言：
當明年中秋
月姐高掛在妳的頭上時，
我的笑聲
會驚破妳在樹下痴痴的默想！
我走了；
看着我……
脈脈地再多看我一次……

一九五六年八月

選自丁平《萍之歌》，香港：香港中國文學學會，二○○九年

王無邪

過客

偶然地來到這裡，偶然地一個過客，
為什麼偶然地我底臉頰竟會蒼白？
是怎樣的悲戚我一點兒也不知道，
更不會愚蠢地向着泥色的水傾訴，
當走入了船艙，噯，真不容易去忘記！
這星星的微火是明天惘惚的夢寐；
自己當然願意溜近就是一朵薔薇，
唉，空間、時間，那裡都是陰森和幽凄？

靈魂，什麼是那浪花的新調呵，假如
大海中要抛飛那不可思議的心語？

偶然地來到這裡，偶然地一個過客，
要遺失一切？也不是什麼暗啞的歌
飄過寂寞，飄過——依然我是一個無邪，
離去了，離去了，現在已不是那靜夜；
蜜夢、狂想，我祇能容它們霧般消迷！
在香港，幻覺徒然地在鏡子裡凋萎；
我相信未來不是一段古老的神話，
現在我底呼吸留停在異地的枝椏？

靈魂，什麼是那浪花的新調呵、假如
可怕的就是永遠祇這斷片和少許？

偶然地來到這裡，偶然地一個過客，
怎樣呢？空洞的是我保有着的緘默，
我記起崑南在跟前複唸着那名字，
好容易去敲擊心臟裡塵封的絃絲！
我還願意和他談談那紫色的化石，
或是他底貞在那安全的灘岸山脊：
不然無邪就要憑空塑造一個胸像，
殘酷的崑南便欣賞我眼睛底狂望？

靈魂，什麼是那浪花的新調呵，假如
我敢在距離裡舞灑青春的旋律雨？

偶然地來到這裡，偶然地一個過客，
唉，還有點理智去構築情感的怯弱；
也許我底沙漠太多空白容許影子，
容許星羣、容許風——祇我常常這般地
閉上眼睛沉思，有時感覺異常害怕
笑、淚、吻的瘋狂換來永生的十字架，
可是信箋裡的詩說靈魂在灼熱，
抑鬱在樂組，又絲毫地不能夠發洩？

靈魂，什麼是那浪花的新調呵，假如
去開始一個序曲，自己找不着意義？

偶然地來到這裡，偶然地一個過客，
完成了光輝，難道僅僅在短暫刹那？
自己單獨在幻織給自己的香味網
大概不是罪惡吧，誰在癡誰在悲傷？

水影裡的微笑還是自己的兩片唇，
我底問號仍然存在，在香港，在澳門；
第二個旋律是屬於命運的，去思索
有點多餘，別奇怪我早習慣了寂寞……

靈魂，什麼是那浪花的新調呵，假如
大海中要拋飛那不可思議的心語？

偶然地來到這裡，偶然地一個過客……

十七·八·五五　于香港

選自一九五五年九月三日香港
《詩朵》第二期。署名「無邪」

一九五七年春：香港

一

歲月依舊的過去，儘管新希望
　一樣從每一個單獨的胸懷誕生，
　正如這一個春天同樣的來臨
帶着以往的顏色，縱使大地的表象
和人類的臉容都有多少的變化。
　植物公園內杜鵑花像火一般
開放着，彷彿就香港人的每雙眼
紅紅地向未來直視，在密密的屋簷下。

無論是努力或憧憬，到頭來今日
　一切都未嘗依隨心願而改變；
這心理上嶄新的年頭再不能驅使
　我們加以信任而以為在前面
就是星相家的靈驗話；我們仰望
上天，而懷疑自己是最後的亞當。

二

在異地，與及在戰爭不同的謠言中，
　我們的徬徨早已經成為了習慣，
　不記得或甚至嘲笑它；每個夜晚
人人同夢着廉價的馬票的美夢——
唯一的寄託，縱然還有着其他
　已經不足掛齒了；一年復一年
　沖掉了多少信仰，而除了金錢
沒有什麼能支持此地的生涯。

悲哀使許多事情無法再熱心，
　空見到理想墮落了，終歸無望，
而河山依舊，我們也徒然惆悵
但知道自己已歸根的成為公民
　在這種生活的形式中：日出而作，
　我們在高高的建築夾縫間經過。

三

一草一木的真實，已不能使我們

感覺到這世界；這種空洞與躊躇
　隨時月而增長，我們看到的全部
是青灰的頑石疊成莊嚴的長方形
立體，世界從沒有如此充實的內容。
　人類是其中的蟻羣，對本身的渺小
儘管有怨言，但文明是高高的築起了，
日趨偉大，已開始統治我們的一生。

襤褸的我們日夕瑟縮着，明知道
同情被殺害，而希望更為無效；
　很快我們將化為石頭的同類，
冥頑不靈，更不會信奉上帝，
每一種動作像是機械所驅使，
　不害怕第二生命，地獄就是周圍。

四

我們有冷酷的目光，視線所至
　都成為荒漠與碑石，隱隱有乾風
從舊日的世界吹來，幻影幢幢

排演着以往的悲劇，令此刻的意義
遂化成無聊。呵你們並行着的情侶，
　你們孩童，恰如那向榮的樹木
　從地面伸向陽光，幸福的面目
是何等永恒而安詳將你們呵護！

這些美好將跟隨着節序的變更
　而化為烏有，那時就徒然惦記起
　不再的時日，自己僅是些殘枝
為物質的寒流所包圍，覺得整生
　是被動和掙扎，縱然間中有歡情
　也不過點綴我們定讁了的運命。

五

沉默。困倦。睡眠。囈語。夢遊。
　時間停止了。世界不再是世界。
　我們殘餘的感覺已不能了解
最後的杯子打碎，最後的星球
殞落。就這樣行走在奇異的通道中

以巍然的征服，但低聲的泣歎
從拱壁發出像是無限的幽怨，
我們想伸手而發覺被鎖住不能動。

或者是許多已習慣的形式不時
像回聲向我們追逐：長期的囚禁
在生活的底部是所有過去的日子，
麻木遂成為最終的定局，不堪
何所謂悲歡；而幻象也不過如此
在白日的反面，不見得怎樣陰森。

六

流落在無人注意的角落裡，晚上
在烟酒咖啡之間，我們纔有權利
閉目而又注視這狹小的土地，
也不復記憶眼前的生命，是慌張
而蜷縮，遠非我們所自命的氣概，
祇隨時面臨着淪落和死亡的恐怖，
承受着來日如末日，我們的道路
伸展到幻夢和傳統和宗教以外。

呵！是否我們已不為自己所佔有，
沉思如魔鬼，吞食所有的喜悅，
俯仰之間但覺得全無所憑依；
當然我們也遇見許多的白晝
開出了美麗的橱窗，也有季節
強逼我們好好去歡渡它一次。

七

一樣是春的意志，一樣是我們
訪尋到夜之角落，現代的迷宮
供給了所有的感覺，衣香鬢影中，
「高尚」的地方，手與及一個腰身。
我們體驗這許多，要求着遺忘——
遺忘了世界，明知道並無所愛，
却悲怨自己生為眼前的一代，
甘願獻身于片時的慾望與荒唐。

我們就這樣到過了，但不更色情
　比起這整個社會所能夠包容，
祇是盡忠于個人，不厚望生命，
聽任何命運，也依隨着興之所至；
　並沒有雄心而許願改變這大眾，
像那些有錢人，那些有地位的君子。

八

呵，再唱起「祇有你」「偉大的偽裝家」
　街頭應該加添多一些青春味
　假如有他們圍住了一具點唱機，
穿上了超時的服裝，隨着節拍
雙腿微微的搖擺；波浪形的頭髮
　當然更美觀，尤其是當他們
　出現以勇士的形態，那舶來的精神
足以將整個世界踐踏于脚下。
他們都受着電影的訓導，教育
　再不能有同等的力量，無論過去
曾怎樣，他們信任目前所把捉
　是更為正確，對未來不懷恐懼
正如許多西部的英雄，固然
他們再不會承認是黃帝的子孫。

九

即使是幽靈的行列，你們所佇立
　是一個更為淒厲的世界，接受
　慾望的君臨如一頭瘋狂的野獸，
有時隨垂死的路燈為明朝飲泣。
絕望中自己是盲目，追尋生活
　而被它姦污。誰能夠從脂粉的重簾
　認出了罪人的另一面？蒼白的顏臉
微笑的石像，若渾然不知哀樂。
城市以黑色的背景向你們支持；
　這樣夜夜的待罪，像一羣羔羊，
但羔羊也可以任意的掙扎和哭啼。

惟有強顏歡笑地為世紀的棄婦，
　陽光射不透這些陰影和高牆，
你們祇能夠把恥辱帶到墳墓。

十

時代與你們相違：呵儘可能
　眼睛的湖沼容得下宇宙，胸間
熾熱的火焰賽過了太陽，太平山
推翻了，依然逃不掉全中國的陰影
屍布般的覆蓋！彷彿歷史的光榮
　徒然為上代的紀念，甚至方塊字
被遺忘如同古物，也不復有姓氏，
但見到處處有奴性的光彩驕人！

你們的呼吸若被窒息着，上蒼
　無語，而西湖和長江也一定在等候
和嘆息；這景象還是往時一樣悲涼：
永遠有一邊享受着汽車和洋房，
　當一邊流離失所而無人相救，
另一邊飢寒交迫，呼喚着死亡。

選自一九五七年十月二十日
香港《文藝新潮》第二卷第
一期

蔡炎培（杜　紅）

無眠的晚上

慾望號的街車馳破夜闌的沉寂
迎風的腳步漸遠了，誰的嘆息？
燈下，把晤羅亭，一染輕微的幽憤
從緘默裏嘗試凝窺人性未泯的靈魂

却因漁樵同話式的故事偏在眼前重演
那一齣「餘韻」，主角怎樣摸索舊恨的邊緣
無法追廻了，無端的旋律牽惹無奈的低吟
寂寞裏我已學會捕捉一聲烟月的回音

那惶恐的跳心，戰抖的囁嚅，期待裏的
　渴望
都酩酊過來了；不管羅梭的空樽，中古的
　餘醉
嚐不盡的苦杯啊，設使生命是懺悔青春的
　狂妄
而祭壇的紅燭永標誌着，標誌着犧牲的
　血漬

小楓，這是信心；流淚長夜終會過去
雖然一縷夜寒依舊深鎖五更歸夢的秦樓

選自一九五五年九月六日香港
《詩朵》第三期

揚帆
——讀無邪的「過客」後作

眉怨的新月空照水裏不定的星辰
幽篁裏也徒响當年不再的琴聲
晚潮這刻怎樣伸展它的懶腰？

當巫山的風訊來得這麼輕輕
沒有浪花，也沒有流水的低吟
展開又合攏，漸遠的船和着消息
那一次，誰説探訪更遠更遠的羣山
畢竟消失了，十九歲微顫的痕跡

海：你就培養詩人的淚，激動詩人的心
為什麼又這樣仁慈呢，溶化了無限的
　無限？
沿着巖岸，誰夜夜在聆聽那唱不完的
　悲歌？
我無語了，既然一刻的苦痛完成了永恒

瞧吧，露水已下，檢拾未乾的兩顆
不是虛幻的一串，夢裏默契的人
笑一笑，行嗎？讓我為你耳畔添粧

小楓，看你初醒的眼睛像個問號
「那五月的烙印！那五月的烙印！」
呵，在我們年青的日子裏私許感恩的晚禱

選自一九五五年九月六日香港
《詩朵》第三期

遺失啟事

光與影的旋律，如初吻的無聲，
籬笆下誰繡出了這斑駁的和諧？
挑逗的微風更輕送那，那樹上的詩潮；
啊，大華園的秋夜，秋夜的沙龍！

青春的日子裏，又該是歌唱的時辰，
望着你，望着你再一不是預言的預言；
我們松濤的八月，空山朗照的中宵，

墓園初叙，這被遺忘的地方，超人邊緣？

不是天涯；殘碑背立，野鬼因何而妒忌，
沉默的沉默，你教我看看朱文剝蝕的一行，
人間稔熟的記憶，一個夭折的名字，
你的朋友吧，告訴我他是怎樣地死亡？

小楓先走了，我循步探索，人性的問題，
短牆外的蟾華，冰心一片，幾度溝渠？

選自一九五五年十二月一日香港《海瀾》第二期

痴雲

有若難言的無定，有若更遠的追尋
有若悠然地俯仰，有若鬱結地低垂
不可逼視的長空，生活的夾縫裡

祇使我驚奇認識大小本身的無限

設使明天逝去，一個可怕的思維
究竟為誰？我還是落葉似的無依
有一天我們都老了，檢不着一次
徘徊的足印，在今日看來的廢墟

那時，再笑笑，臉上有同胞的淚
加深了時間的蒼白，淩駕着從前
我從前愛戀的狂熱，你美的嬌艷
難道是注定的，但能短暫地相聚

為了偶然？隨風飄散就無法回轉
啊，背向的同路，祇有紀念的起始
年月可以死掉，而我也根本不曾
不曾存在；浮動着，天地一個投影

選自一九五七年一月十五日香港《文藝新潮》第一卷第八期。署名「杜紅」

小憩

街上正漲退着人海的黑潮
五點鐘了，渴想這一個時間
像死囚絕望地期待大赦的一天
——多年來如此寂寞地耘耕

似是那熱鬧的茶座，似是
疲倦的舊侶，蹣跚的影子
我忠實的愛人，唇齒相依
就算淪落吧，還有半點意義

半分想像，記取沉默的笑容
像從別人的約會看到本身的殘缺
又從殘缺知道過去是怎樣完全
真實和幻覺可以沒有什麼不同

魂靈的淨化前面是無數的試探
一個人常困鬥在慾念的昇華
或許有了無傷的嗜好，一方面
被糾纏，同時野心也被限制
讓我堅忍地培養自己的胸懷
浩然的宇宙當容納原子的爆炸

選自一九五七年一月十五日香港《文藝新潮》第一卷第八期。署名「杜紅」

絕望的女神

有些在我們心上奔馳的事物
或許明朗，或許暗淡，或許不然
從花繁的日子，多果實的季候
　她在我心裡成熟
在我心裡成熟後，留下了一片
一片紅的葉，脱落而寄傲原枝

如果有人把她燃亮，把她撿拾
　火舌鬱結又高揚

很多年之前吧，一個新的時序
來到多風帶的碧瑤，赤道的海
尤其美艷，棕櫚樹在灘上搖曳
　她在日落的岩岸

當落日徐徐升降在她的身旁
像一個夢幻的故鄉說聲來吧
他的名字給予她少年的狂熱
　她給予他以流潮

她消失了！她的出走，她的追尋
驚動了菲律賓，驚動半個地球
恰如來到這裡，她受創於愛情
　意外而無法挽救

於是這個城市從此有了落葉

秋天了，少女眼中第一次有淚
如果沒有了自信，沒有了憑依
　她或許廢然歸去

雖則遠方的媽日夜為她流涕
也曾一度趕至，她却去得遠遠
有人天生下來戰鬥，有人降伏
　她是叛逆的女性

她是叛逆的女性，如果失去了
生命的權力，失去了踐的諾言
今後的她再不會在人間出現
　像騎士揮鞭殘照

薄暮的高原。她從痛苦裡投生
如同人類對古往今來的悲劇
所加以的評價，後有什麼不同
　黃沙上血的蹄跡

是很多年以後了，今年的四月
穿過遠天的風砂，遠天的冰雪
她和我遇見，趕上太原的早春
　一場小小的綿雪

至於南方的夢境，她好像忘却
這一個海隅，那裡的高樓大廈
那裡的人事，那裡在瞬息更變
　惹起她淺笑一絲

惹起她淺笑一絲，彷彿在當時
她望着遠山，遠山皚皚的白雪
我望着雪裡的霜風，兩般心境
　奏出一樣的驪歌

別了北國！別了我所愛的南方
她是汾河流水，我是流水人間
這謹嚴的規律下，我開始全然
　了解真實的人生

她有她的來處，我有我的源頭
恍如隔世了，又恍如隔世知遇
時間偶然讓我們撞面，然後啊
　逝者來者之未嘗

如果說流水乃有一定的身形
一定的曲線。無視於幻的理想
無視於我們身旁四時的無定
　生活另一個世界

因為在許多逝去的年月，許多
已知未知之間，陌生而且遙遠
當我們靜下來想想，想想明天
　想想斗折的行列

怎樣越向太空，怎樣直指來宵
那時，可以理解她窒息的自恃
可以理解的，一種悲哀的深切

　站在冷眼的旁邊
故意地遮藏，像阿拉伯的巫女
有她的光明，也有她灰暗一面
她是具體的，笑和淚實則長久
　由那面幕所隔離

儘管是如此，善和美，她的位置
就正如今夜，提起筆，三千里外
我們又生活了一段，踏着清野
　也踏着駐足凝思

選自一九五八年一月十日香港《文藝新潮》第二卷第二期。
署名「杜紅」

葉維廉

微光

當那一天我從泥土的空谷裏甦醒，
我便懂得怎樣去用淚滴點綴生命；
我的官能曾長夜感着地球的顫抖，
悲嗟嗎？沉默，沒有一點微妙的灼燃。

黑夜是什麼？我在薄暮的邊緣徘徊，
誰在我的世紀裏長出憂鬱的蓓蕾？
不能在春的綠裏找回片刻微睡啊，
怎麼？我那哀傷的眼睛竟不能流淚！

誰不曾渴望過一點奇蹟？我的心靈
正等待着那兒一縷微光輕輕溜進，
我記不清我曾怎樣地熱愛過黑夜，
但我將不會默默地——就像一顆流星！

我空惘地游翔像一隻折翼的小鳥，
在天宇裏我喘息的精靈盲目飛過，
我終找不着安息的墳地，什麼黑火
却也會在死亡的岡巒裏奏起新歌？

那麼？誰還能說這不是生命的飛揚？
我正渴望在水波上捕捉一點微光！

五五、八、二十。

選自一九五五年九月六日香港《詩朵》第三期。署名「藍菱」

什麼是你生命的顏色？

什麼才是你生命的顏色？
命運爬過了暗黑的高山、海洋

清晨的露水却哭泣，為宇宙哀傷
夢醉的魂靈曾透滲什麼幽光？
當內眼裏一朵花在凄迷裏悸顫
城市的黑紗正濛迷了片刻的睡眠
不曾忽視軌跡裏刹那的飛旋
像夜梟的狂叫，它可要停留？
看白晝裏深夜的淚水怎樣低流
或是誰的夢魂裏誰的精靈將更是溫柔？
啊，刹那裏仍是刹那的無情
難道餘燼也會揚起死亡的黑火
在雪地裏終宵竟夕地灼燃
為了哀悼你自己還是世紀的凋零？
飄泊在冰山上，你會創造另一太陽？
冷默吧！你呀！在這未渺的空間寂下吧！
為什麼你還在捕捉每一刻的無限？
或許一絲微光會帶領你的身軀
誰會料到這却是你靈魂的虛幻
那是永不完的飄颺、沉溺、昏迷
罪惡的鏈鎖，你雙足上顯示半點狂蠻

啊，空間裏排演着時間的悲劇
可貴的每一刻鐘，你都漫步着，那在
刀山！
又是一朵狂飈，春天裏舞盪着秋殘
有人説你曾是史前被放逐的魔鬼
一切罪過你只能用血去償還
唉，給與吧，喪失，還是日與夜的界限？
猶憶起你曾伸出你乾枯的雙手
在野地裏瘋擁墳墓裏的喜悦
沒有慨嘆、長吟、狂叫與流淚
像波特萊爾，這就開始你生命的狄卞
耽？（註一）
灰白的湖面上死亡的黑夜溜進了
如同神話的地獄，你已感着泥塵的氣息
每個刹那都像在歌頌着「罪惡天堂」？
枯草的顏色嗎？那就是你自己的裝飾？
為什麼你曾渴望過在那裏睡去

（註一） 狄卞耽（Decadent）就是頹廢的意思。

讓流蠅的瘋舞當作你自己的訃聞？
為什麼你願浮沉在死亡的湖面
讓蛆蟲的嚼食來淨化你的肢身？
可是一些卑微的音响，魔鬼的嗄叫
却使你默默地在這世紀的邊緣昏暈？

五五．八．十

選自一九五五年九月六日香港
《詩朵》第三期。署名「鎧淩」

我們只期待月落的時分

我們從不曾細心去分析
那些來自不同遠處的侵襲；
那些穿過窗隙、牆壁，穿過懶散的氣息，
穿過微弱燭光搖晃下的長廊，
補綴這季節最後的模型——
依依未滅的冬青，
向山谷訴説無聊的故事，
寒風為松樹的寂寞
白浪滑過白浪；
海水和海水拍擊，

在催促我們疾飛的急切中間。
我們停下，沉思，在許多來路的前頭，
甜笑於清晨的舒適。
陽光，俯身迎接飄風的羣樹
我們在冬天時候把記憶凝混
為掙脱反覆纏繞着脚跟的噩夢，
和聲息花繁生的地方。
我們走過的山野，幽谷，陰徑
使我們忘記了不少去遠的塵埃，忘記
在許多預知或未知的騷動中，
而降落在我們心間的事物。

在事物不規則的竄動中，
我們聽見急促的步聲，
試看手杖和槍枝的劈刺；
一縷炊烟游過教堂的屋脊，
在我們忽視時歌舞溜走了

　焦急的生命
　在焦急的人們中
　在焦急的時代下
　有羣獸支持馬戲班主的一生；
　代替整個世界的展露，
　牠們解釋了親和謀害的方法
　　表演我們從未看過的技藝。

塵埃在北風中飛揚，分別
停駐在奇異的國土上。落葉
片片翻飛，帶來一些不幸。
(這不幸將會完成人類窒息中的痙攣！)
那些我們熟識的朋友，
忽然會駕臨我們的茅舍，在門前

喚一聲我們的名字。寒暄一番，
便無言地離去；窗外的枯枝
為風吹動時偶然相遇，僅僅一下輕的磨擦
便完結兩者日夕渴望的交談。——
假如你希望再一次的巧遇，那麼你等吧！

　焦急的生命
　穿過潮水
　穿過草
　穿過尚未盡乾的露珠
　為期待援助或死亡。
羣眾突然從許多不同的地方
來到這川流不息的市集、廣場，
部分不清方向，游手好閒地
向天空，向地面，向四周，
向滯留的自己瞥視一眼，微笑，
又走開。有人把苦痛的容色
作為這世界最高的慰藉。
有人看出和他們接觸的目光
僅是新仇舊恨的滙合，要投給他們

燃燒的汗，中風似的驚呆；
不安傳透他們的器官，血脈，
毛管和趾尖。公共汽車走過時，
帶來一陣熱風，一陣窒悶的汽油味。
喪旗，喪鼓，喪號的行列
在雨中搖完一段旅程。旁觀者的偷笑
和單調零落的沉默一同隱沒：
我們想起監獄裡的黑，鐵窗，
木板，毛虱和殯儀館的氣氛。
這時我們衹好羨慕或徘徊於琴聲迴蕩，
「私家重地，閒人免進」「內有惡犬」的
　樓房。

冬夜在街上狂奔的碎屑，街招
如同一羣狂妄的神行者，在笑聲
和失望的燈光下自負於自己的才能，
嘲弄如墳列的街道，侮辱
緊閉着門的每家商店，每個夜中的陰影；
除了一些，曾為廣大的羣眾
所藐視，所拋棄的存在物，
那些街招和碎屑最親愛的朋友。
蠕動或喋喋不休在無人理會的角落中，
風雨侵擾他們的怪夢和薄弱的慾望；
但他們從不埋怨這如火的寒氣，
却感謝在深夜裡有至親的朋友
排演瘋舞陪伴他們渡過，有雨點
為他們降落化裝舞會的銀絲，
點綴了夜的單調。
我們焦急的生命，
爬過了低氣壓下的泥路，爬過了
寒鴉盤桓的荒地，走入
小囡囡和小妮妮柔弱的聲音中，驚醒
哥哥懶洋洋的情夢。撒嬌要踏雪尋梅去……

稀鬖鬖的更鼓，
縈聚在遠郊的澤地，加促了
野雁劃過夜空的啼聲，加促
烏雲竊走星光的行動；

附近破門兀兀作響的搖擺
激起失眠者無理的咒詛；
窗格上玻璃不停的悸顫，
震碎我們每個新的願望。
我們貧乏的力量再不敢
在想像和想像的事物間
實踐太熱切的旅行，不敢
迎接那些無力欲滅的燈光，不敢認知
我們尚未認知的城市，不敢計算
我們將來要到那一個分站，
或分清我們現在坐臥的地方。
我們什麼都不知道，我們祇期待
　月落的時分。

選自一九五七年五月二十五日香港《文藝新潮》第一卷第十一期

我們忽略了許多事實
——一九五六年

它來了
奇音異響告訴我們：它來了
如此的迅速！擴張向前
我們毫無防備
全景裏所有的事物被吸入視滅點中
這不是一場大火的暴發
也不是化學劇烈的變化
不是某種權力的轟炸
也不是更壞的命運
可以回答這意外的緣由
它來了
出現　消散
顯示　絕滅
薄弱的衝動
馳過朝花的眉目
加深了多少

寒窗的孤獨
淒清欲裂的
簫聲交織，撒一網
煩亂複雜的思想
或決斷如削的
簡單的結局

去：到過、沒有到過的地方
入：同一個世界裏不同的定點
經驗：已經驗過、未經驗過的事物

我們注視一些現象的
發生、變動、衰毀
注視一朵花生長的過程
風雨的援助和戲弄
陽光在草原上野兔的逐樂
湖月間一些糾纏的情話
一場爭奪中圍巾的飛揚
郵輪上乘客的肩章和項鍊

和掛在他們鼻尖上搖搖欲墜的命運
我們追索和盤算一些解釋
我們追不上，算不清
它們追過了思想，追過了
世界

我們忽略了許多事實！
我們忽略了許多事實！
流血的本質，時間的意義
天變、死亡、飢餓
一鞭鞭的驅逐
都裹在層層的秋霧裏
去看小鳥跳過枝椏和簷頭？
去看一場骨節相錯的舞蹈？
一些花、一些鑽石的晨曦
一線陽光、數方窗格、幾聲鳥鳴
我們認識了什麼？
我們忽略了許多事實！

我們忽略了許多事實！
是何時開始的？是如何開始的？
我們囚於何地？
自太初時代？
因著我們薄弱的欲望？
去，去建造遺忘的船，死亡的船
去踏上最長遠的旅程
為偉大的思想而犧牲
為獲得一點滿足而努力
為搶救偶然無力的現象而準備……？

一浪一浪的呼喊
湧入大街小巷，擊散、分開
一隊囚車在我們後面
提醒我們的責任，告訴我們
腳跟後面是一長河的死亡和錯誤
（我們還渴求奇蹟的重現？）
他們說：死亡和錯誤
是的，死亡和錯誤修正了

數以萬計的誤解：生命、靈魂、步伐
我們知道：
我們忽略了許多事實！
流血的本質，時間的意義
和……一鞭一鞭的驅逐……

一九五五年香港

選自葉維廉《三十年詩》，
台北：東大圖書公司，
一九八七年

元旦——一九五七年

撇下破裂的爆炸聲
我們打算在默想中
渡過可重要可不重要的時日。

人們如象羣
穿過陰森的樹林
去接受今年第一次新的洗滌。
常與我們為難的朋友
來預言：顧慮的事物
將背棄你，假如你自己還未知
你要顧慮的事物。

利用這寒冬的雨水
犁翻心中的碎屑；
在陽光和窗格的愛撫下
試認知那些重要的動機。

窗前多樣的屋脊給藍天
反映了多樣的故事。

選自葉維廉《三十年詩》，
台北：東大圖書公司，
一九八七年

徐速

慰

——擬力匡詩體

越秀山的桃花已落自枝頭，
島上再不見明媚的春光。
純潔的靈魂蘊藏着痛苦的回憶；
也給世人留下許多美麗的詩章。

在未得到聖靈前我已相信宇宙間有一個偉
　大的主宰，
對年青女孩子我從不存過多的癡想！
世界上美好的大多是空幻的遙遠的，
像雨後的彩虹和天邊的月亮。

安慰人家與被人安慰同樣是不幸的，
深圳河的流水依然在日夜悲唱，
不要埋怨情場的誓約如同交易場的謊言，
那祇是邱比特的過失偶然射錯了青年人的
　心房。

別再一次次地向我訴説呵！
你那短髮圓臉的姑娘。

選自一九五五年十月二十八日
香港《中國學生周報・新苗》

夏懷

竹床午夢初醒，
紗窗驟雨新收。
一團柳絮輕輕地飄進牆院；
幾片落花偷偷地流出簷溝。

才過三春，

又似清秋。
問櫟間呢喃燕子，
可解得人世恩讐。

何處又燃起漫天戰火？
幾家不驚心離亂深愁！
祇狂潮帶怒——
無盡東流。

花陰下偶檢起殘篇半卷，
最惆悵劍南詩懷，
放翁應笑我：
「身老香江，心在神州！」

〈無題〉

選自一九五五年十二月一日香港《海瀾》第二期。另見香港一九五五年十二月五日《大學生活》第一卷第八期，題作〈無題〉

我的心在高原

讀李源兄譯「我的心在高原」一詩，樸實中表達出純真至善完美的意境，俟後檢讀彭士原作遊子故國之思，不禁熱淚盈眶。三年前亦曾以此題，草成小詩數段，日來重經整理，頗能暢一己鬱懷，非敢叨「效顰」之幸也。

生活在南國海濱，
我的心仍在北方的高原。
那裏有我熟悉的夢影；
那裏有我思念的田園。
一灣溪水
幾路垂楊
那綠油油的麥浪喲！
也像這兒的海，
——無岸無邊。

生活在南國海濱，

我的心在北方的高原。
那裏有我難忘的心影
那裏有我逝去的童年，
親切的鄉音，
純樸的笑臉，
黃昏裏，
伴着白髮蒼蒼的老祖母，
牽着山羊
從山坡走向野田。

生活在南國海濱，
我的心仍在北方的高原。
那裏有我青春的戀影，
那裏有我生命中美麗的漪漣。
一支竹笛
幾段山歌
馬背上的姑娘喲！
回眸一笑，羞上眉尖，
斑鳩聲中——
記得那是春色惱人的杏花天。

生活在南國海濱，
我的心仍在北方的高原。
那裏有我戰鬥的血影，
那裏有我生命中燃燒的火焰。
胡笳悲鳴
黃河嗚咽
千萬顆壯烈的心
築成一道銅牆鐵壁，關隘天險。
啊！八年喲！
浴血苦戰，——
誰説是過眼雲烟!?

生活在南國海濱，
我的心仍在北方的高原，
那裏有我破滅的泡影，
那裏有我失去的樂園。
脱下征衣，

走回黌宮，
又看到教授手裏的教鞭，
我愛那尼采的哲思。
我愛那莎士比亞的詩篇，
永恒的追求真、善、與美
我也曾驕傲的許下了生平的素願。

生活在南國海濱，
我的心仍在北方的高原。
誰想到——
高原上又燃起漫天烽火
多少老人
多少孤兒
都變成喪家犬，失巢燕。
迷惑、徬徨！期待，流連，
郢都智者的幽靈，
波蘭樂聖的琴音，
一條自由求生的路
淒然的浮在眼前。

數不清的苦，
寫不完的悵，
忘不了的仇，
日日，夜夜，月月，年年，
永遠是那樣慘痛，新鮮。

選自一九五六年一月一日香港
《海瀾》第三期

遠眺

野塘邊秋荷新凋，
小欄外暮雨初歇。
海霧裏掠過陣陣鴉影；
深港內瞽叟的琴聲正咽嗚悲切。

是詩人？

是野僧？
是身無長物的流浪漢？
是失去國籍的吉普賽人？
是忍辱含憤的孤臣孽子？
是江湖落魄的公子王孫？

一聲輕嘆，
幾點清淚；
望斷故國的烟山雲路，
多情誰再為他唱陽關三疊？

一九五五，九月

選自徐速《去國集》，香港：高原出版社，一九五七年

自由鴿頌

是憤怒畢加索畫筆下的羞辱？
是忍不了羅馬神壇前的寂寞？
是逃避北極風雪的嚴寒？
是挨不住旱潦荒年的飢餓？

恬靜的外貌掩不了內心的憔悴，
覆巢失雛我認識你痛苦的折磨，
請告訴我來自另一個世界的消息，
沒有麵包和愛情的人們是怎樣生活？

這裏沒有西伯利亞憂鬱的天空，
這裏沒有布達佩斯淒涼的黃昏，
在花枝上儘情的哭泣與歌唱吧；
——為那些死在鷹爪下屈辱的靈魂。

新的憧憬代替了幻滅的記憶，
和暖的陽光吻乾你哀傷的淚痕，
在自由的藍天中展翅高飛吧？
——看翩翩白羽划過緋紅的朝暾。

一九五六年十一月

有感於匈牙利革命爆發，人民紛紛逃向自由區而作。

選自徐速《去國集》，香港：高原出版社，一九五七年

當月亮爬上妳的牆頭

今夜的燈花，閃爍起失落的夢影，
遙想楓紅蘆白，正是故國的深秋，
請記取那些溫馨的日子，
當月亮爬上妳的牆頭。

當月亮爬上妳的牆頭，
夜闌人靜，妳可曾依時等候？
睡吧，別在風露裏站立太久。
萬里外，知否有人在為妳担憂。

今夜的琴聲，挑起了沉澱的回憶，
默念燕山渭水，十年來心事悠悠，
請忘記那些歡樂的日子，
當月亮爬上妳的牆頭。

當月亮爬上妳的牆頭，
形單影隻，我也曾孤獨的忍受，
回去吧！別在異鄉裏流浪太久，
霧海裏，知否有人在遍數歸舟。

一九五六年秋夜

選自徐速《去國集》，香港：高原出版社，一九五七年

余玉書

憶

昨夜我漫步於長滿蓼草的河邊，
密葉林間閃着點點螢光。
陣陣涼風從遠處的林中吹來，
把我縹渺的遐思送到遙遠的彼岸。
猶記取西子湖畔的迷濛烟雨，
清波門外的葵花盛放。

想起逝去了的童年往事，
想起了故園月下的荷塘。

昔日的小橋流去了青春的溪水，
小孤山前的花草芬芳。
此刻我雖流浪在這南方小島，
但祖國的河山在記憶中永遠難忘。

民四四年十月

選自一九五五年十月香港《學友》第十五期

燈

悠長的歲月裏，
長亮在我憂鬱的心谷中，
有一盞寂寞的燈。

如今，
給狂妄的風雨打熄了，

只餘下一絲懷念的輕烟。

選自一九五五年十月香港《學友》第十五期

秋夜

憂鬱像一顆隨風飄盪的種子，
無聲地落在我枯槁的心田，
然後，在情感的泉水灌溉下，
偷偷地長出了感傷的芽。
……當秋正深，
夜漸濃的時候。

選自一九五七年一月一日香港《海瀾》第十五期

馬朗（馬博良）

一九五〇年車過湖南

無聲的正午
襤褸的帆船停滯在河裏
飄着山花香的風
吹過層層列列　青青的水田
在斑剝　空闇的茅舍裏
門昨天燒了
沒有褲子的佃農木然看列車經過
橫江白鷺
悄然飛過亂崗
烽烟後的春寒
隨微雨漸漸散開……
天的淚滴
不斷落在鄉野的泥畦上

一九五六・三・廿七

選自一九五六年五月二十五日香港《文藝新潮》第一卷第三期

霧港

出沒在白色和白色之間
濛濛的一條乳帶圍繞着的
寂寞的船呵

嗚嗚地呼喚着消失了的道伴

一九五六・三・廿六

選自一九五六年五月二十五日香港《文藝新潮》第一卷第三期

神秘

看滿天星斗
伸皓腕掠起如雲鬢髮
仰後了頭
眼睛如墨黑的夜

無聲廝守窗畔
銀河在你身後蜿蜒流去
笑容是開綻僅半的蓓蕾
我今夜是沉落萊茵河的舟子
想看一看新的月亮……

凝視是美麗的

夜涼如水
我還詢問着心裏一萬個神秘

一九五六・二・廿三

選自一九五六年五月二十五日香港《文藝新潮》第一卷第三期

空虛

簾幕慵倦低垂
如兵敗時捲着的旗幟

人去後
樓台外寂寥而蒼鬱的天
伸到空中去的一隻隻手
一支支無線電桿
要抓住逝去的甚麼

鴉雀無聲
雲滯留在一個定點
風停了

一片記憶裏的空白
映現在對面的牆上

一九五六·三·卅一

選自一九五六年五月二十五日香港《文藝新潮》第一卷第三期

風的話

經過的地方
垂柳掛着淚珠
城燒了

滿天焇烟
空間被轟轟然聳立起來的屋宇
和超音速噴射機佔據了
菌狀的原子雲把虹霞傾軋出去

那裡是安靜的穹蒼呢
想和緩地吹一點清涼也不行了

暴力從海潮裏升高旋轉
只有瘋狂呼嘯
掃蕩這擁擠的世界

萬物起舞
我，號哭着

一九五六·四月

選自一九五六年五月二十五日香港《文藝新潮》第一卷第三期

北角之夜

最後一列的電車落寞地駛過後
遠遠交叉路口的小紅燈熄了
但是一絮一絮濡濕了的凝固的霓虹
沾染了眼和眼之間矇朧的視覺

於是陷入一種紫水晶裏的沉醉
彷彿滿街飄盪着薄荷酒的溪流
而春野上一羣小銀駒似地
散開了，零落急遽的舞孃們的纖足
登登聲踏破了那邊捲舌的夜歌

玄色在燈影裏慢慢成熟
每到這裏就像由咖啡座出來醺然徜徉
也一直像有她又斜垂下遮風的傘
素蓮似的手上傳來的餘溫

永遠是一切年輕時的夢重歸的角落
也永遠是追星逐月的春夜
所以疲倦却又往復留連
已經萬籟俱寂了
營營地是誰在說着連綿的話呀

選自一九五七年八月三十一日
台北《現代詩》第十九期

炎夏

汗珠凝結在毛髮上
黯黃色的一串
腥臭發霉的霜雪
像低氣壓的雲罩着叢林

慨慨然逃不出噩夢之阱
我擠迫在充血的菩薩之間
奔跑着尋找清涼的湖
沒有火的燃燒席捲而來了

選自一九五七年八月三十一日
台北《現代詩》第十九期

逝

經過夜而黎明不來了
沉入夢裏而不再醒了

潮水輕輕掩來一般
忽然不知到了那裏停在那裏

於是再看不見那美麗的湖了
也看不見那澄清的妙目了

也許有點風
但是聽不見吹過誰家的屋脊上了
彷彿還有一些哭聲
可是就這樣仇恨中止愛也停息了

選自一九五七年八月三十一日
台北《現代詩》第十九期

黃崖（黃隼）

廢墟

像置身噩夢中的世界，
我徘徊於廢墟中。

滿地嘆息着的瓦礫、焦木，
是往日矗天的高樓大廈；

洋溢着生命和青春氣息的花木，
如今却像乞丐披着滿身襤褸的衣服；

癱瘓在斷垣的角落的破琴，
斷了的銀弦隨着風在嗚咽；

畫家用生命混和着顏色塗繪的彩圖，
化成無數灰色的翅膀在灰燼中飛舞；

苦難的人們睜大着憤怒的眼睛，
沒有嘆息，沒有哭泣；

在殘暴者的壓搾下，無數倔強的心聚攏
了來，
結成堅強意志的堡壘；

今天呵，這裏是一個廢墟；
明天，將是一個新的城市。

民四五，一，十八

選自一九五六年七月一日香港
《大學生活》第二卷第三期

都市的黎明

一

教堂第一次彌撒的鐘聲，
掀起夜的黑幕；

火的、血的太陽如醉漢的眼睛，
滾動着從港外的海面浮起。

夜似端莊的婦人，
拉起了禮服的裙裾轉身就逃；

馬達聲响着像跳動的血脈，
第一輛巴士開出了車廠。

二

港灣在棉絮的霧層底下醒了，
輪船以朦朧的汽笛聲互道早安。

碼頭上，苦力們呻吟着，
在艱苦的道路上向生活挺進；

起重機伸出巨臂揀起昨日的夢，
讓輪船把它們載往遠方。

漁舟輕輕地滑過海的胸脯，
風、陽光、希望鼓滿了帆。

三

載着滿翼燦爛的陽光，
飛機掠過鑲着金色光芒的天空；

初來的旅客以激動的心，
與迎接的人的笑聲合奏着一支春天交响樂。

火車站，火車嗚嗚地哀鳴，
冒出悲愁的、灰色的烟靄向都市揮別；

月台上，有眼淚閃亮着陽光，
不知道是喜悅、是悲哀？

四

工廠的汽笛有力地劃過天空，
親切地向工人招喚；

機器隆隆地轉動，
如巨人跳動的心臟。

陽光照耀的道路上，
有孩子燦爛的歡笑；

他們以輕快的脚步，
躍進明日的門檻。

選自一九五七年一月二十五日香港《中國學生周報·詩之頁》。署名「黃隼」

透明的夜

透明的、都市的夜呵！
我的心靈飄忽似夢。

披着滿胸的電燈、霓虹燈，
都市像盛裝的蕩婦；

車子睜着鬼火似的眼睛，
載着我的心靈飄進她的心臟。

希望、理想的歌飛溢出那
高大、明亮的窗扉隨光飄揚；
像似餓狼嗥叫的爵士音樂聲中，
有少女的哭泣和嘆息。

酒樓上，鏗鏘發响的酒杯，
映着亮似電燈的臉孔；
幽暗的小巷，
飢餓的人與狗爭一片乾麵包。

撥着三弦琴、揮舞着酒瓶，
水兵漫步似海中的小舟；
牆角露出掛着微笑的漂亮的女人，
眼角的熱淚閃亮着殞落。

教堂的講壇上，
傳教士呼喊着生命的高價；
大廈的天台上，
有人抱着心愛的孩子準備告別人間。

都市的夜，美麗而神聖；
都市的夜，醜惡而黑暗。
有人給生命添上光彩，
有人撥熄生命的火焰。

我的心靈要堅定地清醒着，
這透明的、都市的夜呵！

選自一九五七年四月十九日
香港《中國學生周報・詩之
頁》。署名「黃隼」

陋巷

不願染污袒露在大街、廣眾前的顏臉，
高樓大廈背對背地讓出一片小空隙；
讓污穢的東西從這裏進出，
讓傭工們和流浪漢在這兒休憩。

燦爛的陽光照不到這兒；
下了雨，長長的巷子便成溝渠；
夏天，這兒透不進清新的空氣；
嚴寒的日子，冷風箭似地從港口穿進。

縱使高樓大廈裏有豐餐珍餚，
這兒却有人爭吵為了一碗殘羹；
儘管高樓大廈裏高歌狂舞，
小小的巷子却有眼淚流不盡。

這兒，一碗粗酒，
可換來一刻的慰安、歡笑；
這兒，一句溫情的話，
可得到永恒的友誼。

臭氣四發的垃圾堆旁，
有無數新的生命誕生；
幽暗的陰影底下，
時刻揚起朗朗的唸書聲。

安逸的生命有時容易腐朽，
屈辱的人們却不乏強烈的意志。
有一天，大廈裏的人要沮喪地從後巷
出來；
後巷裏的人要除下破衣，仰首從大門跨進。

選自一九五八年三月二十八日香港《中國學生周報．詩之頁》。署名「黃隼」

漁村

一

綠色的海浪捲上沙灘，
以粗嚎的聲音向漁村招呼。

櫓槳歡悅地發出歌唱，
漁舟的船頭濺起了浪花。

堤岸上，孩子們在嬉戲，
一個貝殼、一塊怪石便是他們的寶物。

貧瘠的田地有菜葉青青，
強壯的村婦正在除草、灌溉。

低矮的石屋前，
老嫗睜大着眼睛在補釘破衣。

美麗的少女不嫌骯髒，
餵好了豬玀又去趕鴨子。

二

這村莊既小又古老，
蜷伏在大地的邊緣，孤立於文明的領域外。

沒有出賣尼龍絲襪的商店，
也沒有充滿竊竊私語的茶樓；

路上不見腰插手槍的粗漢在遊蕩，
牆角並無塗口紅的女人底苦笑。

每一幢房子都開着門歡迎你進去，
每一個人都準備伸手幫助需要的人。

生活是樸實的，
友情却長久豐富。

漁人們把生命拋錨在這裏，
一代又一代，永不遷離。

三

山谷熱切地迴响「螺號」的歡呼，
回航的漁舟驕傲地駛進港口。

堤岸上笑聲比浪濤還响，
雖然滿船的漁穫不值得多少錢。

豆粒大的油燈下，
合家人團聚在一起。

一碗白飯、一杯淡茶，
已滿足了每一個人的心。

次日，濱海的「天后廟」，
香火、燭光照得滿殿輝煌。

生活在漁村的人容易拭去眼淚，
也容易得到歡笑。

選自一九五八年四月四日香港《中國學生周報·穗華》。署名「黃隼」

侶倫

第一度飛臨的燕子
——送別民間藝術團

這個海島上的城市，
來了你們這一羣
——第一度飛臨的燕子。
帶着樸素的手信，
　家園的花朵，
　家園豐收的菓實，
　家園的薰風，
　家園土壤的氣息；
來到這地方，
作熱情的探訪。

無數飢渴的眼不曾失望，
你們輝煌的名號已經
　震撼着每一個角落，
　震撼着二百萬顆心房。

多少看過你們的人，
歡快變成了驕傲；
多少看不到你們的人，
牽住無邊的悵惘。
甚至是異國的友人，
也從心底叫出「Wonderful!」
投出驚羡的眼光；
為了你們帶來的太豐富，
　多采多樣！

正如鏡框裏一幅畫圖，
活現着故鄉春天裏
　一片生氣瀰漫的景象；
充滿在你們生命裏的
　健康和歡樂，
正好明朗了那些
遼闊的視線，

無根的擬想。
你們，正在自負地說：
「我看清了可愛的故鄉，
我們不但有着
同別人一樣大的月亮；
並且還有
比月亮更光輝的太陽！」

選自一九五六年七月十八日香港《文匯報・文藝》

哀敬

——送蕭紅女士遷葬

北國女兒，
在森林朔風之間成長，
而你堅強的
多難的生命，
却在遙遠的
遙遠的南方埋葬。

你活的日子太短了，
短得有如夜空裏
一顆迅速殞落的流星；
而你劃下的光是不滅的，
直到天明，並且
通過年代地悠長。

等身著作算什麼呢？
如果糟蹋了白紙，
便使生存變成白紙。
而你呵，僅是三二冊小書，
光輝了生命，也光輝了
苦難人民的希望。

你曾經作過控訴，

　作過召喚，
然後，你給了苦難人民：
　崇高的信仰，
　　偉大的理想。
你把生命寫成了詩章。

但是你躺下去了。
在海涯的砂土裏，
　與潮汐同低吟，
與蚯蚓同歌唱；
惆悵於自己的寂寞
讚頌家園裏春天的歡狂。

現在，終於來了這日子，
因為你是活在
　人們底記憶之中的。
你將被護送着，
　登上光輝的一程，
正如一個凱旋的戰士一樣。

是的，你是一個戰士，
你的死亡也是為了戰鬥；
你會讓骨灰去肥沃着
　家園裏豐饒的土壤，
長出了美麗繁花，
向人間散播清香！

選自一九五七年八月三日香港《大公報》。版本據《八方文藝叢刊》第九輯，一九八八年六月

李素

給詩人

詩人，你瞧，你聽，
龍船上的人興奮忘形，
讓鑼聲敲碎了你的寧靜。

蕩漾着的汨羅江，
又一度漲滿了悲憤忠誠，
也浮泛着低婉的歌聲：
「舉世混濁而我獨清，
眾人皆醉而我獨醒。」

你愛江水長保你皓皓之白，
因世俗惛憒邪曲和你永不相容；
你向神與人提最堅強的抗議，
絕不妥協正是無限的剛勇。

你毅然主宰自己的生死，
宣示忠貞熱烈的心胸；
以憂傷的血淚淨化人間，
洋溢四海，流瀉於無窮。

千古英雄明哲聖賢，
誰像你不能撥動，
億萬世悲壯的琴弦？

江風拂動芙蓉的衣裳，
蘭蕙散發嬝嬝芬芳，
你吟唱美人香草，
傾吐了沉鬱的剛強；
哀怨孕育了詩的生命，
離憂燦發生命的詩章；
你是永生的詩神，

民族的精靈，詩壇的偶像。
讓鼓聲敲破你的寧靜，

龍舟外有無數應和你悲哀的心靈。
詩人喲，你瞧，你聽……

選自一九五六年七月香港《海瀾》第九期

落葉

當西風橫掃千山，盪動宇宙，
向人間吹送無邊寂寞，
秋葉啊，你像剪水輕鷗，
蕭然飛動，悄然飄落；
當你柔弱地躺下，是否
像臥病的老人回味一生的哀樂？

雲一般靜美，
水一樣悠閒，
秋葉啊，死是淒艷的神秘。

你在怨恨，在輕嘆，
當我粗心地踐踏你的殘骸？
你不抱憾生命的虛幻？

不！死神的氣息
煽動芬芳的羽翼，
背負你的精靈冉冉飛昇，
從天上看清了人間的燦爛，
你更欣賞這短促的生命，
滿足於日月的循環。

你不怨時光的短暫，
只覺一切美善都值得眷戀：
你愛含煙吐霧的童年，
消受過春陽的溫暖。
當滴翠飄紅的盛夏，
你愛在枝柯上高展涼蔭，
傲視天際繽紛的晚霞，
靜聽小鳥清唱，

溪水低吟，
也讓露珠輕吻，
和風絮語，
看星月對你會心地微笑，
你更領略到生命的美妙。

還有，你曾以柔韌的堅強，
多少次抵禦疾雷和急雨！
是啊，生命只須燿燦而舒暢，
何妨是剎那的芳香？

你有過愛，有過熱切的心願，
原想乘長風，跨太空，
追落日，遊月宮，
或是飄下壯闊的江河，
讓潮水流送到理想的家園。

不幸，秋蟲合奏着哀歌，
催促你離開高勁的枝柯，
斷絕了溫情的連繫，
也解脫了義務的枷鎖；
含着淚，像被棄的少婦，
你憔悴，流浪——
漸漸向污泥中飄墮，
將骸骨貢獻給大地，
由死亡再把新生醞釀，
借泥土埋葬創傷和痛苦，
懷着美夢，
長眠終古。

選自一九五六年十月香港《海瀾》第十二期

初戀

你是我身上的病菌，
　時刻在血液裏循環，

常把心房箍得緊緊，
　套上許多橡皮圈圈。

有時青眼有時白眼，
　在腦海裡攪動波瀾；
使我驚喜使我埋怨，
　半真半假故意歪纏。

忽然遙遠忽然貼近，
　溫柔似水微笑如花；
胸中泛起悠揚琴韻，
　心宇中有無限光華。

春風媳媳羣星朗朗，
　花兒更香月兒更圓；
你是我生命的靈光，
　永恆的神秘的樂園。

選自一九五六年十二月香港
《海瀾》第十四期

露珠

大地——疲勞，靜寂，
乾渴得頻頻嘆息。

夜之神呵送冷風，
伸展濛濛的羽翼；
萬山花草，原野，叢林，
抵受一陣凄寒，朦朧中
感染了生命之淚滴。

淚？不！
是露珠，
是宇宙的神奇，
滲潤活力，輸送生機，
慷慨地吻遍田園曠野；
五穀千花開始歡笑，
泥土也愉快而溫柔了。

衷心以同情撫慰大地，
吻着，偎依着，不忍分離。

阿波羅驅車從東方崛起，
赫奕神威與溫暖的光輝
贏得了萬物的頌揚和歡喜。

謙遜的露珠會居功，妒忌？
它只欣悅於完成一夜的使命。
這時，雲彩萬千，霞光四照，
無量數明珠的晶瑩……
有無數個朝陽在閃耀～～～～～～
光明，仁愛，燿燦交相映；
參天地之化育，奉獻自己，
糅合於陽光的熱愛裡，
混化成不朽的精靈，
一縷烟，悄然隱退——
再等待清夜的來臨。

選自一九五七年一月十六日香港《人生》第十三卷第五期

春意

大地收斂了，
冰冷的嘴臉，
從枝頭綻放着微笑。

翠葉紅花點染了生之絢麗，
池塘碧水漲滿歡悅的漪漣。

人們推開了嚴冬的陰影，
心宇中昇起燦爛的春陽。

無盡的怔忡，
似蚯蚓在胸中蠕動，
愛，像熱風，
捲起了心海的波濤。

縱使新生是死亡的開始，
也用希望之韌絲，
編織光輝的采夢。

蝶飛，鳥唱，
李艷，桃狂，
誰懂得春的深意？
只有一去不回的小溪，
潺湲地訴說，
天心的奧秘。

又一次，又一次，
四野披上錦綉舞衣，
陪伴春神遊戲。

柳倦，花殘，
春神煩厭了，
駭怕荒寂的人間，
雙手一揚，走了
留下夕陽去撫慰空山。

選自一九五九年二月一日香港
《大學生活》第四卷第十期

木石

露珠

不知是哪個少女遺下的淚水，
冷冷清清地渡過一夜，直到天明，
為什麼她經年累月地哭泣？
可是為了一份永遠失去的戀情？

選自一九五六年八月三十一日香港《中國學生周報・詩之頁》。署名「南華中學・木石」

微笑

一個老人
荷着沉重的鐵斧
走向冬日的山頭
對一株乾枯的樹
起勁地砍
一片片雪花
飄上老人的
和雪一樣白的頭髮
老人不怕
只顫了一下身子
似乎也不覺得寒冷

老人拾好柴枝
用繩子把它綑綁
放好在肩上
身子一挺
隨着一聲聲的咳嗽
一步一步下山
到家了
一塊焦黑的牆

一堆殘灰
放下了柴
燃着一星星火
「嗤嗤嗤，」
柴枝發响

老人
在沒有靠背的矮櫈坐下
搓着雙手
面對着火
面上的雪花溶化
有一絲笑容
出現在老人的臉上

選自一九五六年十二月一日香港《海瀾》第十四期

崑南

賣夢的人

苦難裡，一切的生命都早熟！

一

就有這麼一次
我赤裸地走了出來
真確赤裸的，真確：
不知什麼是山和什麼是海。
完全是一股原始的混沌
陷入完全混沌的浮沙內；
「童貞」漸漸變動
在幼稚裡我開始對一切期待。

二

　時間，一首每人都唱的歌
是無休止的，「你」、「它」，于是還是
　「我」！

我是
害羞、懦怯、笨拙、卑賤
——孩子。

沒有人
撫愛、了解、信任、安慰
我底心。

這時候「妳」來了，偶然地
我永遠這樣相信
「妳」來叫我摘下薔薇
把整杯葡萄汁喝盡
更抬起我瘦小的頭
示意我睜大我自己的眼睛
就洗去了身上的污垢
因我跌落泉水；幻想永久年青

專心致志意去接受吻
去留戀夜間的纏綿
獻出了肉身，獻出了靈魂
來鑲成這第一頂生命的冠冕
開始讚美山湖，讚美有青春的地方
開始遺忘幼年，遺忘苦惱
噢，蜂兒為我採蜜，鳥兒為我飛翔
星星、月亮、太陽為我升得高高

一切的美好就這樣延續
沒有空閒去想這延續是不是短暫
因為理想為什麼沒有幸福？
而我覺得我在享受這人間
一團火，燒我，燒我，是天堂的火熔
煉我！
我知道啊，知道這是……半驚半喜地在接
近這團火

時間，一首每人都唱的歌
而倔強叫我願意摒棄安逸
感受的是庸俗的單純
我彷彿帶着罪和罰
這麼的不諒解，這麼的不謙遜
走過來，踏着大步
捋着鬚，還吹着簫
披着傳統的紫金袍
第一個「它」在我面前出現了

要祈禱？
我需要的是無限的溫暖！
我知道

我恨！
命令我長陪伴她的身旁。
母親

「我」！
是無休止的，「妳」，「它」，于是還是

唉，有手點着我是禽獸
有嘴說我在叛逆
雙重的苦悶只更叫我難受
幻想有一雙向海飛的羽翼

那佈滿灰塵的靈位
我膽敢把它移開？
也許，把它完全焚毀？
我承認不習慣呼吸在古典世紀內
一個可以叫高山低平
河水讓路的力量
同時喚來了殘忍，和搖醒
我去建築防衛兩個人的城牆
一團火，燒我，燒我，是地獄的火焦
　灼我！
我知道啊，知道這是……帶怒帶憎地在熄
　滅這火

　　時間，一首每人都唱的歌

是無休止的，「妳」、「它」，于是還是
　「我」！

國土
屬于自己的：沒有臣子、軍隊、人民。
創造！

我等候
現實的資本：換取歡樂、享受、尊敬。
不能夠？

起初，第二個「它」
是一副和藹的面孔
誘惑我停留在起重機下
來欣賞機器怎樣轉動
于是覺得工作是一首新詩
裡面有神話中的美麗怪魔
雖然我不知道他們的名字
只望他們快教自己變成天鵝

那麼有一天甚至可在波浪上休息
禁果也給摘落
從南極經過赤道到北極
已不回想昔日苦痛的軀殼
怎知神奇的卻是化裝的神奇
光彩的場景後隱藏着吸血的蝙蝠
一隻一隻倒懸靜候起飛
在黑暗裡染紅了某一些青綠
當夜半我突然驚醒
發覺衣服已給撕成碎片
我掙扎爬起，這狼狽的情形
使我深深記得同類的手段
一團火，燒我，燒我，是人間的火煎熬我
我知道啊，知道這是……又蠻又慌地在躲
　避這火

三

TERMINATE TORMENT
OF LOVE UNSATISFIED

THE GREATER TORMENT
OF LOVE SATISFIED

誰的聲音？
誰的聲音？
誰的聲音？

「我了解成年人
但我不了解小孩子！」
——哦，你的妻子就是一個小孩子！
你的妻子就是一個小孩子？

「愛人給了我她的肉體
但母親給了我她的靈魂！」
——唔，你是這樣的一個人！
你是這樣的一個人？

誰的聲音？
誰的聲音？
誰的聲音？

四

理想
有錯誤
欲望
會盲目
錯誤的理想
盲目的欲望
理想把欲望孕育
錯誤把盲目養熟

我不曾這樣希望過，真的不曾……
我渴想去希望，但害怕有力量迫我不能
　希望
嘗試過，失敗的痛苦不能使我升起再一次
　歡欣

我仍要希望啊，雖然我每夜的每一個夢都
　是平常
第一個站，停了！我完全沒有遲疑
售票員响鐘吧，我是剛上車的。我奇怪：
我周圍的人一點也不理會我，獨自去抽
　烟、看報
我怎會習慣寂寞，怎會把苦悶在時間裡好
　好地安排？
不能夠抵受也要抵受，窗外、人，一樣來去
沒有陽光，也一樣活動。唉，街永遠是街！
第四個站了，什麼呢？窗外的角色繼續上演
骯髒、惡臭、腥味！我躲避蒼蠅、躲避幼蟲
駛到第五或第六個站呀，已是容忍和謙遜
　也沒用的時候
我不願下去，它們會漸漸誘惑地勸我戀上
　彩虹
那一個臉孔才是神聖？神聖本來可以博取

什麼？
我猜測錯了世界：我曾自負是一條創世紀
的彩龍

現在我才想到：當到達了總站，路程就立
即回轉
還不就是重複的開始和重複的終結？不？
要回轉，我看到了那鐵軌，那時鐘，那
電線
我不得不下車，唔，「希望的終極」！我
恍惚
我望着檔檔小販，都是失望，失望，失
望，失望
那邊教堂上的十字架那麼孤獨，宗教不能
給我理想的物質
小鳥兒，飛吧；小狗兒，跑吧；小魚兒，
跳吧
一塊麵包，一個諷刺也好；一枚金幣，一
個歡樂也好
因襲！掙扎！自由只償還給自由！那麼，
殘廢的給我
我只在乞求一點點，不是和富豪競爭錢財
堆得高
可是，我的力量就是希望和失望，我全不
機智
我是科學社會裡的渣滓，我很快更年老，
更年老！

過了一個夜，又一個夜；過了一個日間，
又一個日間
獲取的不能獲取，不能獲取的可以獲取
無論怎樣，活啊，病重時，給威脅時，也
要活啊
自殺不是解脫，謀殺不是解脫，更糊塗的
是流淚
我記得一個老頭兒對我說他是田野間的稻
草人
我生下來時是亂世，我相信死時也是亂

世！我真的憔悴

我已不了解幸福，不了解真理！更不了解

「了解」

向詩裡找，向夢裡找，只找到永恆的

悲劇？

我承認自己是鴕鳥，在沙裡逃避無知去挖

無知

讓一切的風，一切的雨鞭打我沒有肉的

背脊

得不到別人的同情，根本我不需要簡單的

同情

我有機會同情別人時，我的名字已銘刻在

石頭上！

我不曾這樣希望過，真的不曾……

我渴想去希望，但害怕有力量迫我不能

希望

嘗試過，失敗的痛苦不能使我升起再一次

的歡欣

我仍要希望啊，雖然我每夜的每一個夢都

是平常

五

難道浮木也會下沉？

于是我重想起命運！

是第一個夢層：

紫羅蘭的時刻

一夜間變得蒼白

麻木

黑！

是第二個夢層：

並蒂蓮的季節

一晝間變得殘缺

苦痛

血！

我沒有第三個以外的想像
我沒有第三個以外的力量
去偷看第三個夢層的光芒

宇宙，無數的星球！多麼偉大！多麼
無涯！
孔子，人類的才智！多麼偉大！多麼
無涯！

走入科學和哲學中間的方格
我眩惑我眩惑我眩惑我眩惑
角尖上我似伏在偶像前的人
我給撕成幾份我給撕成幾份

我不能皈依——
「你太年青去愛戀！」
在愛情裡我已是一個蠢孩子
「這是上一代和下一代的糾纏！」

在家庭裡我已是一個蠢孩子
「送葬的年代還未去遠！」
在社會裡我已是一個蠢孩子
我不能皈依——

難道浮木也會下沉？
于是我重想起命運！

六

不知不覺
我給人推了進去
周圍都是白色
那裡，床帷下垂着

一步一步
我跑近上前
輕輕的掀開了
我看見那人在氣喘

「你很稔熟的呀！」
噢，完全是鏗鏗地响
——你是陌生的哩！
原來他身上放射着黃光
「同路人，你是賣夢者！
拿回來了高貴？拿回來了貞操？」
——是的，我已埋葬了良心
我已付出了代價！是賭徒！

哈哈哈，哈哈哈，哈哈哈
嘻嘻嘻，嘻嘻嘻，嘻嘻嘻

每張床不停地搖動
那些金屬的圓面孔
生着鏽，眼淚的蛀溶
每張床不停地搖動

唉，我的面孔也在腐蝕中

可是，可是，我還要賣夢！

「賣夢！」
「賣夢！」
「賣夢！」
「賣夢！」
「賣夢！」
「賣夢！」

七

「給我一塊金！」
——給我一顆心

「你太衝動！」
——你太冰凍！

矛盾裡有沒有不矛盾？
不矛盾裡有沒有矛盾？

相對論就是和諧論？

哭笑在人性的複雜和距離的中間
躊躇在一切的獲得和遺失的中間
彷徨在本身的存在和死亡的中間

智識沒有經濟
經濟沒有智識
　不希望也要希望，絕望了也要絕望
真純沒有經驗
經驗沒有真純
　不希望也要希望，絕望了也要絕望

「空洞！」
「空洞！」
「空洞！」
「空洞！」
「空洞！」
「空洞！」

八

時間，一首每人都唱的歌
是無休止的，「妳」、「它」，于是還是
　「我」！

單獨地，我拖着疲乏的雙腿
離開市區，來到未乾的灘邊
岩石上面，有一張殘舊報紙
兩具魚絲，我對着空樽無言

不遠，一對男女在綠水裡笑
一隻海鳥，掠過了矮矮樹叢
那裡風微動，一個孩童玩沙
陽光下，那少婦為他挖泥洞

天空和海
剎那
是那麼窄小

我的悲哀
像花
開放在黑沼

我就是貝殼，我就是卵粒
世界却永遠是世界

我就是寂寞，我就是沉默
世界却永遠是世界

我虔誠祈求自己可以再開始一次
正如一個罪人受感動給洒上聖灰
新的嚮往是艷麗得像彩魚的輕翅
昨年的路這麼昏暗而我永不重回

我曾擁抱過的胴體
我曾長吻過的咀唇
我曾緊握過的艷手
消逝在黃昏

我就擁抱另一個胴體
我就長吻另兩片嘴唇
我就緊握另一雙艷手
出現在清晨

誘惑是一條蛇
迷醉是一個夜
屬于蛇的夜
屬于夜的蛇
而我屬于夜？
而我屬于蛇？

當我憶及純真的時候
當我憶及堅貞的時候
當我憶及滿足的時候
當我憶及道德的時候
我却不敢去苛求

真的，有時我高興去回轉

真的，有時我高興去回轉
　　母親微笑坐在我的床前
　　愛人溫柔地愛撫我的臉

九

今夜深
我不知那個人
告訴我：我的夢索價太高
震驚了地球上每一個富豪

他們一起說：
「買不起！」
「買不起！」

我大聲地喊：
「這次，我不減價！」
「這次，我不減價！」

那麼，讓我對着鏡子，拿出跳動着的軟弱的良心
去畫夢，去畫出夢中的意義，一層又一層：

（「建祿格，會木局：書云：成格成局，非富則貴
今日龍游淺水，他年鳳起丹山，雷鳴天下知也。」）

一個給降福的人
在苦難的時代裡行走
在苦難的時代裡行走
一個給降福的人

第三次改寫于五、五、五六。夜半二時廿分。

選自一九五六年九月十日香港
《文藝新潮》第一卷第五期

布爾喬亞之歌

這個時代，沒有悲觀，只有毀滅。毀滅不需要你有任何觀念和情緒，只許你兩件事：腐爛和死！……越是偉大的時代，個人越平凡！……反正要沉到海底了，喝最後一滴酒吧！和女人睡最後一夜吧！這份沉淪，是時代的玫瑰，智識份子襟上不插一朵，就不算真智識份子。

——卜・無名氏

I have measured out my life with coffee spoons.

— T. S. Eliot

一

窗外，一塊烏雲，一個沉悶的形狀
這時，寂寞正如矗立着的建築物
毫無目的的，簡單的；我癱瘓地伏在床上
任從收音機震顫，而自己帶着猶豫的恍惚
「該下雨的時候了。」我迷惘地自語
吃驚地爬起來，不敢追想夢裡的場景
下了床，和鏡裡那雙無神的眼睛相遇
孤獨的夕陽開始拉瘦了我孤獨的身影
桌上那灰色打字機是一副呆鈍的模樣
拼出生活不變的母音：A, E, I, O, U
我穿上汗味的夏威夷忽忽下樓，一邊唱：
"If I give my heart to you..."

二

一個光管的夜
　　華爾滋的夜
　茄士咩的夜
我走進夜

CINEMASCOPE 55
EASTMANCOLOR
STEREOPHONIC SOUND

早已失去趣味和刺激
可是為了貪婪看瑪丁嘉露賣弄風騷
我踏進戲院，充滿着不安定的情緒
黑暗中，世界靜止，每個人窒息，
醉倒……
RUMBA SLOW
MODERATO MAMBO
TEMPO DI CHA CHA
習慣了的音階和步法
可是欲望製造機會碰觸舞女的胸脯
我踏上那熟悉而豪華的「迷樓」
音樂下，每個人的火燄在燃燒、漸漸
升高……
我就從 Air-Conditioned 的地方出來
鑽入怱忙的車輛和麻木的人羣裡
把還冰冷的手插進衣袋
感到這高大的城市慢慢地陷落在烟塵裡

無聲的，街；無聲的，修長的人影
忽然：「先生，談心嗎？我，我……」
她把身體靠着我的臂彎；從她眼睛
我看出星空更透亮，但更悽楚……
「什麼價錢？」我用手撫摸她肥大的臀部
「十塊錢一夜。」她輕吟着下流的情歌
「半個夜晚？」窄薄的黑綢緊貼着迷人的
小肚
「在床上告訴你，唔？」裂開嘴唇，饑饉
的笑渦

一個沙律的夜
　　威士忌的夜
　哥羅芳的夜
我走進夜

三

紅色的，綠色的，黃色的

藍色的，灰色的，白色的
奔來後又立即馳去
動的，靜的，光的
暗的，凹的，凸的
奔來後又立即馳去

去愛的，被愛的，相愛的
自殺的，謀殺的，誤殺的
出現後又立即消逝
假裝、狂妄、痴想
匍匐、邪毒、盲目
出現後又立即消逝

風，緊摟我；風，狂吻我
我撞向時間，我撞向空間

呵
希望
是

大
大
大
大
呵

車輪滾上，終極的熱狂
　又似無盡頭的絕望
我帶着翅膀
飛去閃白的天堂

呵
生命
是
長
長
長
長
呵

車輪滾下，終極的哀哭
　又似無盡頭的幸福
我帶着棺木
飛去閃紅的地獄

我還要帶着金錢和名譽
我還要帶着愛情和友誼
衝向海中——浸在藍晶晶的浪峰
衝向山邊——睡在綠油油的草面

終于，無力地，在公路邊
停下我底還喘息着的電單車
今夜，混合着衝動和昏亂
此刻，我呼吸到珀光在奔瀉

誰在哀吟？泉澗和聲蟲？
沉默中，閉上睫毛，靜靜地滑下了淚
脆弱的溫情，跌入無憐憫的悲痛
站立在風裡，幾時和地球一起破碎？

我是一九七六年諾貝爾文學獎金獲選人
美麗的富商千金愛上我說要和我結婚
「是中國的天才震撼白色的種族！」
「是肉體和靈魂結合在象牙的白屋！」

Lord I am not worthy
Lord I am not worthy
　　But speak the word only.

四

唉，總算買回來一個歡樂的星期天
我不知曉自己明晚將去那裡皈依
只祈求有東西叫我恐懼、篤信和愛戀
甚至學一個老漁夫，單知雷和雨

雨，真的下了；很亮、很冷、很重
我無知覺地凝視那珠綢般的空氣
幻想輕逸的仙子會來自天宮
牽引我遠離不滿足之門，到永生之地

水，鞭似的，殘酷地抽打的臉
我踏動摩托，駛回原來的路彎
是痛苦去回味荒唐、野獸的奉獻
還是把情感爆給瞬間空幻的斑斕

一個公園的夜
　教堂的夜
　　太陽的夜
　　　我逃出夜
　　　　逃
　　　　　出
　　　　　　夜

選自一九五六年十一月二十五日香港《文藝新潮》第一卷第七期

思懷四章

所思

風　為誰飛飄　而我在斷岩孤立
投影在遠方或近　當是追思
前後　隱退在更遠的山村
更遠　那灣裏一葉不動的輕舟

浪花　濺出我多年的傷感
借蘆葦的高低檢拾青年的夢層
可以嗎，假如我單求寂寞
依海鷗滑入一色的長空

過多的聲音在方寸裏棲息
就如此　遠眺出雲間的廢墟

靜室

當燈亮着　當竹簾垂下
我記不起外邊的世界

伸出笨拙又無力的手
翻着寫上別人名字的書

如果可以睡　就沒有痛苦
茶涼了　而撩起年來的溫情
望着座鐘時針的蠕動
想起小橋　微笑　與星光

牆　彷彿故意迫近
我得任從掙扎留在夢中

回首

過多的情緒　站在這山前的荒地
風吃力打着窗前的衣物
那裏來的人家安于悽涼的景象
瓦礫中出現對我奇怪的小童
近處的枝枯作响　遠山隱隱
陽光帶着陣陣乾燥的味

害羞走近那道破爛的門檻
迎我的不會是烏亮的眸子

跑來了黑狗　繞着我脚狂吠
我醒來而屋內起了沙啞的人聲

春意

今宵　醒來　草叢　流水
遠處　小屋　縷縷輕烟
露珠　未乾　鳥語　清脆
水仙　伸展嬌慵的腰肢

鷄啼過　醒起夢的餘情
走過阡陌　稻塲上是紅袍的孩子
他們　嘻笑　天真　作揖
炮竹响　榕樹下是健康的臉

小牛給牽着　經過春聯的門戶
踏着它的影子　祝福　山村

選自一九五七年四月十五日香港《文藝新潮》第一卷第十期

抱負

我是認清楚每一座建築物
我是從這些沒陽光的角落出來
痛苦，一如國慶日那飄揚的旗幟
不是微笑，不是飲泣，風披露一切
至夜，街燈凝視着我躑躅的足音
同時，影子拉長了我的孤傲
每逢在喧嚷的人羣裏站住
一種力量在心胸中喚起
我仰望很高很高的行雲
我不敢計算明天
我的感受像車頂上的火花
閃閃，不能停留，那片刻的熱
給了我溫暖，我的記憶再不存在
而賸下的經驗教我更沉默
去忍受失眠所引起的夢魘
去遺忘幸福所釀成的悲劇
我等待，隨着時針的蠕動
堅信生命的某部份的意義

選自一九五九年三月二十日香港《中國學生周報．耕耘》。
署名「一羚」

城市的彫像

游鯽似的汽車，在大街上
大街上，一條長長的蠕動
陽光普照着飛揚的塵埃
閃過汗水的臉，這是夏天

都是光與熱，人們失神的眼光
落在漆黑的瀝青上，以及
遠處的煙囱，一縷縷嬝娜的黑煙
於是，知道了，一個城市的脈搏在動

維多利亞港，小輪來往
在藍色的海面，有金色的弧紋
擴張着輪船與舢艇的投影
甚麼在撫弄着帆？啊！溫柔的風
尖沙咀的鐘聲，清脆而長久
空虛佔據了遊子的心房，北上
火車消失在遠天的白雲下，連帶嗚咽
在繁忙之中，一切悲哀只是多餘伴奏

汗，流盡
眼，疲倦
手，癱瘓
耳，昏朦
一百五十度的分針與時針

金鐘兵房之前，白袖飛飄
每一步憔悴的足履，踏着
每一寸忙碌後的空間與遊蕩

於是在兩列高聳的建築物間
一個被夕陽拖長的影子，跟着
另外一個被夕陽拖長的影子
匆匆地歸去，連帶半天的煩囂
那木然的石屎牆壁和僵直的燈柱
相伴着，瞪着這花花的世界
瀝青路上盡是投影，淩亂而黝黑
這是繁榮，這是一個巍峨的城市

東行的，西行的，迴行的
電車　巴士　的士
都有着吆喝與軟語，都有着
擠擁以及撲鼻的汗息，歸去
千萬個溫柔的幻夢：家，孩子
灰色的人群：男、女、老、幼

也有着輕佻的浮躁，這時刻
誰會珍惜那遠天一抹燃燒的桃紅
於是，知道了，一個城市的脈搏在動
Say one for me
As long as I have you
哼着，讓最流行的曲譜攤在膝上
多説一句洋文，有羨慕的讚美
都願意子女穿着雪白的書院制服
藍X書、西X、小説X……
十分錢也該有十分錢的刺激底代價

都習慣了這一種安定的生活
而驀地又是隱約的炮聲
（號外，號外！台灣海峽又有
新的危機；米格十七和軍刀式）
報紙上頭條的新聞，用大字刊出
（難道這是一齣比美荷里活底
香豔刺激的電影；難道同胞們都
忘掉了大家同是黃帝的子孫？）

夜，降落了霓虹與天上的星
石屎建築還是木然的面孔，只蓋上
一份鮮明的批盪，迎接每一張鈔票
飛旋過的幸福，片暫而易於失落
（當 Air condition 的門扉打開
白衣侍者在人們面前為一角輔幣鞠躬
我們會想起了傳統的文化與倫常
深深為一份人性尊嚴而哭泣！）

都失落了的偉大的記憶，當泡沫
從酒杯底升起，華爾茲的迴旋
和舞影翩翩，有着最甜蜜的笑
帶給人們以無限憧憬，少女們
雪白的肩膊、短的，長的髮型
是上流的，還是半下流的，若然
樂曲突然沉寂，世界這樣子終結
啊！一個瘋狂的完整的墳墓

於是，知道了，一個城市的脈搏在動

走出街門，我想起了一個賣夢的朋友
也明白，我正站在十字的崗位
（中學畢業，告別了十年的母校
我能幹些甚麼？誰不羨慕那肅穆的
陸佑堂。也許我只能拿着畢業證書
乞求每月二百七十多塊錢薪水的三級
文員，這是出路，這是，無可奈何的生活）

無可奈何的生活，我漫步過燈色的
淒迷，風屏息了，月亮微笑
五號巴士，滾過寶翠園青翠的斜坡
花香撲鼻，流過了五年多美麗的記憶
If dream came true
I dream you every night
噢！我奇怪這歌聲與淚滴一起同來
Oh! All I have to do is dream

這是一段孤寂的路程，連帶夢境
我茫然佇立，在冷寂的夜氣層中，
想起了：燈紅，酒綠
於是我又走進，夜底深層的深層
依然是電燈柱下，乾枯的軀體
廉價的脂粉，以及不自然的笑
那帶着幽怨的目光，在海面
拉成了無數悲痛的迴紋，閃盪

（哭吧！只為了那些，年青人
一份鶩遠的情操，原也只是
多餘的夢境；愛情，啊
不是在忠貞裏找，而是在
金錢堆中發掘；一樣是吻和胴體
啊！都來，讓我們都來，一齊哭泣
一齊享受，這世紀，這長流的年月
過去的永遠過去，過去的只是過去）

我看着款擺的腰肢，秀麗的臉
千萬種幻象都已升起
假若愛情只是一種交換

在二十世紀的大氣循環當中
我將迷惑於那雙剪水的眸子
歌唱，一個布爾喬亞之夜
享受，以及長久的追憶
擁抱着，一個生命底完全

而車輛依然在霓虹光管下穿過
夜展開，大地在晚風中酣睡
地球旋轉，希望，永遠在人間
我知道，明天還是在黑夜後面
東方還有着魚肚白色的浮泛
我們走着，一切酷愛真理的人走着
在時代的斷橋上，春天不會陌生
我們抬起情熱的眼，前面依然是遠景

歷史是一面鏡子，時間肯定一切
楚雖三戶，亡秦必楚
雖然我們帶着銬鐐走過黑白斑馬線
雖然這裏的錯覺貶值了尊嚴

而世界不會如此去終結，不會
如此去完成這一個時代的使命
縱使明天是一個未知的憧憬
地球旋轉，希望，永遠在人間

於是，知道了，一個城市的脈搏在動
再沒有猶豫，悲痛或歎息
縱使一切夢想失落，城市垂危
崩潰了，一切的傳統與倫常
我還是掙扎在冷酷和愚昧之中
我們走着，一切酷愛真理的人走着
在時代的斷橋上，春天不會陌生
我們抬起情熱的雙眼，前面依然是遠景

選自一九五九年十月一日香港
《文壇》第一七五期

夏果（源克平）

我是一個領港員

我是一個領港員，
在世界各大城市，
我看到埃及招聘領港的廣告。
它呼喚我，
一個慣於海上生活的人，
蘇彝士對我並不陌生，
在水道上，我，
多少趟吹着輕快的口哨
通過伊斯美利亞。

蘇彝士，我深知你，
如同深知我底愛人，
我深知你的水流的速度
和曲折的港灣，
我深知潮水的張落
和河床的深淺，
我深知沙漠的風暴
怎樣跟商船隊作難，
我深知呵，有人在水道
佈下纍纍的政治暗礁，
要你像一條死蛇地癱瘓。
所以，我響應你的招聘，
願做一個領港人。

可佩的埃及領港員呵，
「運河的勝利」者，
你曾單獨引領商船隊，
由繁忙的塞得港，
升火領航到蘇彝士灣，
像中國的繡花姑娘
串針引線一樣——
南下北上，
暢通那條一百零一哩長的

你們祖先支付生命開鑿的
自己的水道。
你們還驕傲地說：
「送更多的船來吧！」
讓那些驕橫的人，
繞白浪滔天的好望角去吧。

我是一個領港員，
我來了，
像一切江河流向海，
我來自四面八方。
當我剛穿上光榮的領港員的制服，
當你不再孤立在水道上獨來獨往，
當運河如常吐納商船隊的時候，
地中海的風緊緊襲來，
要使塞得港走向死亡，
要使蘇彝士重落到異邦人手上。
居心叵測的地中海之鼈，
能設想當年狡猾的沙漠之狐嗎？

亞歷山大港曾叫隆美爾望門興嘆，
塞得港一樣使暴風不得其門而入。

我是一個領港員，
我將在英雄的塞得港，
欣賞市民胸前的「納達勳章」，（註）
然後，吹着愉悦的口哨，
踏上如梭的商船隊，
升火通過運河到紅海，
去看運河與金字塔同垂不朽，
去看運河這條紐帶
把阿拉伯姑娘頭上的
水瓶拴得更牢。

選自一九五六年十一月二十四日香港《文匯報・文藝》

（註）約旦國王胡塞恩曾以約旦最高的榮譽——「納達勳章」——授予塞得港市民。

島上吟

山

雲霧繫着山巔，
使人想起潔白的頭紗。
落日在天邊抹上臙脂，
海上掛起錦線織成的晚霞。

萬家燈火點點通明，
趕走了深鎖着山頂的白雲，
霓虹燈紅透了半邊天，
山的黑影就顯得份外玲瓏。

島的胴體是山塑造的，
(如果沒有山)
在島的平原上，
還有什麼可作話柄嗎？

既然有着山，
大廈座座在山腳平穩築起，
木屋依傍山腰錯綜支撐，
啊，山就有了芳隣了。

臨夜傳來失魂大火，
山腰像縛着無數鮮血淋漓的人，
牠叫晚霞失色，
霓虹燈也為之黯然無光！

水

藍藍的海，
青青的山，
島浮於海上，
山映在碧波間。

茫茫大海與人同在，
山為芳隣海為朋，
可是這兒相傳着一個笑話，
口渴時祇能望洋興嘆！

於是用最可憐的方法，
引導雨水涓滴盡歸山澗，
人們苦於長期鬧水荒，
得把滴水視作金子仙丹。

一場無情大水天上來，
樓塌田淹，與人為患，
喜雨苦雨無從分辨，
祇見大海張口牛飲不停。

遠看山明水秀，
近看骯髒瀰漫，
人們何曾有幸享受過山光水色，
多是苦難的生活於山水之間。

街

如果說街是求生的捷徑，
難怪人們大清早便上街了。

他們無畏於崎嶇的石板街，
也無畏於長長的斜坡街。

大廉價的橫布招，
從長街的開端，掛到長街的盡頭，
飄蕩着，如同一切廉價賤賣的城市，
依憑着廣告術大吹法螺。

夜後盞盞街燈發着青光，
像有無數幽靈擦身而過，
試問對於一個阻街的人，
有誰曾把她當作幽靈看待？

晝伏夜出的幽靈們，
在黑夜的街頭，
他們藉着青光明來暗去，
我却無意把阻街的人作算在內。

一切的車輛與行人，

通過了街才能相接與離析，
如果一旦廢棄了街，
這豈不更是個走不通的盲城！

船

島是一切船的家，
船像遊子從海外歸來，
汽笛呦呦有如鹿鳴，
遂灣泊於島的母親身邊。

島是船的哺育者，
船是島的親生兒，
島有了船而存在，
船有了島才好升火再遠航。

孩子跟着汽笛呼呼學語，
（他沒曉得父親是個失業海員）
船在孩子眼中是馥郁的，而爸爸
却鬱結着「禁運」的礁石在心裏。

島的吐納口有了人為的故障，
從此港口無復往昔的繁榮，
船雖然仍舊拉響汽笛進港，
可是聲調顯得疲憊而低沉。

船癱瘓地停在海上，
闃寂的倉庫閉戶關門。
島的母親坦露着乾癟的乳房，
船得不到哺育就悄然離去了！

一九五九年，七月，香島。

選自一九五九年八月一日香港
《文藝世紀》第二十七期

故鄉的蟬鳴。

一九五七年，六月。

選自阮朗、李林風等《新雨集》，香港：上海書局，一九六一年

荔枝歌

盛夏的南國，
荔枝纍纍滿結枝頭，
像一個瀕水麗人，
她跟清曉競紅妝，
她跟晚霞媲嬌嬈。

採荔姑娘搖着小船，
枝枝摘來填滿竹筐，
她笑了，
笑得比紅妝還妍千百倍，
為的果汁能甜透所有剝荔的人。

果販歡欣的叫聲，
是糯米糍豐收的喜訊，
孩子們對着她吮拇指呀，
我緬懷着

林仁超

永恆的琴音

我彷彿是一架稀奇的豎琴，
智慧之神的纖手，
不停地彈着我清脆的琴絃，
我怎得不永恒地奏出調叶的心音？

琴音中溶和了智慧的原子，
琴音中瀰漫着馥郁的氣氛，
琴音中充滿了懇摯的情調，
琴音中活躍着純潔的靈魂！

也許是命運的安排，
從來我就擁着一副虛渺的胸懷。
生命的歌聲永無休止地奔放，
寂寞的心房可有共鳴的音響回來！

選自吳灞陵等《新雷集》，香港：大公書局，一九五六年

金字塔的戀人

尼羅河畔荒漠裡的金字塔，
如今是否冷落凄清？
誰知還有人在徘徊讚嘆，
忘掉人間已拓展了幾千年的文明！

陣陣痙攣，他狂吻着塔腳的石塊；
喃喃自語，他嚮往着古遠的幽情：
「金字塔的雄偉還有什麼能夠比擬？」
「蘇彝士運河直是荒誕的工程！」

愛慕的情懷沒法排遣，
慇懃摹擬也有無限溫存。
仿作幾回已用盡了平生的氣力，
到頭來却成功了一座小小的坵墳。

偶然望見太平洋彼岸高樓的笑影，
却懷疑那可能沒有古典的成因：
「歷史上著名的傑構也仿作不來，」
「還有什麼值得驕傲的創造與維新！」

緊緊地迷戀着古塔的殘骸，
昏昏地麻木了思維的腦筋，
那曉得發揚愛人的淑德是一份追求的
　獻禮？
那曉得擷取愛人的美麗以光燦黯淡的
　精神？

可憐，這痴情的金字塔的戀人，
迷迷糊糊鑽進了自建的坵墳，
看不見充滿浪漫色彩的天地，
微微含笑做着木乃伊的芳鄰。

選自吳灞陵等《新雷集》，香港：大公書局，一九五六年

波瀾

寧靜的心湖
　久已凝成一片冰堅的明鏡。
多少飛花零葉
　映來也只覺點點斑斑。
是什麼神秘的靈光
　透過那兩顆晶瑩的媚眼？

可是欒琴的玄線、
　輻射的幽波、
投下這岑寂的空間？

沒有風，沒有雨，
沒有花，沒有絮，
然而，久凝的湖面
　已泛起軟軟的波瀾，
一圈圈，一圈圈……
輕散，輕散……

一九五六、四月

選自林仁超《登月集》，香港：新雷詩壇，一九七〇年

噴水池

可是紅樓的淚人
穿上夏威夷的裙裾，
跳動芭蕾的妙舞？

可是青蓮的花瓣
珍重慈悲的甘露，
編組蕊外的流蘇？

沒有閃耀的銀樂交響，
沒有夜鶯的玉喉伴唱，
是第幾藝術的妙曼丰姿？

車輛人羣毫無表情地奔馳。
這是古羅馬的十字通衢，
這是太空時代的華夏殷墟！
凝結了的感情難得溶解。

滿溢了的恩惠顯得平庸。
功利的眼睛永遠地模糊！

一九五五、八月

選自林仁超《登月集》，香港：新雷詩壇，一九七〇

慕容羽軍

無題

有一份豪情寫在山巔水涯，
有一份愛環繞在淡漠清秋，
月落時的溫馨遠勝黃昏後，
誰知道我的期待佇立多久？

黑一片黑一片這才是白晝，
夜是無聲色無辨別的時候，
中秋月象徵着失望與渴求，
盂蘭節的人與鬼總算獲致
免于恐懼免于匱乏的自由。

選自吳灞陵等《新雷集》，香港：大公書局，一九五六年

黎明

淡雲背後傾瀉出幽光
清流和着前奏小調
煦煦的情思
悄悄地帶來歡笑
華林新樹的舞姿
伴着晨聲窈窕
風聲挑起那清脆的嗓子
朝陽播弄明朗的渲耀
這一瞬我發現憂長的歌聲
渾忘了宵來的噩夢干擾

選自一九五七年十二月五日香港《自由陣綫》第三十四卷第一、二期

櫻子（陳炳元）

草堆

當田壠再沒有蕩漾的禾浪
豐收的村莊會有打穀的聲音迴盪
汗流浹背的騾匹垂首載着車輛
老農夫哼着歌把束束的稻草堆如山岡
像一座座金色的堡壘
夕照把它們的影兒個個拉長
像辛勤的詩人的一疊殘稿
在空地上東擺西放
像庸俗的人發現珍貴的寶藏
拾糧的麻雀竟把歸巢遺忘
我看見有流浪者在草堆上做着甜美的夢
到暮笛吹散彩霞皎月昇起的時光

選自一九五七年一月一日香港
《大學生活》第二卷第九期

手

年青的時候
我的手像一幅粉紅色的地圖
有許多分歧的河流互相貫通
日子駕着憂患的船到處疾馳
像離樹的綠葉浮游在湍激的長流
漂盪啊！　漂盪啊！
我要搜索黃金的國土
可是我始終找不到呀！
並且已被擱淺在泥沼中
開始變色腐朽
而我的地圖也已逐漸陳舊
因此當白鳥似的秋雲在疏落
的林梢悄悄流走
我便想起那被珍藏
在書本裡的葉脈
然後再審視已皺黃的手掌

選自一九五七年一月一日香港
《大學生活》第二卷第九期

蝴蝶

像懷孕的貴婦步入彩艷的花肆
收起斑斕的傘
謙虛地吸取花朵的色澤和香味
低頭學習着
百合的純潔
向日葵的忠實
玫瑰的矜持
懸鈴花的自醒
秋菊的氣節
於是，我明白她忙碌的原因了
不是為了冬糧
不是為了釀蜜

選自一九五七年一月一日香港
《大學生活》第二卷第九期

帶鄉愁的夢

在夢中我的鄉愁是蒼白的憂鬱
淒冷的高處沒有花靨
也沒有鳥的嘎吟
雲的薄唇狂吻着靈魂的翅膀
啊！我像一隻問道於盲的燈蛾
在冷冽的夜飛越木棉的飄絮

遙遠濛霧的夢土
隱約傳來帶誘惑的鄉音
我躊躇地想該以何種方式
結識這異地邂逅的旅人
請兩杯酒聆聽別來已久的鄉情
近了，那人豪笑地
張開兩隻熱情的臂奔了過來
架起老花眼鏡仔細辨認
喲！不是別人

他竟是夢之外跟隨着我的軀殼呀！
於是！我醒了，
一隻褪色的枕落在我的懷裡

選自一九五七年一月一日香港
《大學生活》第二卷第九期

樹的話

人家說：我的風度洒脫
心思單純而沒有憂鬱
像養鳥的人一般安閒舒暢
彩禽在肩膀唱着悅耳的歌
但他們却不了解我
熱愛自由的心有無比的苦痛
哎！哎！
我的脚像佈滿苔蘚的碑石一樣
被牢繫在土地不能行動
炎夏的日子
我撐開綠色的傘
以期待的心
向跛踄的旅人招喚
我說：良善的人啊！
請你帶我同行
以濃蔭抵抗炎熱的陽光
然而，他們似乎個個耳聾
安詳地在我的身傍擦擦汗，
挑起行李
又默默地趕着路……

選自一九五七年一月香港《海
瀾》第十五期

夜航船

是誰在黑黝黝的海上撒下幾點火種
踉蹌着腳步推進的船頭
使憂鬱的海洒出晶瑩的淚光
像一個苦戀而醉的男人
頻頻嘆息在夜之草原上
讓吁出的氣在籠霧的海洋飄散

選自一九五八年一月十日香港《文藝新潮》第二卷第二期

窗之影

窗之葉投影於大廈無瑕的白壁上
斜方形的格子圖案
如風睡的日子掛着一面面
靜止着飄揚的旗
予我以一種節日的喜悅

選自一九五八年一月十日香港《文藝新潮》第二卷第二期

酒和花生

昨夜，我抱着顫抖的雙臂思索
我在想寫詩
冷峭的窻外
夜行人正吹着悲愴的口哨
堅實的鞋跟敲着街石伴奏
情感的哀蟲蛀蝕我的心
突然，我在桌上
發現昨夜殘餘的酒和花生
哦！那詩人的開水和丸藥

把相思豆粒粒投進嘴腔
把杯中酒津津地呷着
噓一口氣把剝落的花生皮輕輕
吹走
呵！靈感的鸚鵡開口了
她說
孤寂的花衣人啊
你的歌已經寫成

選自一九五八年十一月一日香港《文壇》第一六四期

柳木下

渡海碼頭一瞥

愛者在等待他的愛侶，
母親在惦念她的嬰孩，
他們都用沉默來鞭策駑鈍的時間，
或是舉目眺望，或是抽着烟捲。

俄而渡輪靠岸了，
碼頭發出一陣激烈的震動，
於是候船的人感到一陣輕快，
彷彿果樹落下纍纍的果實。

啊，是誰的意旨？
使這些來自四方的人暫時聚集在這裏。
待到了彼岸，
他們裏面有些人也許就永遠地分離，
永遠不能再有這樣的機遇，
雖然對於這個不再的機緣，
他們還是不覺不知。

一九五四年六月作

選自一九五七年三月三十日香港《文匯報・文藝》

給聖誕島

你這被遺忘的小島呵，
現在變為舉世矚目的地方了。
在北京，在莫斯科，在巴黎……
在世界上的許多城市裏，
在世界上的每個角落裏，
人們都在嚴肅地談論你。

為了反對將要在你那裏試驗氫彈，
三月十八日那天，
倫敦的市民還在街上示威遊行，
身上掛着「停止氫彈試驗」的標語，
表示英國的人民也熱愛和平。

為了反對在你那裏試驗氫彈，
日本的抗議船隊要到你那裏去，
英國的兩個基督徒
也打算不惜犧牲他們的生命，
到那時，乘船駛入危險區。
還有億億萬萬的人民，
雖然不能親身前往，
但他們的心靈早已在你那裏守護，
疾呼……

聖誕島，聖誕島！
我看見
戰爭販子的殘酷的心，
和人民的愛好和平的心，
在你那裏角逐。
聖誕島，聖誕島！
我相信
人民的意志終會獲得勝利。
聖誕島，聖誕島！
如果全世界人民的「心力」，
勝不過慘無人道的氫彈，
人類還有什麼美好的前途呢？

一九五七年四月四日

選自一九五七年四月二十七日
香港《文匯報・文藝》

蓮花

當龍眼的枝條垂實纍纍，
當枇杷已經熟得金黃，
在池沼裏，在綠葉間，
有不染的蓮花躍出水上。

它是夏日的寵兒，
它是烈日的讚美者，
當別的花卉向太陽低頭埋怨，
牠的花朵却在驕陽下舒展。

牠沒有冶艷的顏色，
也沒有膩人的芬芳，
但牠的一縷出塵的幽香，
却永為高潔的人們所愛賞。

每當夏日的和風帶來涼意，
牠在粼粼的碧波間搖曳，
像是一個亭亭的少女，
對牠水中的倩影凝視。

一九五二年五月於香港

選自柳木下《海天集》，香港：上海書局，一九五七年

秋思

窗外下着瀟瀟的雨，
終日無休無止，
我的室廬如漂浮在波濤上，
小小的房中沒有暖溫。

夏日我像是個鳥兒，
歌唱着無掛無累；

今我思念遙遠的家園，
熱騰騰的晚餐和燈前溫藹的話語。

一九五四年十月於香港

選自柳木下《海天集》，香港：上海書局，一九五七年

張愛倫（西　西）

真實的故事

祇輕輕地，你敲着我窗上的玻璃
我開了門，你和夜風一起進來

你說你要走；悄悄地走
你說你來，是為了一聲再見

我想把你挽留，但是
我怕接觸你那沉悒的眼

我知道你有着流浪的個性
愛上所有的水流和崗巒

我清楚你已經有了理想
並不是一個家可以把你留住

我明白你早就愛上了一個小島
愛上那裏的純樸與摯情

那末，如果你願意，就悄悄地走吧
就說：離別是一份甜蜜的哀愁

我望望窗外，外面有黑暗的網
我為你開了門，遞給你一盞小燈

我看着你的腳跨過了門檻
外面有風，有雨，有濃濃的霧靄

你走了，就像走進了曚朧的雲裏
無色的夜在你的足下低吟

我看你沿着一條長而深邃的小徑
越走越遠，遠得像隱藏在山後的星星

你走了，留下了沉默，沉默是火花

縱然點不亮燈，也曾劃亮過一時的光明
你走了，向着海邊，那裏
曾經有過落日，不久又將有晨曦

選自一九五七年四月五日香港《中國學生周報》「文藝創作賽入選佳作」。署名「協恩中學・張愛倫」

廢船

冷寂，落寞，荒涼
隨着西風，被逼
擱淺在無辜的沙灘
而你，以零落的肢幹
還躺在沙地上喘息

海水已經遺棄你
魚蝦也把你忘記
潮水拜訪的
永遠是最年青的貝殼
浪花變作了
最陌生最陌生的過客
關懷過你的海鷗，風雲
都已經各自走了

就留下了孤獨
就留下了孤獨
你祇做着一個個的夢
想起曾經有過的日子
那些珊瑚，小島和礁石

帆呢，風呢？
海島，椰樹的堤岸？
沙地上還留下淺淺的足印
很久沒有人來過了

而你，一船的寂寞
一船的沉默……

選自一九五八年三月二十八日香港《中國學生周報・詩之頁》。署名「葛師・藍子」

造訪

輕輕的輕輕的柏油路的迴聲
一顆星在我的面前引路
都已經睡了，都已經做夢
一盞大燈，一盞小燈

我帶着我的畫冊找你
當我的詩歌已經冬眠
就談談速寫和素描好了

用力寫一些有趣的東西
牆角長着小花哩，地面
有着青青的草葉；此刻
你應該還沒有入睡，燈下
劃一支火柴，再抽一支烟？

選自一九五九年一月七日香港《星島日報・學生園地》。署名「莎揚娜拉」

即使是春天

即使是春天、即使
已經沒有落葉
我必需要繼續多眠

想起海，和水，和樹
和夜海無數的圓月
我在記憶裡寄居

讓寂寞和病造訪我
讓你，和他，和所有
都把我容容易地忘記

明天，參加旅行吧！
經過我熟悉的沙灘
沒有我的名字

對流水說：我已經失踪了
如若有小艇出現
請刪去我的位置

選自一九五九年三月十四日香港《星島日報·學生園地》。
署名「莎揚娜拉」

舒巷城

雷諾爾回到美國後

「我代表全體軍人
伸手給你，歡迎你！
你的歸來是勝利的歸來！
怎麼啦，你？
雷諾爾，你的手在發抖？
啊，是不是
我把你這隻曾經殺人的手握得太緊？
哦，哦，你今天太歡喜！」

「……Sir!
是，是，是。」

「是的，是的。你今天『榮歸故里』！
我們美國的軍隊
是世界上最優秀的軍隊！
我們 U.S.A. 的武器
是世界上最優良的武器！
嘻，嘻，嘻，
Formosa，（福摩薩——台灣）
我們的殖民地……
我們 U.S.A. 左輪手槍一枝
換來他們一件血衣！
你這一下子真是傑作，
我們的傑作，雷諾爾！」

「嗯，嗯。
……劉自然手上拿着一根樹枝
跑到我們住宅偷看……偷看我的妻子；
Sir，我同你講，
我開頭心裡有點慌；
我拿起我們 U.S.A. 的『自衞』手槍
來對抗他那根樹枝，
於是那傢伙身上中了槍，中了兩槍……

聽說後來
街上的中國人，成千成萬，
他們衝破了『我們』的門，
打破了『我們』的玻璃窗，
只因審判後我無罪釋放……」

「這個，這個——
我們海外美國人的生命、財產、名譽的
損失
他們一定要賠償，一定要賠償！
你說下去吧，雷諾爾，
你的那個動人的故事……」

「嗯，嗯。
……那傢伙那晚上伏在我們的窗旁
偷看我妻子出浴；
可是他們在出事的現場上
發現我們的浴缸裡滴水沒有；
屍 身 躺 在 窗 外 很 遠， 離 開 浴 室 二 十
多丈……
我心慌，我知道自己一直在說謊。
那一天在我們的法庭上，
Sir，我現在同你講
那一會兒我簡直拿不出勇氣
向我們的艾利斯上校（主審軍法官）望
一望……」

「嘖嘖，可真是！
你現在幹嗎突然垂頭喪氣？
這，這我禁止你！……
挺起你的胸膛來吧，
呼吸一口美國的自由空氣！
對了，這才對！
雷諾爾，為了我們全體的名譽，
上帝會饒恕你！
上帝就站在我們這一邊呀！
在海外，在遠東，
我們的軍事法庭和我們的處理

是最公平的處理：
我們的軍事法庭是上帝，是真理！
唉，可是……」

「Sir，現在輪到你——
你為什麼突然唉聲嘆氣？」

「唉，你有所不知，雷諾爾，
從你這一回的事，
我想起從前，在中國
那些可愛的好日子。
從重慶到漢口、南京
從上海到北京……
都是我們的天下；
滿街是 U.S.A. 吉普車，香口膠
到處 O.K.——
這兒那兒大搖大擺着
我們 Ding How(「頂好」) 的士兵。
哪兒有我們醉酒打人、姦淫槍殺的士兵，
哪兒就有我們的軍事法庭。

那一會兒，我們的士兵是最英勇的士兵！
可是今天，越來越『英雄無用武之地』，
我們的軍事法庭得永遠從中國大陸搬離，
我們的遠東越來越小……
在 Formosa，這個我們的殖民地，
他們也羣情洶湧，今天，真他媽的！」

「Sir，這樣說來，
我得馬上寫信給我的 buddy(「老友記」)
喬治，
叫他們在 Formosa 得趕快的好好的幹一下。
要不然呀，再下去——
我們美國軍人就更加『英雄無用武
之地』……」

寫於一九五七年五月廿七日

選自一九五七年六月一日香港《文匯報・文藝》。署名「秦城洛」

妙想天開十四行

——給大家談老編

你是談編呀我是準談友。
物換星移，五十年過去了，五十年！
但你我身分依然，雖然白了頭；
有人魂歸天國，有人飛上天外天。
大前年，我隨孫兒搬家到月球。
八十歲的老編你，有空請來玩玩！
搭十二號火箭便直到我家門口，
我劏定肥雞等你，那一晚？
記得年前懵人死，傻大姐哭相思；
我為拙聲的聲譽可惜，真慘，
自從他失蹤後，他的不肖的兒子
慣炒月球報紙冷飯投大家談。
　五十年投稿我沒一次登！但醫生說：
我的「談」命還有四十九年三個月！

　　二〇〇七年於月球透明道

選自舒巷城《都市詩鈔（增訂本）》，香港：花千樹出版有限公司，二〇〇四年。詩末署：「《大公報》一九五五年八月四日」，以及「編者按：此詩在《大公報》專欄《大家談》發表，署名阿深，那期談題是《五十年後》。」

火車橋下

火車常常載着
它的乘客和我們的朋友
載着
那些我們熟識的或不熟識的

到遠方旅行去了又回來的朋友
在火車橋上走過
昂着頭
火車
在火車橋上走過呵
而這些日子火車橋下的附近
我們都在來回的走着走着呢
從黃昏到日落後
從初夏到中秋
你說幾時
我們一同坐火車到遠方去
探望探望生活在另些個城市的
我們的朋友

一九五六年九月十七日

選自舒巷城《長街短笛》，香港：花千樹出版有限公司，二〇〇四

攞景

舊時我好歡喜
帶住我副攝影機
去呢處去嗰度攞景
我「影」
白色嘅雲，藍色嘅海
沙灘、石頭我都「影」

自從我識咗你
我個心同口講
菲林價錢咁貴
扯旗山嘅雲、沙田嘅霧
都唔係風景……

一個酸梅兩個核
今時唔同往日
而家我揸住副攝影機
淨係喺你身上攞景

你着呢件藍色嘅衫裙，嗰套白色嘅衣裳
都係一景
喺鏡頭嘅面前
你笑我，嬲我
你嘅笑，你嘅嬲
都係表情

一九五六年

選自舒巷城《長街短笛》，香港：花千樹出版有限公司，二〇〇四年

故事

如同世界上一切的孩子
小孩子時我也喜歡聽故事
豺狼常常扮成可愛的外婆
把迷途的孩子引到無人的山坡；
講故事的外婆皺着眉頭講
我們怎麼樣也不喜歡聽這些個。
臨睡前我們叫了一聲母親
永遠不皺着眉頭嚇人的母親！
於是有美麗的花園、雲石路出現；
我們看見美麗的仙女，雲彩，藍天
我們帶着我們最喜歡的睡去
陽光裡又是可愛的第二天

童年呵，夢裡笑容有多少天真！
今日醒來時，在地球之上
我們該和人世擁抱，永遠相親！
和平呵，我們有權利把它保持

不是嗎？我們都喜歡聽故事？
但我們不要豺狼，不要戰爭
我們要看見美好的生活，日子

看見親人不在戰爭中永遠離去
看見一切東西不破破爛爛
看見我們的孩子們幸福朝朝晚晚

聽着聽着說不完的美麗的故事
長大了呵我們仍都是天真的孩子

一九五七年

選自舒巷城《長街短笛》，香港：花千樹出版有限公司，二〇〇四

李維陵

秘密

在蜜巢內，蜉化我的靈感
凍結於蠟的黏液，膠壁的網膜
冬天裏希望春天到臨
才醒來又沉沉睡去

七千年，宇宙毫無更改
負荷命運的蝸殼蠕蠕爬動
洪水奔流，也有它的歸宿之處
而我，行旅中迷落了里碑

聽我說，你曉得有星、有光、有眼淚
誰知道誰偷來煉獄之火
點燃了妄誕的情欲
瘋狂與傲慢

用決心撕破網幕，一聲鼓響
沉睡者醒來，醒來

選自一九五七年八月三十一日
台北《現代詩》第十九期

女歌者之髮

最傷心，當我看你的頭髮
三千丈青絲，在黑夜沒有光亮
綠與膚色之綜合，如此慄悚
墓地，百合花也嬌萎低垂
再沒有歌聲，當你悄悄離去
華爾茲舞曲的浮泛，聲音的海
像流雲延展，宇宙啞默，還帶着淚痕
波浪在砂灘追逐，吞去了足跡
泡沫散開，酒眩暈，我在紙上劃弧線

命運，青春遭遇，無限中的無限
一顆珍珠包藏無盡誆騙，影子貼着夢魘
（讓聽者留一個低迴的想像嗎？）
即使傷心，我還是愛你的頭髮

選自一九五七年八月三十一日
台北《現代詩》第十九期

李怡

十·一詩草

升旗

第九年的第一天
在莊嚴的樂聲中
我把五星紅旗慢慢升起

我的手顫抖着
　不是因為有晨早的寒風
我的臉頰濕潤了
　不是因為有晨早的雨露

旗在空中
旗在風中
像一片紅色的波浪

致中國銀行大廈

像一個披上了新裝的城砦
又像一個年輕而強壯的母親
我站在您的前面
您，會覺得我太渺小了嗎

然而，作為一個新中國的公民
我却因您而覺得自己高大了起來

致張燈結綵的中區

明明像白晝那樣光
明明有白晝那樣多行人
為什麼我的錶却告訴我是深夜一點

是誰在黑夜裏帶來了光明
是誰把寂靜驅去

人們用熱情點燃起的燈火呵
您照亮了屋宇和街道

也照亮了我們港九同胞的心

選自一九五七年十月二十六日香港《文匯報·文藝》

檯鐘的話

——為蘇聯十月社會主義革命四十周年而作

滴噠，滴噠……
辛勤的小檯鐘，
你在低聲地説着什麼？

我知道你在為他們豪邁的步伐擂着戰鼓
我知道你在把那些落在他們後面的人們催促。

然而，我更知道，
你在微笑地喘息，你在歡樂地嘆氣：
「這是多麼難以想像的事實：
這四十個冬天，
他們總是走在我的前面。
我喘着氣叫他們：『等等！等等！』
他們却越走越把我拋得遠。」

選自一九五七年十一月九日香港《文匯報·文藝》

傍晚的雲染滿了鮮血

傍晚的雲染滿了鮮血
彷彿整個世界都在燃燒
我們的胸中燃燒着的是憤火
誰也感覺不到疲勞與飢餓

我們的行列伸展得長又長
眼角的水珠凝結着我們的悲傷
然而，我們毋寧是憤怒
憤怒於吞噬你生命的不是無情的海洋

經過了悽慘的生和悽慘的死
我們送你的魂靈去安睡
但是呵
也許你堆在土裏的血液還會流動
也許你還不能夠安心睡去
也許你要為你無依的親人憂慮
為我們前面的失業的威脅憂慮

然而要是你看到我們
——團結在同一悼念下的兄弟
你或許會由是而閉上未瞑的眼睛
為我們求生的決心而感到安慰

語言無以表達我們的悲痛
輓聯也只不過是萬分之一的體現
眼前浮蕩着你逝不去的音容
我們惟有默默地與你辭靈

我們默默地與你辭靈
陰沉的天呵，是不是雲的鮮血已凝
無法凝結的是海塢史冊上的鮮血
它為我們工人的合理要求作了見證

（稿費贈梁培根工友家屬）

選自一九五八年二月十五日香港《文匯報・文藝》

喧騰的車站呀

一

晨曦還沒有使車站露出全身
站內還亮着黯淡的燈
是什麼衝破了黎明的寂靜
是什麼使這車站喧騰

不是因為年尾春節近
不是因為時將交清明
是因為有一批熱愛祖國的工人
要把他們的願望在今天實行
是因為他們共事多年的兄弟
在工廠的汽笛響前趕來送親

二

它看見過無數次人們在這裏分別
它的地面浸漬過多少人的淚珠
可是，哪怕世界上最癡心的戀人
也比不上工人兄弟的難舍難分
哪怕總合起所有的離情
也比不上工人階級的一顆友愛的心

去的去了
他們回去當主人
留的留下來
他們將更英勇地生活
更英勇地鬥爭
離別雖然不是愉快的事
但如今却有一股共同的暖流
淌過每一個工人的心

三

它也看見過無數次人們為離去而歡樂
它也聽見過送行者各種各樣的祝賀
可是，哪怕所有的歡樂合在一起
也比不上工人要回去建設祖國

哪怕所有的祝賀合在一起
也比不上自己兄弟把手緊握

「再見吧，兄弟們！
我們等着在報上看到你們立功勛！」
「再見吧，兄弟們！
祖國的光芒披照世界，
不論在哪個地方都有前程！」

四

喧騰的車站呀
揚起了一片歡笑聲
再握一次手吧
再摟一次肩
我們——
相處多年的好兄弟
一定會有比這歡樂十倍的重見
雖然我們還不能確切知道在哪一天

選自一九五八年九月十三日香港《文匯報．文藝》

開石礦

打呀，打呀！
　炸呀！炸呀！
開鑿着石礦，
建起了樓房。

花園，洋樓，
　汽車，洋狗，
這，都不是我們的生活享受。
我們的生活在危險的山頭。

打呀，打呀！
　炸呀，炸呀！

毀了我們擠迫的家，
建起他們寬敞的大廈。

一間木屋又坍塌，
呵，這是不是我自己的家，
我們勞動是為了生活，
我們勞動怎麼又摧毀了我們的生活

鎚呀，鎚呀！
打呀，打呀！
鑿呀，鑿呀！
炸呀，炸呀！

汗血開了花，
城市的面貌開了花；
岩石開了花，
已經夠簡陋的木屋也開了花！

坐享其成的寄生者，
他們的生活錦上添花；
耗盡精力的勞動者，
我們今後到那裏去安家。

選自一九五九年五月二十六日
香港《文匯報・文藝》

柏雄

三月詩魂

三月，大地戴上綠色的冠冕
死寂的湖水又泛起微瀾
靜止的詩的噴泉再次掀起
噴發綠的水柱，綠的詩魂

獅子山腳再出現葱綠的田畝
凋零的叢林回復了密茂
一群敏捷的學子越過山頭

三月，詩魂在空間奔放，激起情感的浪
海濤澎湃，捲落了東風
融化在海水裡，再昇華為雨
點點洒在胸懷

水平線有綠舟剪過藍緞
滿載綠色的信，綠色的情感
寄到彼岸，寄到天涯

三月，詩魂捕捉黃昏的殘影
騎上紅輪，沉落、無聲
啊！是這裡的沉落喲
還是那裡的黎明

夜裡，長空有明月疏星
詩魂去了，不再說夜
等待鷄聲破曉，紅日再來
因為此刻已沒有夜夢的情感繞心靈

選自一九五八年三月二十八日香港《青年樂園》第一〇三期。署名「金文泰毅青社·柏雄」

昨夜星辰

嵌滿心湖的，是昨夜的星辰
可惜我過重負馱憂鬱於一身
牽衣攜手，難忘彼此親切的低語
羅便臣道的夜，有掩月的浮雲

化哀抑於浸滿靜謐的叢林
潤濕的草坪沐浴清高的情韻
我湛藍的心應長駐酡紅幻影
閃光的語言如銀漢萬點繁星

想起曾在維多利亞公園的默祝
松風裏我散發莫名的幽怨、孤獨
當我沉鬱的理想注滿你崇高的願望
就在今夜，我再也不，再也不徬徨

友誼的永恒，開始於昨夜
我滿懷幸福，人海中能與你相逢

縱他日風雲變幻這段事我永不忘記
忘記的衹是頹喪的憂鬱，哀怨與傷神

選自一九五八年十一月一日香港《文壇》第一六四期。署名「徐柏雄」

緊閉的心靈之窗

過去了，既往萬物的光華
　隨着流水，隨着輕風，剎那的往昔都已
幻化
這時候是白天？是黑夜？是黃昏？
大地的變幻，大地的蒼翠，大地的殷紅
在我心中塵寰是漫漫的迷霧

每一刻我迷途於生命的路程

我蘊藏的，我嚮往的，飛越的思想摸索既逝的留影
哀痛心靈之窗的緊閉，我孤獨在沙漠的夜飲泣
四面是沙飆、與酷寒、狂風的怒嚎
瘋猛的侵襲時刻威脅我的生命

沒有一個殘存的記憶我今後會遺忘
遺忘的是我此刻，與將來墨色的韶光
我不能奉獻，惟默然虛耗一生的能力
消磨在過去的低徊，微笑
和感慨的牽縈

啊啊！一個失明者衹能日漸加深墳墓把自己埋葬
二十世紀的失明卻埋葬了文化，善良與寬容

選自一九五九年四月十日香港《中國學生周報．詩之頁》

詩集裏的秋天

詩集裏的秋天
荒涼和風，和落葉
和我的凝思
在一棵枯老的樹下

而在河邊，一葉無人的小舟漂過
載着一片落葉
葉上還有昨天的露
還有昨天在上面唱歌的黃鶯脚印。

永遠沒有春天
永遠沒有孤獨
詩集與我相伴

秋天和心做朋友

選自一九五九年六月五日香港《中國學生周報・新苗》。署名「金文泰・柏雄」

羊城

賣唱婦

當夜魔鬣蝕着白晝，
陋巷裏又響起你瘖啞無聲的歌聲；
悽涼悲婉如怨如訴，
酸淚隨着琴音的節奏在迸流。

暗黯的街燈照耀着面前的路，
瘦長的影子在瞻前顧後；
唧唧的蟲鳴撩起你陣陣的往事，
蕭蕭的寒風給你吹來縷縷的哀愁。

秋風掃盡天邊的雲彩，
鷓鴣訴盡人間的悲哀，
秋雨打醉片片的楓葉，
脱瓣的殘荷隨着江流漂入浩海。

飛去了的春燕毫無訊息，
簷前冷落的泥樑空在，
如今謐靜寬濶的天庭，
正急切守候着新雁歸來。

在這淒清蕭條的秋夜裏，
多少人正為春和日暖而盼待？

選自一九五八年四月十八日香港《中國學生周報．拓墾》。署名「培正中學．羊城」

我夾在送殯的行列

一列長棺
沒有哭泣，也沒有音樂
我夾在送殯的行列
很長很長的行列中

走着，我低下頭走着
和你一同走着
和億萬的炎黃子孫
一同默默地走着

沒有哭泣，但心靈在流血
有更多的酸淚氾濫在心田
有更大的哀痛凝結在心湖

走着，我默默地低頭走着
我夾在送殯的行列
很長而蜿蜒的行列中

一列長棺於是把希望埋葬
且帶進柏拉圖的國土
沒有哭泣，也沒有音樂

選自一九五九年十二月四日香港《中國學生周報·詩之頁》

麥席珍

生命的花朵

有人妙想不老尋覓長春的妙藥，
生的日子遂有死的悽惶、焦灼……

有憤懣於生存的被傷殘、扼殺……
帶淚狂歌、迎斧抗鉞甘把頭顱一擲！

有人在甜笑、終日攬鏡自賞豐美的姿容，
夢裏遂有目覩花殘葉落的悲涼、哀痛……

有安於山野的芳草、蘭花默默舒效幽香，
一任歲月往復輪迴自在地生長。

有狂妄的人正布網張羅撲殺飛翔着的鳥，
這愚昧，徒供人們憐憫、恥笑……

有抱憾於歸去前未能把要獻出的留下，
只一點，在寰宇閃射着不滅的光華。

生命的花朵何囿於寂寞，喧赫與短長，
開放啊，但願留一點清香氤氳在原野上。

選自一九五八年四月二五日香港《中國學生周報．穗華》

夜登鳳凰山

沉睡了，鳳凰山(註一)
沉睡了，環繞着大嶼山(註二)的海洋
不眠的星星眨着永恆不閉的眼

(註一) 鳳凰山為大嶼山之主峯，海拔二千九百餘呎；高度僅次於新界之大霧山。
(註二) 為香港領域中一大島嶼。

還有一顆固執的心長夜躍動着……
在那遙遠的東望洋（註三）

鳳凰山啊，是如許陡峭
眼前，是蔓草掩閉的山徑
耳畔，草葉在低吟，夜風在呼嘯
腳下，是寒露潤濕了的滑足的泥砂
疲乏了，歇息在嶙峋的巉岩上
仰望山巔，巍峨地矗立於雲表

迷濛了，雲霧忽自四方捲來，如落幕
清朗了，夜風急挾走了雲霧，如曳帶
遠方，雲霧復自山頭瀉落
與凝滯山谷間的雲霧相激盪
如翻滾的波濤
如受驚的巨蟒
起伏着……
旋舞着……
寧靜了，片刻間復流瀉過山後

遲來的月光柔和地撫摸着無邊的海、山
……
意念中是一雙溫慰、慈憐的手
撫摸着，讓每個靈魂在夜裏寧貼地睡眠
但今夜啊
在那遙遠的祖國的彼岸
隱現着千萬雙無援、流血的手
那錯落在村落裏微弱的燈光
在默流着苦楚的眼淚
在訴說着無言的悲愴

山風忽忽掠過黯淡的心頭

（註三） 東望洋在澳門，其燈塔的亮光，晚間在大嶼山歷歷可見。

山下傳來寶蓮寺第一响虛渺的晨鐘(註四)
翹首默望該要到達的地方
仍高高在雲霧深處潛藏
疲乏了的軀體馱着一個多年的願望

任山路如何險巇，頑強的心永不驚惶

臨近了……
勝利了
此刻羣山萬壑盡伏在眼前
晨風拂振夜來汗，露濡濕的衣衫
凝露自鬢邊流瀉於臉頰
曉寒復甦了疲倦了的心身
沉默着，守望着……
陰霾正深鎖着高昇的朝陽

（註四） 寶蓮寺為大嶼山昂平一古寺。夜登鳳凰山觀日出者多投宿於此。

等待啊……
時光終帶走了一個熾烈的希望
這是一個陰暗的日子
但誰也不該失望
太陽，正長亮在心中幽邃的地方

一九五八．八．三

選自一九五八年十月一日香港
《文壇》第一六三期

黑夜

淡淡的夕陽已無言隱退山後
四野沉寂，萬物沒入蒼茫
一切亮光那兒去了
我知道，仍處在原來的地方

這土地，今夜困處在灰黑的羅網
請別徬徨，也別悲傷……
記取星、月、太陽及能發光的物體
長亮着，永照臨倔強者底心上

選自一九五八年十一月一日香港《文壇》第一六四期

鳥之悲歌

漠漠的長空閃射着箭鏃的寒光
苦痛的心何處覓一片淨土安放
夜裡歇息於風寒露冷的枝椏上
朝來四周又佈下層層仇恨的羅網

選自一九五八年十一月一日香港《文壇》第一六四期

劇終

甜蜜的，悲愴的韻律片刻前還在迴旋
只一個短暫的時辰一切隨幕下而了結
劇終人散了，咀嚼甜蜜與苦痛如入夢
夜霧茫茫，幾乎摸索不着我前行的路

選自一九五八年十一月一日香港《文壇》第一六四期

馬角（馬覺）

黑夜

洪荒時代的大鴉
拍着如山如海的翼
——墨色
近了，再近了
從水平的灰青色線上重返

巨翼下，生靈開始蠢騷
不耐和不屈在蒸騰
「我們要光，要光，要！」

權勢下的怒火迸發了
一點，兩點，三，四，……九
以至億萬點

大禽的黑羽終於熔化。
漸漸，漸漸，如蠟，一滴一滴
黎明，池塘裏遂有一暈暈墨黑的漣漪

選自一九五九年二月二十七日香港《中國學生周報·詩之頁》。署名「培正·馬角」

香港島

如永遠是洪荒時代的夕照
有毒霧，自焦土蒸騰

海上，黑蟒羣於氯氣的喘息裏遊竄
但一切的噪音，替代以荒漠

如洪荒

有漂浮者被捲於激流的運行
湧向北極
湧向愛斯基摩人的冰屋

而生命突然凝固，並硬化
冷靜於無系時代

從此拋下鯉魚門之錨
而讓它，生葉色的鏽

淒迷，淒迷
如墨綠的恐龍化石
如我的心
陳列於朝朝暮暮

選自一九五九年四月十日香港《中國學生周報·詩之頁》。
署名「培正·馬角」

夜街

大廈把許多的方眼瞪着
儘管一排排的并肩站起
儘管鼻碰着鼻
但近視，這羣肥肥瘦瘦的巨人
朦朧啊！面與面是晦暗的
眼的行列變成捆身的黑帶了

皇死了，患黑死病而亡的皇啊！
三年之喪，他們沉默着
於崗下，麕集着
任夜的砂子侵入眼眶
而無言，流出黃色淡淡的淚光

人類如蟻，繞於腳下
渡他們的繁華
掛起他們暈眩如夢的霓虹光管招牌
努力搬運着如漆之市聲

嚷着；釀着——
人類於夜沼之夢囈。
夜都之工業乃製造更多的頹唐
而夜，是一幅濃鬱的顧繡

選自一九五九年十月十六日
香港《中國學生周報·詩之
頁》。署名「曹明明」

夕陽

晚潮

十月的晚潮悄悄地退去，
留下貝殼低低的飲泣。

你無聲地隨太陽昇降，
漠視於灘頭細沙的歌唱，
起伏與大自然相合。

而錢塘八月的潮歌已遠，
異地沉吟使我滿袖盡濕，
誰佇立江頭為我帶來故園的音訊，
把父老的來書在水中俯拾？
啊！聽灘頭瞬息萬變的聲音，
拾貝殼的孩子呀！

你可知道萬馬千軍在你面前站立，
而十月的晚潮悄悄地退去，
留下貝殼低低的飲泣！

選自一九五九年四月二四日香港《中國學生周報．種籽》。
署名「嶺英中學．夕陽」

新土吟

我走過無數不同的地方，
看北國風雪滿地，
江南杏花煙雨的時節，
花開春暖，風光明媚。

如今我是這島上的旅人，

在這陌生的地土摸索，
每天嗅味栢油的味道，
從最東到最西的海角。

我忽然發現有這一塊新土，
它的細胞來自不同的地方，
夏夜擠滿羈旅的遊人，
在這裏留連來往。

我愛上這純樸的地土，
獨自穿插於一盞又一盞的燈光，
聽拉弦的歌手放聲歌唱，
有在人堆售賣零食的女郎。

海面吹來四月的風，
輕微地和着人聲，
像偷偷地竊聽這人間，
也發生平和美好的事情。

五八，四，二十。

選自夕陽《夕陽之歌》，香港：麗虹出版社，一九五九年

燕子歌

你來自錢塘江邊的燕子
到我簷前唱悲愴的歌！

用你即將嘶啞的咽喉竭力唱出，
秋海棠葉的地土的憤怒，
被迫害者飽受痛苦的折磨！

給你以我同情的一滴露水，
你歷盡雨雪風霜告別故國山河，
看血染的羽毛知道你灰色的旅程如許長遠，
披風沐雨為尋和平幸福的居所。

我們同時失去所愛與鄉土，
飄零在同一風砂的孤島，
抵受侮辱，嘲諷，痛苦與飢餓！

而你來自錢塘江邊的燕子，
到我簷前唱悲愴的歌！

五八，十，三十。

選自夕陽《夕陽之歌》，香港：
麗虹出版社，一九五九年

歌

不是來自王榭台前的管弦笙歌！
是你浪跡海隅的歌者的悲聲！

荔枝灣畔的情景已經不再，
你攜你的所愛，你的琴弦，
幽幽離去你親切的聖城！

秋海棠葉的地土的歡笑已枯謝，
越秀山前的許誓早付與幽冥；
問誰留楚珮？當春天還遠；
就只許你我淚濕新亭？

啊！你年青落難的歌者，
且收拾你的弦琴，你的所愛，
暫作發創行列的新兵！

不會是來自王榭台前的管弦笙歌！

是你偉大年青的歌手的號聲！

五九，四，九。

選自夕陽《夕陽之歌》，香港：
麗虹出版社，一九五九年

童常

熱病

毒菌們踏着大步
為牠們輝煌的凱旋歌唱

宇宙的末日到了，萬物黯淡
星辰迷惘，脱軌亂旋……
　壓下來，以整個地球的重量，壓下
　　　靈感的發源地

黑森林底下的火山也爆發了
　焚燒起來，焚燒起來

痛苦的海嘯又掀起
　狂潮澎湃，湧過來
湧過來，淹沒了

　　　　　生命的大洲
於是，「呻吟」部落就結着隊
　呼嘯衝出「白齒關」，也逃亡
向晦冥的太空……

此刻，是——
　　一個混沌的時代
　　一個大叛亂的時代
　就拋下焚燒在苦難中的肉體
　靈魂甘做不義的叛徒，遠走
高飛，高飛，又迷失……

而毒菌們就踏着大步
歌唱牠們輝煌的凱旋

選自一九五九年十月十六日香港《中國學生周報．詩之頁》

睡

困在用泥土做的匣子裏
牆壁和天花板醞釀着擴展領土的野心
(它們似乎要把我擠死在黑暗中)

然而，我還是我
　且以臀部背棄死去的落日
而準備諂媚那睡在海底下未醒的朝陽

好像有兩隻蟋蟀鑽進了我的耳朵
(我已經聽到牠們歌唱
而且左邊的和右邊還互相問候)

直至時間把牠們誘走
(那時候，唯心論和唯物論都寂滅了，
牛頓的發現也不存在)
那時候，我是宇宙，宇宙是我
空虛而又充實，浮起在瞑暗中

我是未經上帝創造的世界

於是，夢的國土近了
　我遠遠看見
曾死於烈日下的幻想在開花

選自一九五九年十二月十一日
香港《中國學生周報·拓墾》

靜觀篇

時鐘

時鐘單調地唱着永恆之歌
細碎的音符飄向四方
通過白日與黑夜
以聲息的斑點綴上寂寞的白衣

車聲

黑夜的車聲如迷惘的尋夢者
喘息着旅途的艱辛自遠而近
近了又欷歔幻夢的縹緲遙遠
之後留下一個深長的歎息
懷着滿胸憂鬱隱沒在夜的岑寂中

烟囪

像一個憤世嫉俗的隱士
烟囪孤傲地屹立在高高的屋頂
冷眼睥睨塵世的繁華
遏抑不住對醜惡的憎恨
要把黑色的鬱悶向藍天傾吐

選自一九五九年十二月四日香港《中國學生周報・詩之頁》

作者簡介

鄭辛雄（一九三〇——二〇一一）

原名鄭雄，筆名辛雄、鄭辛雄、海辛、范劍，一九三〇年生於廣東中山，小學時曾來港就學，一九四六年定居香港，任職工廠期間，就讀於香港南方學院，其後任職於電影公司十九年，退職後專事寫作，作品以小說為主，四〇年代中後期至七〇年代於香港《華商報・茶亭》、《華僑日報・學生週刊》、《大公報・文藝》、《文匯報・新文藝》、《文匯報・文藝》、《文匯報・文藝與青年》、《文匯報・彩色》、《海洋文藝》等報刊發表新詩。著有小說集《青春戀曲》（一九五九）、《一家人》（一九七二）、《寒夜的微笑》（一九八〇）、《香港無名巷》（一九八七）等。

何　達（一九一五——一九九四）

原名何孝達，筆名何達、紹美、洛美、夏尚早、陶融、陶最、何聰等，一九一五年生於北京，四〇年代先後就讀於西南聯大、清華大學，一九四九來港定居（一說一九四八年八月），一九六七年主編《伴侶・詩頁》，一九七六年參加美國愛荷華大學「國際寫作計劃」，著有詩集《我們開會》（一九四九）、《洛美十友詩集》（一九六九）、《何達詩選》（一九七六）、《長跑者之歌》（一九八〇）；散文集《出發》（一九七四）、《國際作家風貌》（一九七八）；詩文集《興高采烈的人生》（一九八八）等。

貝娜苔（一九二六—二〇〇一）

原名楊際光，筆名貝娜苔、麥陽、羅謬、明明，一九二六年（一說一九二五）生於江蘇無錫，一九四〇年代就讀於上海聖約翰大學，一九五〇年來港，在《香港時報》任職翻譯工作，先後擔任過《幽默》半月刊和《文藝新地》的編輯工作，五〇年代在香港《香港時報》、《文藝新潮》、《文藝新地》、《海瀾》等刊物發表詩作、散文和評論，一九五九年移居吉隆坡，一九七四年移居美國，著有詩集《雨天集》（一九六八）。

徐　訏（一九〇八—一九八〇）

原名徐傳琮，字伯訏，筆名徐訏、東方既白、任子楚、史大剛等，一九〇八年生於浙江省慈谿，一九三一畢業於北京大學哲學系，一九三四年擔任上海《人間世》編輯，一九四二年於重慶中央大學任教，一九四四年以《掃蕩報》特派員赴美，抗戰勝利後回上海工作，一九五〇年來港定居，在港期間參與創辦《熱風》、《筆端》、《七藝》等刊物，曾任教於珠海書院、新亞書院，一九七〇年任香港浸會學院中文系系主任、文學院院長，著有小說、散文、評論等六十多種，居港期間出版詩集《輪迴》（一九五二）、《時間的去處》（一九五八）、《原野的呼聲》（一九七七）。

力　匡（一九二七—一九九一）

原名鄭健柏，筆名力匡、百木、文植，一九二七年生於廣州，一九五〇年來港定居，曾任職中學教師及圖書館主任，一九五〇年代主編《人人文學》及《海瀾》，並在《星島晚報》、《中國學生周報》、《大學生活》、《祖國周刊》等發表大量詩作，一九五九年到新加坡定居，曾任新加坡育英中學校長。著有詩集《燕語》（一九五二）、《高原的牧鈴》（一九五五）、小說集《長夜》（一九五四）、散文集《北窗集》（一九五三）、評論集《談詩創作》（一九五七）等。

夏侯無忌（一九三〇—二〇一八）

原名孫述憲，筆名夏侯無忌、齊桓、宣子、維摩、趙盾。一九三〇年生於廣州，曾就讀於南開大學，一九五〇年來港定居，曾任人人出版社總編輯，主編《人人文學》，五〇年代於香港《人人文學》、《海瀾》、《文藝新潮》、《大學生活》、《中國學生周報》等刊物發表新詩，六〇年代開始任職《紐約時報》及美聯社駐港記者，一九六八年任世界中文報業協會秘書長總幹事。著有詩集《夜曲》（一九五四）、小說集《溝渠》（一九五五）、《群像》（一九六〇）、《舊夢》（一九六二），論文集《談當前文藝》（一九五六）等。

燕歸來（一九二八—二〇一八）

原名邱然，筆名燕歸來、燕雲，一九二八年生於北京，北京大學文學院畢業，約於一九五〇年來港，參與《中國學生周報》和《祖國月刊》的創辦，曾任職於友聯出版社、友聯研究所，在《祖國周刊》、《大學生活》、《海瀾》、《文學世界》等刊物發表詩作，一九五五年參與創辦香港中國筆會，五〇年代末曾於馬來西亞工作，六〇年代赴德國修讀，其後任教於瑞士蘇黎世大學。著有詩集《新綠》（一九五四）、《伙伴》（合著，一九五二），散文集《梅韻》（一九五四）等。

林以亮（一九一九—一九九六）

原名宋淇，又名宋奇、宋悌芬，一九一九年生於上海，筆名宋悌芬、悌芬、歐陽竞、林以亮、余懷。三〇年代就讀於燕京大學、光華大學，一九四九年來港定居，一九五一年任職於美國新聞處，一九五六年加入國際電影懋業公司擔任製片總監，一九六五年加入邵氏公司擔任編劇部總監，一九六八年擔任香港中文大學校長特別助理，一九七一年參與創辦香港中文大學翻譯研究中心主任，創辦《譯叢》（*Renditions*），一九七二年接受星島報業公司邀請擔任《文林》月刊總編輯。五〇年代在香港《人人文學》、《文藝新潮》、台北《文學雜誌》發表新詩、評論，著有文集《林以亮詩話》（一九七七）、《前言與後語》（一九六八）、《昨日今日》（一九八一）、《更上一層樓》（一九八八）等。

黃凝霖（？—）

戲劇工作者，一九三五年在廣州參與組織藍白劇社，一九三九年五月在香港參與歷史劇《黃花崗》的聯合公演，為七人導演團成員之一。著有評論集《怎樣演學校劇》（一九五五）、戲劇集《科學之王》（一九六二）等。

盧　森（一九一一—一九八二）

原名盧法威，筆名盧森、洪成、魯深，原籍廣東大埔，抗戰期間在韶關《陣中日報》任職，曾在曲江主編《文壇》月刊，一九四〇年間與丁平等人成立「詩建設社」，戰後在廣州《嶺南日報》、《廣東日報》工作，一九四九年離開廣州到香港，一九五〇年復刊《文壇》，擔任主編直至一九七四年《文壇》停刊，著有詩集《倦鳥之歌》（一九四三）、詩劇《長夜》（一九五九）、小說《雙燕箋》（一九五三）等。

趙滋蕃（一九二四——一九八六）

原名趙資藩，筆名文壽，祖籍湖南益陽，一九二四年生於德國漢堡，一九三九年到香港學習中文，其後返回中國湖南益陽，就讀小學及中學，一九四三年就讀於湖南大學，一九五〇年來港定居，曾任敲石工人，一九五三年寫成長篇小說《半下流社會》，其後擔任亞洲出版社編輯、信義會聯合出版部編輯、《中國之聲》編輯、《人生》編輯、《亞洲畫報》主編、《學友》編輯委員，五〇年代在香港《人生》、《學友》、《海瀾》發表新詩，一九六四年因長篇小說《重生島》獲罪香港政府而遭遞解出境，同年在台灣定居，曾任《中央日報》主筆、東海大學中國文學系教授兼系主任。著有詩劇《旋風交響曲》（一九五五）、小說集《半下流社會》（一九五三）、《重生島》（一九六五）、《默默遙情》（一九六七）、《子午線上》（一九七六）等。

盧因（一九三五——）

原名盧昭靈，筆名盧因、馬婁、張學玄、何森、陳寧實、唐山客，一九三五年生於香港，英華書院畢業。一九五八年與崑南、王無邪、葉維廉等人合辦現代文學美術協會，參與創辦《新思潮》、《好望角》。五〇年代於香港《中國學生周報》、《華僑日報》、《星島日報》、《人人文學》、《六十年代》、台北《現代詩》等刊物發表新詩，一九五七年獲《文藝新潮》小說獎第二名。著有文集《溫哥華寫真》（一九八八）、《一指禪》（一九九九）等。

黃祖植（一九三一—二〇一六）

一九三一年生於中國福建晉江，一九四九年來港定居，一九五六年新亞書院文史系畢業，投身教育工作。五〇年代於香港《中國學生周報》發表新詩，著有詩集《微波》（一九五五）、《少年的牧人》（一九六五）、《雲影集》（一九九四）、《悠悠集》（一九九九）、《偶然集》（二〇〇七）、文集《詩美十談》（二〇〇〇），《童年的夢》（二〇〇六），《人類與文化》（二〇一四）等。

岳　心（一九二七—一九九五）

原名徐東濱，筆名岳心、王延芝、洪毅、黎庶，一九二七年生於中國北京，曾就讀於北京大學，一九四九年來港定居，曾於《自由陣綫》、友聯出版社擔任編輯工作，其後擔任友聯出版社社長、友聯研究所所長，五〇年代於香港《中國學生周報》、《大學生活》、《祖國周刊》發表新詩，六、七〇年代以「王延芝」為筆名在《星島日報》發表政論，曾任《明報》主筆。著有詩集《岳心詩集》（一九五六）、《伙伴》（合著）（一九五二）、文集《東濱文集（一九五〇—六九）》（一九七〇）、《東濱文集（一九七〇—七五）》（一九七六）等。

丁　平（一九二二—一九九九）

原名甯靖，筆名艾莎、沙莎，一九二二年生於廣東，抗戰初期曾從軍兩年，一九四〇年後在韶關及桂林生活並開始寫作，早年詩作刊於一九四〇年代廣東曲江時期由盧森主編的《文壇》，其後與盧森成立詩建設社。一九四五年畢業於中山大學，四七年獲教育碩士學位，一九五〇年代以後曾任教於澳門中山教育學院、香港官立中文夜學院（一九五六年至一九七二年），另曾任教於香港華僑工商學院、香港清華學院、廣大學院、李求恩紀念中學、香港大學校外進修部等，一九六二年創辦《華僑文藝》（後改稱《文藝》），著有散文集《灕江曲》，詩集《邊陲線上的悲歌》（一九五八）、《萍之歌》（二〇〇九）等。

王無邪（一九三六—）

原名王松基，筆名王無邪、無邪、伍希雅，一九三六年生於中國廣東省太平鎮，戰後來港定居。一九五五年與崑南等友人創辦《詩朵》，一九五八年參與創辦現代文學美術協會，出版《新思潮》。五〇年代末隨呂壽琨習水墨畫，一九六一年赴美留學，返港後任職於香港中文大學、香港博物美術館、香港理工學院。五〇年代於香港《中國學生周報》、《詩朵》、《香港時報》、《文藝新潮》等刊物發表詩作。

蔡炎培（一九三五—）

原名蔡炎培，筆名杜紅、夢美、P.S.、林筑、二瘋、易象、蔡星堤、蔡雨眠、余看魚等。一九三五年生於中國廣州，一九三八年移居香港，一九五四年畢業於香港培正中學，一九六五年畢業於台灣中興大學農學院，一九六六年任職《明報》編輯，五〇年代於香港《星島日報》、《中國學生周報》、《海瀾》、《文藝新潮》等刊物發表新詩，著有《小詩三卷》（一九七八）、《變種的紅豆》（一九八四）、《藍田日暖》（一九九二）、《中國時間》（一九九六）等。

葉維廉（一九三七—）

曾使用筆名綠螢、鎧淩、藍菱，廣東中山人，一九四八年移居香港，一九五五年與王無邪、崑南等創辦《詩朵》，一九五九年參與創辦《新思潮》，一九六一年台灣師範大學英語研究所碩士畢業，一九六三年就讀美國愛荷華大學詩創作班，一九六七年獲美國普林斯頓大學哲學博士。著有詩集《賦格》（一九六三）、《愁渡》（一九六九）、《醒之邊緣》（一九七一）、《留不住的航渡》（一九八七）、《三十年詩》（一九八七）等等。

徐　速（一九二四—一九八一）

原名徐斌，又名徐直平，筆名徐速，一九二四年生於中國江蘇省，抗戰時期畢業於中央陸軍軍官學校第七分校第十九期，出任青年遠征軍參謀。戰後到北京半工半讀，在北大中文系旁聽，並與友人合辦綜合性月刊《新大陸》，一九五〇年來港定居，一九五二年擔任自由出版社編輯，一九五五年擔任《人人文學》編委，並創辦《海瀾》及高原出版社，一九五六創辦青少年刊物《少年旬刊》，一九六五年創辦《當代文藝》，一九六九至七一年於香港珠海學院文學系任教，五〇年代於香港《中國學生周報》、《海瀾》、《大學生活》等刊物發表詩作，著有詩集《去國集》（一九五七）、長篇小説《星星．月亮．太陽》（一九五三）、《櫻子姑娘》（一九五九）、散文集《心窗集》（一九六一）、《一得集》（一九六一）、《百感集》（一九七四）等。

余玉書（一九三七—）

原名余祥麟，筆名曼陀，一九三七年生於香港，一九五六年就讀於台灣大學中文系，期間組織了「海洋詩社」，以本名「余祥麟」擔任社長，並創辦《海洋詩刊》，返港後曾任《文藝線》主編、《香港時報》副刊編輯、香港中國聯合銀行分行副經理。五〇年代於香港《學友》、《中國學生周報》、《海瀾》發表詩作，著有詩集《寒漠的憂鬱》（一九五九）、文集《天星樓隨筆》（一九七四）、《寂寞的星群》（一九七九）等。

馬　朗（一九三三？——）

原名馬博良，筆名馬朗、趙覽星、孟朗、孟白蘭，原籍廣東中山，在澳門出生，成長於美國華僑家庭，曾居美國、香港及上海，一九四〇代末畢業於上海聖約翰大學畢業，曾主編《文潮》、《前鋒》、《小說》等雜誌，先後擔任過《正言報》、《自由論壇報》編輯，著有詩集《海誓》、小說集《第一理想樹》，一九五一年從上海移居香港，一九五六年創辦《文藝新潮》，一九六三年離開香港到美國定居。著有詩集《美洲三十絃》（一九七六）、《焚琴的浪子》（一九八二）、《江山夢雨》（二〇〇七）。

黃　崖（一九三二——一九九二）

福建廈門人，筆名黃隼、陸星、余聞、葉逢生、莊重，一九五〇年來港，曾任友聯出版社校對、《大學生活》編輯委員、《中國學生周報》副社長，曾加入香港中國筆會。一九五九年離開香港移居馬來西亞，擔任《蕉風》主編、《學生周報》編輯。一九六五年創辦《星報》週刊，一九七五年開設印務局，一九九二年一月三日在曼谷逝世。作品以小說為主，著有小說集《草原的春天》（一九五七）、《秘密》（一九五九）、《聖潔門》（一九六〇）、《彈琴的人》（一九六〇）、《迷濛的海峽》（一九六二）、《紅燈》（一九六四）等等，亦著有詩集《敲醒千萬年的夢》（一九五九）。

侶　倫（一九一一——一九八八）

原名李林風，筆名林風、林下風、貝茜、李霖等，廣東惠陽人，一九二九年在香港與謝晨光組織島上社，出版《島上》雜誌，一九三一年任香港體育協進會書記，並在《南華日報》擔任編輯工作，曾主編文藝副刊《新地》和《勁草》，一九三五年與易椿年、張任濤等合編《時代風景》，一九三六年與劉火子、李育中、杜格靈等組織「香港文藝協會」。一九三八年任職於香港南洋影片公司，曾擔任編劇及宣傳工作，編撰多種電影劇本。一九四六年主編《華僑日報·文藝周刊》，一九五五年創辦采風通訊社。創作以小說為主，亦寫新詩，三、四〇年代在香港《大光報》、《紅豆》、《南華日報·勁草》、《華僑日報·文藝周刊》，五〇年代在香港《文匯報》、《大公報》等刊物發表詩作。著有小說集《窮巷》（一九五二）、《落花》（一九五三）、《舊恨》（一九五三），文集《向水屋筆語》（一九八五）等。

李　素（一九一〇——一九八六）

原名李素英，筆名李琤琮，廣東梅縣人，幼年來港生活讀書，後來到廣州、上海就讀，三〇年代畢業於燕京大學國文系，並獲碩士學位，抗戰時期在重慶助編《婦女新運》月刊，一九四五年前往捷克，一九五〇年自歐洲來港，任教於香港培道中學，一九五六年任職於新亞書院圖書館，一九八〇年移居美國，一九八六年在美國病逝。五〇年代在香港《文學世界》、《海瀾》、《人生》、《大學生活》、《新亞生活》等刊物發表新詩、散文、小說及評論，著有詩集《遠了，伊甸》（一九五七）、《生之頌讚》（一九五八）、《街頭》（一九五九），散文集《被剖》（一九五五）、《燕京舊夢》（一九七七）等。

木　石（一九三九？——）

一九五〇年代末就讀於南華中學，與蔡浩泉、桑白同為五〇年代末的文社「流星社」成員，詩作見於《星島日報·學生園地》、《中國學生周報·詩之頁》、《文藝新潮》、《香港時報·淺水灣》等。

崑　南（一九三五—）

原名岑崑南，廣東恩平人，一九三五年香港出生，畢業於香港華仁書院。一九五五年與王無邪、葉維廉等友人創辦《詩朵》，一九五八年參與創辦現代文學美術協會，五九年創辦《新思潮》。著有詩集《吻，創世紀的冠冕》（一九五五）、《詩大調》（二〇〇六）、小說《地的門》（一九六一）等。

夏　果（一九一五—一九八五）

原名源克平，另有筆名龍韻，廣東高鶴人，一九三七年畢業於廣州市立美術專科學校，戰後來港，一九五七年擔任《文藝世紀》主編，著有散文集《閑步集》（一九七四）、《石魚集》（一九七五）等。

林仁超（一九一四—一九九三）

廣東惠陽人，一九四九年港，歷任遠東書院教務長兼教授、金陵工商業務學校副校長等，一九五九年任孔聖堂中學校長。一九五五年創辦新詩團體「新雷詩壇」，創辦刊物《新雷詩壇》，著有詩集《登月集》（一九七〇）、評論集《新詩創作論》（一九七一）等。

慕容羽軍（一九二七—二〇一二）

原名李維克，另有筆名李影，廣東廣州人，廣州出生，曾任職於《大光報》與《環球報》，一九四九年到馬來西亞工作，其後來港。歷任《少年雜誌》主編、《文藝新地》執行編輯、《東海畫報》總編輯、《中文星報》總編輯。著有小說《海濱姑娘》（一九五二）、《藍A字間諜網》（一九六三）、評論集《論詩》（一九五五）、詩集《長夏詩葉》（一九九六）、《島上箋：慕容羽軍詩詞集》（二〇〇一）等。

櫻　子（一九一八——一九九九）

原名陳炳元，福建廈門出生，筆名雪汀、櫻子，曾就讀於廈門英華書院、廈門同文書院，抗戰期間曾辦《海燕》詩刊。一九五〇年自台灣來香港定居，在《星島晚報．星晚》．《知識》、《大學生活》、《海瀾》、《文壇》、《文藝新潮》、《中外畫報》等刊物發表詩作及散文，著有詩集《樹》（一九七八）。

柳木下（一九一四——一九九八）

原名劉慕霞，廣東興寧人，筆名馬御風、慕霞、穆夏、柳木下等。一九三三年在香港《紅豆》發表詩作，同年在廣州中山大學文學院當旁聽生，三〇年代曾在上海和廣州生活，三七至四〇年間居港，一九四〇年秋天因精神病被送入高街精神病院，同年返回梅縣鄉下，四一年夏天再到香港，同年秋天轉赴上海工作，一九四八年再度來港。五〇年代在香港《星島日報．文藝》、《文匯報．文藝》、《文藝世紀》發表詩作、譯詩、散文，著有詩集《海天集》（一九五七）。

張愛倫（一九三八——）

原名張彥，筆名張愛倫、藍子、倫士、莎揚娜拉、西西，原籍廣東中山，上海出生，一九五〇年移居香港。五〇年代先後就讀於協恩中學、香港葛量洪教育學院，並於《詩朵》、《中國學生周報．詩之頁》、《星島日報．學生園地》等刊物發表新詩、小說、散文。一九六〇年與羊城、馬覺、童常等成立阡陌文社，再與馬覺、子燕成立異教徒詩社，一九六五年主編《中國學生周報．詩之頁》。著有詩集《石磬》（一九八二）、《西西詩集　一九五九—一九九九》（二〇〇〇）等。

舒巷城（一九二一—一九九九）

原名王深泉，筆名秦西寧、方維、邱江海、舒文朗、尤加多、石流金、秦城洛等，祖籍廣東惠陽縣，香港出生。一九四二年離開香港赴桂林，至一九四八年底返回香港，五〇年代起於《天底下》、《伴侶》、《文藝世紀》、《海光文藝》、《七十年代》、《海洋文藝》、《文匯報．文藝》等報刊發表小說、散文、詩歌，一九七七年參加美國愛荷華大學「國際寫作計劃」。著有小說《山上山下》（一九五三）、《霧香港》（一九五六）、《太陽下山了》（一九六二），詩集《我的抒情詩》（一九六五）、《回聲集》（一九七〇）、《都市詩鈔》（一九七二）等等。

李維陵（一九二〇—二〇一〇）

原名李國樑，字維陵，筆名李維陵，原籍廣東增城，澳門出生，一九三五年到香港就讀於華僑中學，一九四一年赴重慶升學，一九四五年畢業於中央政治學校（國立政治大學），曾於政府機關工作，一九四八年回到香港。一九五九至一九七七年間任教於香港葛量洪教育學院，一九八〇年退休，一九八二年移居加拿大。五〇年代，李維陵在《文藝新潮》、《熱風》、《海瀾》、《現代詩》等刊物發表小說、散文、評論、新詩和畫作，七、八〇年代再於《大拇指》、《羅盤》、《素葉文學》、《星島晚報》、《快報》發表創作。著有小說集《獵及其他》（一九五八）、《荊棘集》（一九六八），散文集《隔閡集》（一九七九）。

李　怡（一九三六—）

原名李秉堯，另有筆名舒樺、齊辛等，廣東新會人。童年在上海和北京度過，一九四八年移居香港，一九五四年畢業於香島中學。五〇年代中後期於《文匯報．文藝》、《文藝世紀》等報刊發表散文、小說、新詩，一九六三年創辦《伴侶》半月刊，一九七〇年與友人合辦《七十年代》月刊（一九八四年起易名《九十年代》），並出任總編輯。著有散文集《晨星及其他》（一九六二）、小說集《生活的陰影》（一九六七）、《花兒哪裡去了》（一九七一）。

柏　雄（？）

原名徐柏雄，一九五〇年代中期參加月華詩社和苑風文學研究社，五、六〇年代在《中國學生周報》、《青年樂園》、《月華詩刊》、《小說文藝》、《蕉風》等刊物發表新詩、散文、評論。

羊　城（一九四一—）

原名楊熾均，字慕白，筆名羊城、天粟、棖燀，生於廣東南海縣羅村。一九五四年到香港，就讀於培正中學。一九五七年起在《中國學生周報》、《文壇》發表新詩、散文，一九六〇年與馬覺、童常、西西等成立阡陌文社，出版《阡陌》月刊，六〇年代初就讀國立台灣師範大學期間參與創辦縱橫詩社，出版《縱橫詩刊》，一九六七年主編《中國學生周報．詩之頁》，發表「棖燀詩話」。著有詩集《玲瓏的佇望》（一九六四）。

麥席珍（一九二四—）

原籍廣東順德，從事教育工作，一九五〇年代於《文壇》、《海瀾》、《祖國周刊》、《中國學生周報》等刊物發表新詩、散文，七〇年代參加焚風詩社，在《香港時報·文與藝》發表新詩，著有詩合集《火與雪》（焚風詩社同人合集，一九七七）、《九音鑼》（焚風詩社同人合集，一九七八）。

馬　角（一九四三—二〇一八）

原名曹明明，又名曹殷，筆名馬覺、馬角、邁敬開、苒航、素人，一九六八年畢業於香港中文大學新亞書院哲學系。一九六〇年與羊城、童常、西西等成立阡陌文社，五、六〇年代在《中國學生周報》、《文壇》、《阡陌》、《好望角》、《盤古》、《香港時報·淡水灣》、《蕉風》等刊物發表新詩、評論，著有詩集《馬覺詩選》（一九六七）、《義裏渾沌暗雷開》（二〇一五）等。

夕　陽（？）

原名陳冠雄（陳灌洪），一九五七年畢業於香港嶺英中學，五〇年代末與紅葉、于梵、四郎等文友成立擷星新詩社，出版《新詩俱樂部》，在《中國學生周報》、《青年樂園》、《小說文藝》等報刊發表新詩、散文、小說。著有詩集《夕陽之歌》（一九五九）、《擷星》（新詩合集，一九六〇）等。

童　常（一九三九—一九六六）

原名趙國雄，筆名童常、于翎，一九六〇年與羊城、馬覺、西西等成立阡陌文社，參與《阡陌》月刊的編輯工作，五、六〇年代在《中國學生周報》、《阡陌》發表新詩，另有部分作品收錄於詩文合集《綠夢》（一九六三）、《荒原喬木》（一九六三）。

《香港文學大系一九五〇—一九六九》編輯委員會鳴謝
以下人士及單位，資助本計劃之研究及編纂經費：

李律仁先生

・

香港藝術發展局

・

香港教育大學　中國文學文化研究中心

香港藝術發展局
Hong Kong Arts Development Council 資助

香港藝術發展局全力支持藝術表達自由，
本計劃內容並不反映本局意見。

香港教育大學
The Education University of Hong Kong

中國文學文化研究中心